Mord

ANJALI DESHPANDE

Mord

KRIMINALROMAN

AUS DEM HINDI ÜBERSETZT
VON ALMUTH DEGENER

DRAUPADI VERLAG

Diese Publikation wurde unterstützt vom
Literaturforum Indien e.V.

Anjali Deshpande: Mord. Kriminalroman
Aus dem Hindi übersetzt von Almuth Degener

Heidelberg: Draupadi Verlag, 2023
ISBN 978-3-945191-80-4

Originaltitel: Hatya (2019 erschienen)

Draupadi Verlag
Dossenheimer Landstr. 103
69121 Heidelberg

info@draupadi-verlag.de
www.draupadi-verlag.de

Cover: Julia Khorrami
Grafische Gesamtgestaltung: Reinhard Sick

1

Ein neuer Morgen war angebrochen. Das kreischende Hupen der auf der Straße vorbeifahrenden Busse war eindeutig. Zur Bekräftigung ertönte das laute Scheppern von Stahlrohren, die eben auf eine Autorikscha verladen wurden. Offenbar konnten die im Haus gegenüber bei den Zeltbauern wieder mal mit einem ordentlichen Bündel Geldscheine rechnen. Während er auf dem Bett lag, dachte er daran, wieviel Geld die bei Hochzeiten, Verlobungen, Namensgebungsfesten und Geburtstagen einnahmen. Es war nicht wie früher, wo diese Pavillons an eine bestimmte Saison gebunden waren. Ob Gott schlief – früher hatte es während seiner viermonatigen Ruhephase keine Hochzeiten gegeben – oder wach war, ob in der kalten Jahreszeit oder in der heißen, die Zelte wurden das ganze Jahr über aufgestellt. Ein paar Sonnenstrahlen, die den Staubpanzer über dem dicken Glas des permanent geschlossenen Fensters durchdrungen hatten, zeichneten helle Flecken auf das Bett. So dunkel die Gasse auch war, die Mischung aus Licht und Schatten, die sie aussehen ließ wie die Früchte der Flacourtia oder Madagaskar-Pflaume, ließ keinen Zweifel zu: die Nacht war vorüber. Sowieso lag das Haus direkt an der Straße, und unmittelbar davor war die Straßenbeleuchtung, wie sollte es da Nacht geben. Nur die Farben des Lichts änderten sich, mal war es trübe, mal noch trüber. Ja, es war Morgen. Wieder mal Zeit, einige Stunden lang der Welt gegenüberzutreten, die sich in den letzten Monaten für ihn immer stärker zusammengezogen und verkleinert hatte.

Er setzte sich auf. Schlug die dünne Baumwolldecke zurück. Es führte kein Weg daran vorbei, er musste hinuntergehen. Wie schwer es ihm heute fiel, aufzustehen. Aber es musste sein. Er verließ das Zimmer und machte sich daran, die Außentreppe hinabzusteigen.

Seine Mutter war auf der Straße, sie stritt sich mit dem Gemüsehändler.

„Erbsen sollten inzwischen eigentlich umsonst sein! Und du ...“

„Verehrteste, mit den Erbsen ist es bald zu Ende. Sollen sie mir nicht auch etwas einbringen? Fünf Kilo für fünfzig Rupien auf dem Markt ...“

In der Autorikscha knallten Stahlrohre zusammen. Ein vorbeifahrender Motorroller drängte die Passanten zur Seite.

Er öffnete die Tür zu dem unteren Zimmer und zog sie sofort wieder fest hinter sich zu.

Im Zimmer schritt er durch den Türrahmen, der in der Trennwand rechterhand als Tür herhielt, und erblickte vor sich auf dem Bett seinen Sohn, der mit muffiger Miene dabei war, sich die Schuhe anzuziehen. In der Ecke auf der gegenüberliegenden Seite des Zimmers war die Badezimmertür geschlossen, und unwillkürlich hob sich sein Blick in Richtung der Nische, die aus der Wand des Badezimmers und der Wand des einen langgestreckten Zimmers der Wohnung gebildet wurde. In dieser Küchenecke stand Puschpa, damit beschäftigt, mit energischen Bewegungen den Teig für die Chapatis auszurollen. Er drehte den Hahn an dem kleinen Waschbecken auf, das an der Badezimmerwand hinter ihr angebracht war, wusch sich das Gesicht, drückte Zahnpasta auf die Zahnbürste, fuhr sich hastig damit durch den Mund und sah, während er laut gurgelte, auf Puschpas durchgedrückten Rücken. Kein Anzeichen für Lockerung.

Er war spät dran. Dafür, noch die Pfanne für die Fladenbrote von der Platte zu nehmen und Tee für ihn zu machen, war keine Zeit. Er räusperte sich. Seine Seitenblicke trafen immer wieder auf ihren Rücken, doch der blieb unverändert gerade wie ein Stock. Ihm schien sogar, er wäre noch steifer geworden. Die Pfanne wurde vom Gas genommen und etwas heftiger als nötig hingeknallt. Der aufgeblähte Brotfladen, der auf der Pfanne gelegen hatte, begann nach der Ohrfeige, die ihm durch das Werfen auf den Berg seiner Verwandten zuteil geworden war, Dampf auszustoßen.

Erlösung von all dem Radau war nicht in Sicht.

Also los, bringen wir erst einmal den Jungen zur Schule. Er nahm die kleine Hand seines Sohnes in die eine und die Schultasche in die andere Hand.

„Tschüs, Mammi“, murmelte der Sohn.

„Ich geh dann mal“, sagte er, unnötigerweise.

„Tschüs, Sohn, mach’s gut“, kam die Stimme von der anderen Seite des Rückens. Das Nudelholz blieb in Betrieb.

Seit einem Jahr war er es, der morgens den Sohn zur Schule brachte. Früher war der zusammen mit weiteren zwanzig Kindern direkt vor der Tür in einen Maruti-Kleintransporter eingestiegen. Seit zwei Monaten ging er zu Fuß.

„So sparen wir das Geld für den Bus“, hatte Puschpa gesagt.

Dem sechsjährigen Varun behagte die neue Regelung nicht. Mit langem Gesicht ging er an der Hand seines Vaters zur Schule und kehrte ebenso zurück. Es war ein 15-minütiger Weg bis zur Little Saints National Convent School. Jeden Tag beraubte dieser Weg Varun um fünfzehn Minuten Schlaf. Um den wunderbaren Morgenschlaf, diesen Schlaf voll tiefer Entspanntheit, bei dem man, anstatt sofort aufzuspringen, noch etwas liegenblieb, sich mit ausgestreckten Beinen einkuschelte, voller Wohlbehagen im Bewusstsein, schon wach zu sein, aber im Bett bleiben und sich in süßer Verweigerung noch einmal herumwälzen zu können. Fünfzehn Minuten lang jeden Tag beklagten sich seine kleinen, beinahe leblosen Finger bei der breiten Hand des Vaters wortlos über den Verlust dieses Schatzes. Über den fehlenden Schlaf, den er, wie ihm schien, seinem kleinen Sohn gestohlen hatte, dessen Wonnen er selbst dagegen seit einem Jahr auskostete.

Wieso aber fühlte er sich, nachdem er so tief geschlafen hatte, heute so elend?

Ohne Eile zuckelte er zurück. Die Autorikscha war verschwunden. Auf der Straße hatte sich der Tumult verstärkt. Er öffnete die Gittertür am oberen Ende der zwei Stufen und kam in den kleinen Bereich des langgestreckten Zimmers, der das Wohnzimmer bildete. Schwer ließ er sich auf das Sofa fallen. In der Mitte der großen, vom Boden bis zur Decke reichenden und als Raumteiler dienenden Vitrine war der Fernseher, darauf standen wie immer die braunen Plastiktiere bereit zum Aufbruch.

„Nicht ein einziges Gujiya-Pastetchen haben sie geschickt“, stimmte seine Mutter ihre Litanei an, sobald sie seiner ansichtig wurde. Sie brachte ihm Tee. „Wenn schon nicht für uns, hätten sie doch wenigstens für ihren Enkel etwas schicken können! Nicht mal ein halbes Kilo Süßigkeiten ist bei denen drin. Bei jedem Fest das gleiche. Wir haben ja nie etwas für uns selbst verlangt, aber ...“

„Ich muss weg“, meldete sich Puschpa von der anderen Seite des Raumes, öffnete mit einem Ruck die Tür und eilte die Treppe nach oben.

Die Chapatis waren in der Warmhaltebox. Auf der Herdplatte keuchte nach dem letzten Pfeifen der Schnellkochtopf den restlichen Dampf aus. Die Arbeitsplatte, die Puschpa mit einem feuchten Tuch abgewischt hatte, glänzte. Das Brett zum Ausrollen der Brotfladen, das Nudelholz, Gläser und Schüsseln standen zu einem Haufen gestapelt da, als wären sie vergessen worden. Sie hatte alles abgewaschen, sollte sie die Sachen vielleicht auch noch selbst wegräumen? Sie musste duschen, sich fertigmachen, das Handy vom Ladegerät trennen und in die Handtasche stecken, von dem Gezänk hier wegkommen.

Er starrte auf die Plastiktiere, das Kamel, den Elefanten, den Ziegenbock und den Löwen. Rund zwei Jahre war es her, seit sie die Tiere von einem Ausflug nach Agra mitgebracht hatten. Wie lange lag das zurück! Es war dort wahnsinnig voll gewesen. Indem sie das Motorrad wie durch ein Schlachtfeld lavierten, waren sie unter Verwünschungen der Menschenmengen nach einer langen Irrfahrt durch die ganze Stadt am Taj Mahal angelangt. Heute könnten sie an eine solche Ausgabe nicht einmal denken. Das Glaskästchen mit dem Modell des Taj Mahal stand ganz oben. Es bekam bereits Risse. Jetzt würde er nur noch Plastiklöwen anschauen können, seinen Vater Daulatram beim Essen die kalten Fladen verfluchen hören, seiner Mutter Schakuntala beim Zubereiten des Gemüses zusehen und seiner Frau, wie sie sich zurechtmachte und das Haus verließ, um den Lebensunterhalt für alle zu verdienen.

Er rief Nitesch an, der auf dem Revier Delhi-Chattarpur arbeitete. Er musste unbedingt weg von hier, weg von seiner Frau mit ihrem starren Rücken, von seinem Sohn mit diesem beleidigten Gesicht und von seinen ständig nörgelnden Eltern. So weit wie möglich weg.

„Soll das Brot sein?“ Das war Daulatram. „Heutzutage können die Frauen nicht einmal Teig kneten. Ich habe gesehen, wie meine Mutter Teig gemacht hat. Rechts, links, mit Sorgfalt. Liebevoll. Immer in dem Bewusstsein, dass sie das Essen für ihren Mann machte und für ihren Sohn. Mit Gefühl knetete sie. Aber heute, Wasser ins Mehl, fertig, Gott befohlen. Es gibt sogar Familien, die sich von gekauftem Brot ernähren, ausländischem Brot. Hier – komm mal her, wo steckst du denn, Adhiraths Mutter! Du hast mir wenigstens keine verbrannten Fladenbrote zum Frühstück vorgesetzt. Sieh nur, hier ist es ganz roh, auf einer Seite ist es nicht aufgegangen ... Aber schminken muss sie sich, rennt überall herum ...“

„Hol bitte Varun von der Schule ab. Um zwei. Ich habe zu tun.“ Während er es zu seinem Vater sagte, rannte er schon die Stufen zum oberen Zimmer hoch. Puschpa hatte Lippenstift aufgetragen. Sie nahm das nasse Handtuch vom Stuhl, hängte es auf die Leine, die über den schmalen Balkon vor der Tür gespannt war, nahm ihre Handtasche an sich und verließ das Zimmer. Seine Mutter redete ständig über die Ausgaben, sein Vater meckerte an allem und jedem herum, sein Sohn zeigte ihm selten ein lachendes Gesicht, und die Frau, die er hatte, wandte ihm beständig den Rücken zu. Ein Mann, der nur ein halbes Gehalt bezog, war nur ein halber Mann. Er ging duschen.

Als er neben dem Motorrad stand, zog er sein Portemonnaie aus der Hosentasche. 232 Rupien. Hundert Rupien würden allein beim Tanken draufgehen. Nicht dass ihn die Kiste unterwegs im Stich ließ .... Die Zeit, in der er sich eine Volltankung leisten konnte, war eh vorbei. Zwei, höchstens drei Liter waren drin. Aber das Rad stand die meiste Zeit ja auch nur herum.

Er raste grinsend über rote Ampeln, drängte Rikschas zur Seite, schlängelte sich zwischen Fahrzeugen hindurch, schrammte einen makellos weißen Maruti Esteem und amüsierte sich nach Tagen wieder damit, den feschen Fahrer des Wagens mit einem derben Schimpfwort zu bedenken. Auch heute konnte keiner ihn schnappen. Ihm würde ohnehin niemand einen Strafzettel ausstellen. Ein paar Vorteile, die der Job mit sich brachte, waren ihm geblieben, selbst wenn seine weitere

Anstellung gefährdet war.

Zwei Stunden später war er an der Polizeistation Chattarpur, erschöpft und mit schmerzendem Rücken vom nicht mehr gewohnten Motorradfahren. Er lachte innerlich, als er dachte: wie lange war es her, seit er nicht nur sein Bike, sondern überhaupt etwas zwischen den Beinen gehalten hatte. Monate. Was deutete noch darauf, dass er ein Mann war? Er parkte das Motorrad, setzte den Helm ab und hängte ihn an den Lenker. Er nahm einen Kamm aus der Hosentasche und fuhr sich vor dem Rückspiegel damit durch das Haar. Ziemlich lang geworden. Aber wozu sollte er es schneiden lassen? Lieber das Geld dafür sparen. Der Gedanke ärgerte ihn, das klang ja wie ein Echo der ständigen Rede seiner Mutter. Mit forschem Schritt betrat er das Gebäude, warf dem diensthabenden Wachtmeister ohne hinzusehen ein „Wie geht's" zu und ging weiter in das Zimmer zur Linken, wo er Nitesch zu finden erwartete. Das Zimmer war leer.

Der Wachtmeister war hinter seinem Tisch hervorgekommen und ihm gefolgt.

„Ist nicht da. Ist weggefahren", sagte er. „Hat er Sie nicht angerufen?"

Adhirath zog das Handy aus der Tasche. In der Tat, drei verpasste Anrufe, zwei von Nitesch, einer von der Festnetznummer zu Hause.

Er wählte auf dem Diensttelefon des Wachtmeisters die Nummer zu Hause. Es war seine Mutter gewesen, die ihn angerufen hatte, sie wollte wissen, ob er zum Mittag zurück wäre.

„Wenn ich zum Mittagessen kommen würde, hätte ich dann Papa gebeten, Varun abzuholen?" fragte er sie gereizt.

„Hat er mir vielleicht Bescheid gesagt? Du jedenfalls nicht. Keiner sagt mir etwas, wie soll ich es dann wissen? Hättest du es morgens der Schwiegertochter gesagt, hätte sie doch keine Chapatis für dich zum Mittag gemacht. Zum Frühstück hast du auch nichts gegessen. Soll ich jetzt die trockenen alten Chapatis herunterwürgen? Meine Knie ..."

„Wirf sie weg", sagte er wütend.

„Weißt du eigentlich, wie teuer das Mehl ist? Und der Müller nimmt zwölf ..." Adhirath knallte das Telefon in die Halterung. Der Wachtmeister stand da, schaute in irgendeine Akte in der Hand und tat, als hätte er nichts gehört.

„Was hat Nitesch gesagt? Wann ist er zurück? Ist er auf Streife?"

Nach den Holi-Feiertagen war es ruhig hier. Ein paar Streitigkeiten allenfalls. Auch möglich, dass alle noch mit Bhang zugedröhnt waren. Nitesch hatte Glück mit dieser Stelle. Ein friedlicher Ort. Beliebt war der Posten allerdings nicht. Wer hier stationiert war, tat alles dafür, dass er bald wieder versetzt wurde. Es war weder Stadt noch Land, obwohl auch ein paar Dörfer zum Einzugsbereich dieser Dienststelle gehörten.

„Es hat einen Mord gegeben. Da ist er hingefahren", sagte der Wachtmeister.

Adhirath riss die Augen auf. Hier, an diesem verschlafenen Ort?

„Wo?"

„Gegen neun hat der Ortsvorsteher von Chandola angerufen. Auf einem Gutshof ist die Leiche einer Frau gefunden worden."

Adhirath ging hinaus und richtete das Motorrad auf. Er würde das Fahren wieder üben müssen. Er stieg auf und blickte sich um. Vor ihm lag die nahezu ausgestorben wirkende Straße. Ein Laster mit einer Ladung Blechplatten fuhr rasselnd vorbei. Etwas entfernt saßen drei oder vier Männer unter einem Pipalbaum und rauchten ihre handgedrehten Bidis. Er könnte vielleicht nach Gurgaon fahren. Geld, um ins Kino zu gehen, hatte er allerdings nicht. Dann eben Schaufensterbummel. Er trat auf den Kickstarter und fuhr langsam bis zu dem Pipalbaum. Ohnehin musste er dort vorbei, denn dort befand sich die Unterbrechung der erhöhten Fahrspurbegrenzung, durch die man auf die entgegengesetzte Fahrbahn fahren konnte. Er hielt an und fragte, an die ganze Gruppe gewandt: „Chandola?"

Einer kam heran: „Fahren Sie geradeaus weiter. Auf der linken Seite ist ein Markt. Danach weiter geradeaus, über die Bahnlinie, dann rechts, bis zum Bahnhof. Dort fragen Sie noch einmal. Es ist nicht weit davon. Die Bahnlinie müssen Sie überqueren."

Adhirath fuhr nicht auf die andere Fahrbahn. Zu Hause warteten ja doch keine frischen Chapatis auf ihn!

■

Nachdem er mehrmals nach dem Weg gefragt hatte und dreimal abgebogen war, erreichte er den Bahnhof. Dort fiel ihm ein, dass er sich gar nicht erkundigt hatte, auf welchem Hof die Leiche gefunden worden war. Neben dem Bahnhof war der Dorfmarkt von Jhandapur. Er fragte einen inmitten von Hacken, Rohren und Körben sitzenden älteren Mann, wo der Mord stattgefunden hatte.

„Bei uns gibt es so etwas nicht“, sagte der Händler verächtlich.

Er fragte ihn, wo es nach Chandola ging. Widerwillig wies der Mann auf die Straße direkt vor dem Bahnhof. Überrascht bemerkte Adhirath, dass sie eben und frei von Schlaglöchern war.

Der Gutshof lag an der Straße zwischen den beiden Dörfern. Name oder Adresse brauchte er nicht mehr. Der Tatort war schon von weitem zu erkennen. An der Straße standen dichtgedrängt Leute, alle blickten in dieselbe Richtung. Adhirath stellte den Motor ab und ließ die Maschine im Leerlauf ausrollen. Er parkte, hängte den Helm an den Lenker und fuhr sich mit den Händen durchs Haar, während er sich zu der Gruppe gesellte. Alle hatten den Blick auf den Pfad geheftet, der vom Straßenrand auf ein stattliches Haus zuführte. Solche Häuser gab es auf den Landschaftsgemälden, die auf dem Wochenmarkt in Delhi verkauft wurden. Zu Hause hatte er in Puschpas und seinem Zimmer einen Platz für ein solches Landschaftsbild reserviert, eine größere rechteckige Aussparung in der Wand. Aber er hatte kein Bild gefunden, das genau in die Vertiefung passte. Entweder waren sie zu klein oder zu groß. Und heute stand vor ihm ein echtes Haus, das aus einem derartigen Landschaftsbild zu stammen schien. Eine imposante Toreinfassung aus rotem Sandstein markierte den Eingang zu dem schmalen Weg. Die Flügel des darin eingefügten schmiedeeisernen Tores waren nach innen geöffnet, so dass rechts und links Elefanten mit Blumengirlanden in den hochgereckten Rüsseln vor den Besuchern salutierten.

Als er sich dem Tor näherte, kamen gerade ein Wachtmeister sowie ein ASI oder Stellvertretender Unterinspektor heraus, begleitet von einem Mann aus dem Dorf. Daraus, dass nirgends ein Jeep zu sehen war, schloss er, dass Nitesch schon weg war. Die Leiche war sicherlich abgeholt worden, einen Karren dafür hätte man wohl vom Bahnhof geholt. Unterwegs war ihm keine Leiche begegnet. Es konnte aber sein, dass sie auf einem anderen Weg weggebracht worden war, wahrscheinlich zum Krankenhaus.

Wie ein Dolch fuhr ihm die Enttäuschung ins Herz. Am Tag nach Holi, das ziemlich farblos vorübergegangen war, war er so weit gefahren, um seinen Kollegen zu treffen und mit ihm die Freuden vergangener Tage aufleben zu lassen. Die lustige Zeit am Training College. Die Vorbereitungen auf die Feier zum Abschluss der Ausbildung. Und nun hatte der Tod einer Person, einer fremden Person, seine Pläne durchkreuzt. In ihm erwachte der Aberglaube seiner Mutter: War das etwa ein Zeichen seines baldigen Todes? Nahm es ihm jetzt auch noch die Hoffnung, dass sich alles zum Guten wenden würde? Es kam ihm plötzlich so vor, als läge vor ihm nichts mehr als der Tod. Um der düsteren Stimmung zu entkommen, blickte er sich um, ob es nicht irgendwo einen Stand gab, wo man eine Tasse Tee trinken konnte. Ringsum ausdruckslose Gesichter. Sein Lächeln wurde von steinernen Mienen zurückgeworfen. Drei weitere junge Männer kamen durch das Tor aus dem Hof. Nitesch hatte offensichtlich den ASI hiergelassen, um mit den Dörflern zu sprechen. Stellvertretender Unterinspektor – der unterste Dienstgrad, aber immerhin ein Offizier, ein Polizeibeamter in Uniform, mit einem Messingstern auf dem Schulterstück. Nicht dass die Dorfleute dachten, da hätten sie schon einmal einen Mord, und der Polizei war es nicht mehr wert als ein einfacher Wachtmeister, ohne Stern. Dass sie meinten, kein einziger richtiger Polizeibeamter wäre gekommen, um sie zu befragen. Nitesch sagte immer, auf solche Empfindlichkeiten müsse man hier unbedingt Rücksicht nehmen.

„Onkel“, sagte der ASI in respektvollem Ton, „wenn einer hier über alles Bescheid weiß, sind Sie es. Wir tun nur unsere Pflicht. Bitte bringen Sie diese Jungen einmal im Revier vorbei, wir müssen ihre Aussagen aufnehmen.“

„Ich habe Ihnen doch gesagt, was ich gesehen habe. Schreiben Sie einfach das. Bei uns im Dorf gibt es keine Polizeistation.“ Der „Onkel“ sah verdrossen aus.

„Was haben wir denn getan? Wir haben gesagt, was wir gesehen haben, ist das ein Verbrechen?" Der Junge trug ein schmuddelig-weißes Hemd und eine Hose, von der die Schnur, die sie an der Taille zusammenhielt, heraushing. „Wir gehen zu keinem Revier."

„Herr Ortsvorsteher, wir müssen ein Schriftstück aufsetzen. Sie kennen das doch, bei Ihnen im Dorfrat gibt es doch sicher auch eine Menge Dokumente", bat der Polizist einen Mann, der nach Adhiraths Einschätzung auch gut der Mörder sein konnte. So war es doch, auf denjenigen, der die Leiche entdeckte, fiel zuerst der Verdacht, selbst wenn sich später herausstellte, dass er nicht der Täter war.

Auch auf dem Grundstück selbst, auf dem Pfad hinter dem Tor, hatte sich eine Menschenmenge angesammelt. Manche der Anwesenden trugen über der Schulter ein Baumwolltuch. Einige waren in weite Hosen und lose sitzende lange Hemden gekleidet, andere trugen am Oberkörper nur Unterhemden, und wieder andere hatten europäische Kleidung mit Hemd und Hose an. Eine Frau drängte sich durch die Menge und stellte sich vor ihnen auf.

„Sprechen Sie mit mir, ich bin Mitglied des Dorfrats. Ich habe die letzte Wahl gewonnen", redete sie die Polizisten an.

„He, wir reden gerade", unterbrach sie ein Mann in Dhoti, dem traditionellen aus einem langen gewickelten Tuch bestehenden Beinkleid.

„Herr Dorfratsvorsitzender, Ihre Amtszeit ist um, Sie haben den Leuten hier nichts mehr zu sagen!" Die Frau ließ sich nicht mundtot machen. „Es ist so, aus unserem Dorf war noch nie jemand auf einem Polizeirevier. Bitte verstehen Sie das. Der Mord ist auf dem Gutshof geschehen. Hier kommt keiner aus dem Dorf her, wir haben den Hof von denen noch nie betreten. Sollen wir etwa auf die Wache, wenn diese Leute mit ihren Dreckstaten hier ankommen? Was sind das denn für Methoden?"

Dem Dörfler mit dem Dhoti kam jetzt endgültig die Galle hoch. Die Frau solle sich gefälligst nach Hause scheren und ums Essen kümmern, anstatt sich in Männersachen einzumischen! Glaubte sie, er hätte vergessen, wie man den Dorfrat leitete, nur weil er abgewählt war? Er könne immer noch mit geschlossenen Augen vierzig Formulare für den Dorfrat ausfüllen. Und es sei besser, wenn die Frau diese angeblichen Dreckstaten im Dorf nicht an die große Glocke hängen würde, hätte sie etwa irgendeine Dreckstat gesehen? Unruhe breitete sich aus. Die meisten Leute schienen gegen die Frau zu sein.

Adhirath stand am Rande der Menge und hörte still zu. Mit einem Mal fühlte er sich sehr einsam. Weder kam ihm in dem ganzen Geschehen irgendeine Rolle zu, noch hatte er das Recht, einzugreifen. Nitesch hätte nicht einfach wegfahren und die Verhandlungen mit den Dorfleuten seinen Untergebenen überlassen dürfen. Schließlich stand er als der verantwortliche Polizeibeamte in der Pflicht, oder?

Der ASI bat mit erhobenen Händen um Ruhe.

„Hören Sie, der Ortsvorsteher hat bei uns angerufen, das müssen wir aufnehmen", sagte er. „Sie haben doch die Einverständniserklärung unterschrieben. Also hätten Sie bitte die Freundlichkeit, nur noch für unsere Akten zu bestätigen, dass Sie die Leiche gesehen haben ..."

„Ich habe die Leiche nicht gesehen", sagte der Mann im Dhoti, der sich eben darüber ereifert hatte, dass die Frau ihn als ehemaligen Dorfratsvorsitzenden bezeichnet hatte. „Ich habe es gehört, das habe ich gemeldet."

Der Ortsvorsteher, der neben ihm stand, pflichtete ihm eifrig bei. Er sah die Polizisten scharf an, dann wandte er sich zu der Frau um: „Siehst du? Was soll das werden, wenn du uns hereinredest? Du bringst nur das Dorf in Verruf! Ich habe doch gesagt, du brauchst gar nicht zu kommen."

„Würde man mich nicht fragen, wo ich bleibe, wenn im Dorf so ein schreckliches Unglück geschieht? Wieso ich da nicht hingehe? Die Leute haben mir ihre Stimme gegeben, da werden sie auch wissen wollen, was ich tue." Sie begann ebenfalls laut zu protestieren: „Inspektor, unser Dorf hat damit nichts zu tun, wieso soll dann irgendwer mit Ihnen mitgehen? Wagen Sie es nur, die Jungen von unserem Dorf anzurühren!"

Darauf brachen einige junge Männer in Gelächter aus. „He, Tante", rief einer von hinten, „klar doch, dann packst du die am Kragen und schmeißt sie raus, ey!"

„Sie hat ganz recht. Wieso rufst du auch die Polizei, soll doch der sich darum kümmern, dem der Hof gehört, der weiß es!", kam es von einem anderen.

„Sie hat die Wahl gewonnen, sie weiß alles", witzelte ein weiterer.

Adhirath wusste, was hier los war. Es war der ewige Konflikt zwischen Polizei und Bevölkerung. Die Leute weigerten sich, Informationen zu geben, die Polizei wiederum war nicht bereit, ihnen das durchgehen zu lassen. Immerhin sprach hier der stellvertretende Unterinspektor als Vertreter des Unterinspektors höflich mit den Leuten, das war neu. Gehört hatte er das schon: Im Dorf müsse man sich immer etwas zurückhalten, selbst wenn es um Mord ging. Heute sah er es selbst. Der stellvertretende Unterinspektor bestieg sein Motorrad. Die Menge stob auseinander. Der Wachtmeister bestieg sein Fahrrad. Innerhalb von Minuten waren wie durch ein Wunder sämtliche Schaulustigen verschwunden. Es war, als hätten sie sich aufgelöst oder wären im Boden versickert. Eben noch waren sie alle hier, ob in Hemd und Hose oder traditionell in Kurta-Pajama oder Dhoti, nun konnte man noch in der Ferne vereinzelt kleine Grüppchen von Leuten im Gespräch sehen, und dann waren auch die wie weggefegt. Wohin? Das Dorf war von hier nicht zu sehen. Nur der „Onkel" und die drei jungen Männer waren zurückgeblieben.

„Was ist, Ortsvorsteher, müssen wir da hin?", fragte einer der Jugendlichen.

„Wieso denn? Die brauchen die Aussage, sollen sie doch selbst kommen." Der Ortsvorsteher war immer noch wütend. „Reicht es nicht, dass die Schlampen aus einem anderen Dorf unbedingt hier sterben müssen? Sollen wir jetzt auch noch auf die Wache?"

Adhirath zündete sich eine Zigarette an.

„He, wer bist du denn? Ein Spitzel, von der Polizei, was?" Einer der Jugendlichen sprach ihn an, gestreifte Pajama-Hose, hellblaues Hemd.

Er war drauf und dran, ihnen zu sagen, wer er war, aber der drohende Ausdruck in den Gesichtern brachte ihn davon ab. „Ich bin hier vorbeigefahren und habe angehalten, als ich gesehen habe, dass etwas los war." Er hielt dem Ortsvorsteher die Zigarettenpackung hin. „Ram Ram, Onkel."

Keiner nahm eine Zigarette. Alle starrten ihn an. Adhirath stieg achselzuckend auf sein Motorrad und fuhr weiter in Richtung Chandola.

Im Dorf stieß er auf drei Schlaglöcher, danach war die Straße wieder vollkommen eben. Und sie war leer. Schon lange schien sie dort zu liegen und auf ein Fahrzeug zu warten. Wer könnte so einer Einladung widerstehen! Er fuhr drei Kilometer weit, nicht mal ein Kiosk tauchte auf, wo man Zigaretten kaufen konnte. Er hätte wohl zum Bahnhof zurückkehren müssen, um etwas zu essen zu bekommen. Oder wenigstens Tee.

Aber dieser Ort zog ihn immer noch magisch an. Er lehnte das Motorrad an einen Baum und setzte sich unter einen anderen Baum in den Schatten. Stille umfing ihn. Kein Autolärm drang bis hierher. Ab und zu ein Vogelzwitschern. Zu beiden Seiten lagen Felder. Der Senf war schon abgeerntet. Hier und da wuchs auf kleineren Feldern Gemüse. Auf einigen dieser Gemüsebeete waren freie Stellen, dort waren Kohlköpfe mitsamt den Wurzeln herausgezogen worden. Nitesch war vermutlich in der Leichenhalle, jetzt würde er ihn kaum treffen können. Wenn er wenigstens irgendeinen Dörfler zu sehen bekäme, dann würde er ihn bitten, ihm einen Rettich vom Feld zu holen. Er hatte keine Ahnung, was für Rettichsorten es in dieser Jahreszeit gab, die man roh essen konnte. Ein paar Möhren wären auch gut. Frischer Rettich, noch mit dem Duft der Erde daran, er würde die Erde abschaben, vielleicht würde ihm auch jemand Wasser aus einem Tonkrug geben, mit dem er sie waschen konnte. Am liebsten würde er sich hier im Schatten schlafen legen. Dass seine Maschine so laut war, weckte in ihm jetzt Schuldbewusstsein. Nahebei klebten an einem Fladen Kuhmist leere Chipstüten in bunten Farben, und die Krähen pickten daraus Krümel. Aber ihm blieb nichts anderes übrig, er musste umkehren. Wenn er wieder die Dörfler mit ihren drohenden Visagen sähe, würde er an ihnen vorbeifahren, dass ihnen der Staub nur so ins Gesicht flog.

Es war niemand zu sehen.

Als er auf der Höhe des Hofes war, drosselte er stark die Geschwindigkeit. An der Mauer außerhalb des Tores saß eine Frau. Er fuhr an ihr vorbei. Was ihn dann bewog, umzukehren, war ihm selbst nicht klar. Die Unruhe in ihm, die Provokation durch die unnötige Feindseligkeit der Dörfler, sein Verdruss darüber, dass er dieser Provokation nicht die gebührende Abfuhr hatte erteilen können, der Anblick einer einsamen Frau, die an der Mauer hockte, was war es? Nachdem er ein kurzes Stück gefahren war, hielt er an und kehrte zu Fuß zurück, das Motorrad schob er. Das Tor war jetzt geschlossen. Die Blumengirlanden an den

Rüsseln der Elefanten lagen Seite an Seite. Er stellte das Motorrad ab und ging mit dem Helm in der Hand zu der Frau.

Es war eine ziemlich alte Frau. Ihr Haar war zerzaust, aber ein Zopf hing ihr zu einem lockeren Knoten gebunden im Nacken. Sie trug einen alten blau-weißen Sari aus billigem Kunststoff, dazu ein schwarzes Oberteil und abgetragene Gummilatschen. Das lange Ende des Saris wollte nicht bis zu ihren hängenden Schultern hochsteigen oder war vielleicht von dort herabgeglitten, man wusste es nicht. Eine kleine dünne Alte, die nahezu in der Mauer verschwand. Die ist es, die mich dazu gebracht hat anzuhalten, dachte er. Anders als es bei Frauen dieser Gesellschaftsschicht üblich war, schlug sie sich weder an die Brust noch gab sie ihrer Trauer durch lautes Klagen Ausdruck. Das Gesicht zur Mauer gekehrt, saß sie da und weinte leise, unterdrückt und irgendwie ängstlich, als sollte es niemand sehen. Von Schluchzern geschüttelt, presste sie sich das Sari-Ende in den Mund, um nicht zu schreien.

Er hockte sich vor sie hin.

„Warum weinen Sie, Mutter?“ fragte er sanft.

Sie fuhr nicht zusammen. Ob sie ihn überhaupt gehört hatte? Mit langsamen Bewegungen wischte sie sich über die Augen und sah ihn an. Das stumme Leid in ihren Augen war eine einzige Klage über das Unrecht der Welt. Die Ungeheuerlichkeit ihres Schmerzes höhnte der Existenz eines Gottes. Adhirath legte ihr die Hand auf die Schulter. Sagen konnte er nichts.

„Es war meine Tochter“, sagte die Alte nach einer Weile, „ja, meine eigene Tochter. Was für einen Tod hat sie gehabt, die Arme, was für einen grausamen Tod.“

Er setzte sich auf den Boden. „Das Mädchen, das dort drinnen gefunden wurde? Was ist geschehen? Sagen Sie es mir.“

In den Augen der Alten flackerte Angst auf.

„Mutter, ich gehöre nicht zu den Leuten aus dem Dorf. Das sehen Sie doch, oder? Ich bin nicht von hier. Kommen Sie, fahren wir zum Markt, trinken einen Tee.“

Die alte Frau blieb stumm sitzen. Dann erhob sie sich und machte Anstalten, in Richtung Bahnhof davonzugehen.

„Es ist okay, Mutter, macht nichts. Vergessen Sie den Tee. Kommen Sie, setzen Sie sich hierher. Sagen Sie mir, was los ist. Vielleicht kann ich ja helfen."

Die Frau machte nicht den Eindruck, dass sie ihm glaubte. Was immer diese Frau alles verloren haben mochte, allem voran war es wohl das Vertrauen zu den Menschen gewesen. Sie hatte einen wachsamen Ausdruck angenommen. Das Weinen hatte aufgehört, in ihren Augen glühte es.

„Mutter, die Leute hier im Dorf werden der Polizei nichts sagen. Sie lehnen das Mädchen ab. Ich habe gehört, wie sie von ihr geredet haben. Sie haben sie beschimpft."

„Es war kein gutes Mädchen", sagte die Alte.

„Davon weiß ich nichts. Aber der Mensch hat kein Recht, das zu nehmen, was von Gott gegeben wird. Das Leben ist gottgegeben. Ich weiß nicht, wer es genommen hat. Schauen Sie, ich könnte vom Alter her doch Ihr Sohn sein. Haben Sie gesehen, wie sie umgebracht wurde?"

Die Alte schluchzte auf und starrte ihn an. Adhirath wusste nicht, wie der Mord geschehen war. Er könnte Nitesch anrufen und fragen. Aber seine Frage hatte die alte Frau getroffen.

„Nicht mal ein Tier bringt man so um. Nicht mal eine Ziege wird so geschlachtet." Sie brach in Tränen aus. Adhirath fürchtete, Leute aus dem Dorf könnten herkommen. In einiger Entfernung waren auf der Wiese Kinder stehengeblieben und sahen herüber. Wahrscheinlich Schulkinder auf dem Heimweg. Adhirath rüttelte die Alte an der Schulter. „Mutter, die Dörfler werden bald hier sein. Kommen Sie, fahren wir zum Bahnhof."

Er schob das Motorrad ein Stück weiter, nach ein paar Metern setzte er die alte Frau hinter sich auf die Maschine und fuhr mit ihr zum Bahnhof. Der Bahnhof war klein. Es gab nicht einmal einen Teeausschank. Adhirath seufzte. Auf dem Markt nebenan kaufte er zwei Flaschen Limca und eine Packung Kekse, drängte eine Flasche der Alten auf und setzte sich mit ihr auf die Bank am einzigen Bahnsteig.

Nach und nach taute die alte Frau auf. Adhirath erfuhr, dass die Ermordete sowohl einen Namen als auch einige Träume gehabt hatte.

Einen Namen hatte auch ihre Mutter, die hier auf der Bank saß, Ramvati. Ihre Tochter hatte sie, vielleicht war sie beim Anblick ihres strahlenden Gesichts darauf gekommen, Suryabala genannt – Sonnenmädchen. War das ein Name, dachte Adhirath, oder ein Fluch, dass sie in der Sonnenhitze brennen sollte?

■

Suryabala! Es war ihr jüngstes Kind, ein aufmüpfiges Mädchen, das vier Jahre lang die Schule besucht und seinen drei älteren Brüdern die Fleischstücke vom Teller geschnappt hatte. Von allem hatte es für sie immer nur das Beste sein müssen. Was konnte sie denn erwarten, als Tochter eines Dhobi? Es war die Wäscherkaste, aber heute ließ doch niemand mehr seine Kleidung waschen. Hier war es auch nicht wie in einer Stadt, wo man gegen einen Vertrag für saubere Bettwäsche und Handtücher in Hotels sorgen konnte. Hier gab es nur eine Möglichkeit: sich als Arbeiter ohne feste Anstellung verdingen. Kaum sechzehn, wurde sie verheiratet.

„Schön war sie, dieser Pechvogel", sagte Ramvati, „nur, man kennt das ja, ein schönes Gesicht, aber das Schicksal wie ein Sieb: Das Glück bleibt einfach nicht. Sie hat in Delhi geheiratet, in Manglapuri. Dort hat sie das Leben weiter auf die leichte Schulter genommen. Trieb sich herum, mal, um Snacks zu essen, mal zum Schwatzen. Nichts half, weder Gewalt noch gute Worte. Sie hat von Anfang an Unglück gebracht. Als sie zwei Jahre alt war, ist deshalb ihr Vater gestorben. Nach zwei Jahren Ehe ihr Mann. Sie war kein gutes Mädchen, überhaupt nicht gut."

Ramvati begann hemmungslos zu weinen. Adhirath hörte schweigend zu. Jetzt verspürte er nicht einmal mehr den Drang, sie zu trösten. Auf der Suche nach etwas Freude war er weggefahren, und jetzt das! Nur Scherereien hatte er sich eingehandelt. Es war Niteschs Problem gewesen, war es immer noch. Der war es, der sich darum kümmern sollte.

Ramvati wischte sich die Tränen ab und sagte: „Sie ist zurückgekommen. Kinder hatte sie keine. Obendrein hatte sie jetzt Stadtluft geschnuppert. Sie trug bunte Armreifen und Saris. Welcher Mann hält sich bei so einer Frau zurück? Im Dorf sind sie ja angeblich alle Brüder, reden sich mit Bruder und Onkel an, aber das sind nur Worte. Die Schwägerinnen hatten Gründe genug, sich über sie das Maul zu zerreißen. Bald hatten sie sie auch wieder aus dem Haus. Sie wurde mit einem anderen verheiratet. Aber nach zwei Wochen schon ist sie dort weggelaufen. Dreimal haben wir das Mädchen zu ihrem Mann zurückgeschickt. Eingesperrt haben wir sie. Verprügelt. Aber sie wollte um keinen Preis zurück. Sie sagte, der Schwager belästigte sie. Und der Mann wollte die ganze Nacht Sex mit ihr. Sein Mund würde nach fauligem Fisch stinken. Als sie das dritte Mal weggelaufen ist, haben wir die Leute angebettelt, sie sollten der Scheidung zustimmen. Es gab Schlichtungsverhandlungen, der Ältestenrat der Kaste musste sich einschalten. Sie verlangten 10.000 Rupien Entschädigung, schließlich einigte man sich auf 6000. Die Brüder haben klargemacht, bei uns bleibt sie nicht. Aber wo sollte sie denn hin? Das ist es ja, warum man Mädchen gleich nach der Geburt die Kehle durchschneidet. Sie hat gesagt, sie wollte eine Ausbildung machen, wollte in einem Schönheitssalon arbeiten. Hat sie auch gemacht. Mit der Bahn ist sie immer hingefahren, mit der Bahn kam sie zurück. Manchmal ist sie abends nicht nach Hause gekommen. Hier am Bahnhof hingen die Burschen aus dem Dorf herum, Lumpenpack, der eine hat ihr Geld geboten, der andere sonst was. Wir konnten uns nirgends mehr blicken lassen. Wir gehören ja nicht zu diesem Dorf. Der Ortsvorsteher von Chandola schickte einen Mann zu uns. Durch den ließ er ausrichten, wenn das Mädchen sich prostituieren wollte, bitte, die Leute im Dorf hätten genug Geld. Wir sollten einfach am nächsten Tag das Mädchen zum Brunnen schicken. Wirklich, so war es.“

„Zum Brunnen?“

„Auf den Feldern gibt es Rohrbrunnen.“ Ramvati sah ihn seltsam an. „Sie sind aus der Stadt?“

„... ja klar, das weiß ich schon, dass es Rohrbrunnen ...“

„Es gibt dort auch so ein Häuschen, für Elektrizität. Da machen die all ihren Schweinkram.“

Der Ortsvorsteher! Adhirath erinnerte sich an das wütende Gesicht des Mannes in Dhoti und zerknittertem Hemd. Der ASI hatte ihn Onkel genannt.

„Ihre Brüder haben sie noch am selben Tag hinausgeworfen."

In den sechs Monaten danach hatte Ramvati sie nur einmal getroffen. Wohin sie gegangen war, wo sie wohnte, sie wusste es nicht. Zweimal war sie zu Besuch gekommen. Hatte die Stirn mit einem Bindi geschmückt, trug Ohrringe und Fußkettchen. Die billigen Armreifen hatte sie abgelegt, trug stattdessen breite Armbänder. Die Schwägerinnen verzogen sofort das Gesicht.

„So musste es ja kommen. Aber ich habe sie doch zur Welt gebracht. Vermutlich ist es wegen irgendeiner schlechten Tat in einem früheren Leben, dass ich so eine Tochter bekommen habe. Zur Hölle fahren wird sie. Trotzdem, einer muss doch die Totenrituale durchführen. Wo haben sie ihre Leiche hingebracht, diese verdammten Polizisten? Möge Gott sie strafen! Sie haben nicht mal gesagt, wohin sie sie bringen. Wo soll ich jetzt die Leiche finden?"

„Das war doch sicher die Polizei, die Sie von dem Tod benachrichtigt hat?"

„Benachrichtigung, Polizei, von wegen. Einer vom Dorf ist gekommen, den hat der Ortsvorsteher geschickt. Der hat gesagt, irgendjemand hätte das Mädchen erstochen. Ihre Gedärme lägen auf der Erde. Ich bin sofort hingerannt. Ich konnte den Anblick nicht ertragen. Gleich darauf kam die Polizei. Die haben gar nicht mit mir geredet."

„Mutter, kommen Sie, ich bringe Sie nach Hause. Ich finde das heraus und sage Ihnen Bescheid."

Adhirath konnte nicht glauben, dass er das sagte. Seine eigene Stimme kam ihm fremd vor, als würde jemand außerhalb von ihm stehen und dieser alten Frau Trost zusprechen. Und es gefiel ihm überhaupt nicht, dass dieser Jemand das tat.

Er ergriff ihre Hand, führte sie zum Motorrad und brachte sie nach Hause. So bekam er auch das Dorf Amirpur zu sehen, das etwas weiter weg lag, und am Rande davon ein Gebilde, das aus unverputzten schiefen Ziegelwänden mit einer Asbestplatte darüber bestand. Es Bauwerk zu nennen wäre ein sprachliches Unding gewesen, aber manche Leute würden es als Haus bezeichnen.

2

Seine Beteuerungen Ramvati gegenüber stellten in Adhiraths Augen kein Versprechen dar, sie waren nichts als die konventionellen Trostworte, die man einer Person zukommen lässt, die um eine verstorbene enge Angehörige trauert. Versprechungen, die man allenfalls einen Augenblick lang zu erfüllen gedenkt und bei denen Erwartungen, dass sie erfüllt werden, ins Leere laufen. Mit Nitesch hatte er auch nicht gesprochen. Aber am Tag darauf begann sich die Unruhe zu melden, darum fuhr er wieder los.

Als er aus dem Laden kam, war unter seinem Hemd eine Halbliterflasche versteckt, und während er noch das Kleingeld in die Tasche steckte, bahnte er sich einen Weg durch die Menge bis zu seinem Motorrad, das am Rande der Straße stand. An einem Kran hing kopfüber ein Auto, und während es abgeschleppt wurde, schien die Schnauze des Autos die Straße abzulecken. Das kleine Auto bot in den eisernen Fängen des riesigen Krans einen verzweifelten Anblick. Ein Mann in Businesskleidung herrschte einen Obstverkäufer an, es sei eine Unverschämtheit von ihm, seinen Karren hier aufzustellen, er halte den ganzen Verkehr auf. Als der Obsthändler sich still entfernte, ging der Mann auf die Tür des Wagens zu, der hinter seinem Motorrad stand. Der Mann machte eine ärgerliche Bewegung mit dem Fuß gegen das Motorrad, als ob er dagegentreten wollte, aber ohne es zu berühren. In diesem Moment traf Adhirath ein. Er öffnete den Seitenkoffer und verstaute seine Flasche darin.

„Ist das Ihr Motorrad?“ Der Mann stand an der Tür seines Autos.

„Nein, hab ich gestohlen“, versetzte Adhirath mit einer knappen verneinenden Kopfbewegung und fügte, während er aufstieg, hinzu, „Nur zu, zeig mich an!“ Lauthals lachend brauste er davon. Hinter ihm waren Fetzen der englischen Flüche zu hören, die der Mann ihm nachschickte, teilweise verstand er sie, aber das Röhren seiner Maschine übertönte jede noch so laute Stimme. Seine Enfield. Heutzutage fuhr man Honda, klar, aber so viel Power wie seine alte Kiste hatten diese fiberglasbrüstigen Räder nie im Leben.

Kurz nach der Mittagspause kam er an der Leichenhalle an. Er kannte den Ort, es war ein garagenähnlicher niedriger Bau hinter dem alten Krankenhaus mit seinen mächtigen Mauern, und er war schon manches Mal dagewesen. Er ging nach hinten und blieb stehen. Hier hatte nicht jeder Zutritt, aber ab und zu kam es vor, dass der Wachmann ihn durchließ. Wenn etwa zu dieser Tageszeit der Wachmann schläfrig wurde, war es möglich, die Gelegenheit zu ergreifen und schnell hineinzuschlüpfen. Heute schien der Wachmann allerdings aufmerksamer als gewöhnlich zu sein. Das war sein Schicksal, dachte Adhirath, er war nun einmal vom Pech verfolgt. Vermutlich war irgendein Prominenter gestorben. Das hieß, auch der Arzt würde im Haus sein. Er begann ein Gespräch mit dem Wächter, sie waren alte Bekannte. Als er innen einen Mitarbeiter hin und her gehen sah, rief er ihm zu, er möge Bhikulal Bescheid geben, dass jemand ihn sprechen wollte. Der Wachmann bekräftigte lachend: „Ein echter Prominenter für Bhikulal!“

Eine halbe Stunde später trat Bhikulal aus der Leichenhalle.

„Lässt du deinen Schwiegersohn so warten? Oh je, was ist nur aus uns geworden!“ begrüßte Adhirath ihn mit einem Scherz.

„He, voll von verdammten Schwiegervätern heute. Konnte nicht zwischendurch mal weg.“

„Schon klar, habe ich mir gleich gedacht, als ich gekommen bin. Ich dachte mir, wenn schon die Welt in Unordnung ist und es nicht mal an Holi ein Geschenk von den Schwiegereltern gibt, bringe wenigstens ich etwas mit.“ Adhirath holte die Halbliterflasche Rum aus dem Seitenkoffer.

Bhiku nahm sie entgegen, aber wirklich erfreut war er nicht: „Einen ganzen Liter solltest du mitbringen. Alles mache ich für dich und hab bis heute nie etwas dafür verlangt. Schließlich ist das keine kleine Sache. Ist auch nicht so, dass alles in meine Tasche geht. Jeder nimmt Gebühren. Wenn du wüsstest, wieviel der Chirurg abzockt, wärst du platt. Aber eins ist sicher: Für eine Obduktion gibt es keinen, der besser ist als ich.“ Für jede Obduktion bekam Bhiku eine halbe Flasche Rum. In den letzten zwei Jahren hatte das Geschäft geblüht. Täglich kam eine Leiche herein, an manchen Tagen konnten es auch drei werden.

Eine Weile unterhielten sie sich über dies und das, Bhiku erkundigte sich nach seiner Nichte, und sie rauchten zwei Bidis.

„Wie steht es mit dem Bericht über die Tote?“

„Kommt. – Wenn du dich um ein Jagir bemüht hättest, brauchtest du dir jetzt um deine Einkünfte keine Sorgen zu machen.“ Als Jagir „Domäne“ wurde das Gebiet bezeichnet, das jeweils von einem Latrinenreiniger oder dessen Familie betreut wurde und Grundlage von deren Lebensunterhalt bildete. Natürlich hätte Adhirath nicht selbst Putzarbeiten übernehmen wollen, aber der Onkel meinte, er hätte jemand einen Vertrag für ein solches Jagir besorgen und einen Anteil der Einkünfte für sich abzweigen können.

„Onkel, hast du dieses Mädchen aufgeschnitten? Das Mädchen, das auf dem Gut umgekommen ist? Das am Montag eingeliefert wurde?“

„Hab ich gestern gemacht. Leichen gibt es jetzt reihenweise. Wieso? Kanntest du die?“

„Nur so. Ist ein Fall von meinem Freund.“

„Inspektor Nitesch, ja? Der war hier. Dachte, er könnte sich die Halbe für mich sparen. Also wirklich, kann hier einer ankommen und Dienstleistungen verlangen, ohne eine Halbe springen zu lassen? Soll es richtig rangehen bis auf die Knochen, dann kommen die zu mir. Diese Ärzte – in den Adern ist verflucht noch mal Blut, jede Menge Blut. Deshalb wollen die da nicht ran, schon der Gestank bringt die um. Geben Millionen fürs Studium aus. Alles dafür, dass die Schweinehunde mit ihrem Doktortitel Patienten ausnehmen können. Geschäfte, nichts als Geschäfte. Als ich hier angefangen habe, waren es fast nur Brahmanen. Heute sind es Banias, Geldleute. Allein daran kannst du sehen, was für ein gutes Geschäft die Doktorei ist. Ich hab keinen Doktortitel, trotzdem könnten die von mir was lernen. Gibt es eine Leberruptur, sind die Nieren verletzt, die Därme gerissen, ist einer von selbst gestorben oder wurde er ermordet – der erste, der weiß, woran die Leute gestorben sind, bin ich. Von dem Bombenanschlag weißt du ja, oder? Wie viele Leichen da ankamen. In x Stücken. Nicht zu erkennen, wem die Hand da gehörte, wem der Rumpf. Was glaubst du, wer die zusammengesetzt hat? Wer aus den Teilen wieder Körper gemacht hat? Ich!" Bhiku tippte sich auf die Brust.

Adhirath nahm den Schlüssel vom Sitz des Motorrades und ließ ihn am Finger baumeln.

„Diese Weißkittel und Bürohengste mit ihrer Bildung, sind nicht mal gekommen, um sich anzuschauen, wie die Leute nach der Explosion aussehen. Wie Stücke von Wassermelonen. Du weißt doch, wie das aussieht mit den Kernen in Wassermelonen. Genauso ist das. Weißt du, wieso? Därme. Gedärm, und darin Dreck. Das, was sie kurz vorher gegessen haben, Samosas, Pakoras, Brot, Fleischsoße ..."

Adhirath gähnte. Er hatte schon etliche Versionen dieser Geschichte gehört, kürzere und längere und überlange mit allen Einzelheiten. Aber bevor er nicht die Geschichte von den Opfern des Bombenanschlags abgespult hatte, würde Bhikulal nicht bereit sein, sich mit irgendetwas sonst zu beschäftigen. Adhirath kannte das längst, mit allen schmutzigsten und grauenhaftesten Details. Die Därme, die überall herumlagen, aus denen beim Anheben manchmal Gas entwichen war, die grauen und schwarzen Flecken in den roten Fleischstücken, die aussahen wie die Kerne von Wassermelonen, die teilweise verdauten Speisen und die Stücke zerfetzter Organe. Bhiku liebte es, sich darüber auszubreiten, dass die Därme mehrere Kilometer lang waren und wie wunderbar sie zusammengerollt und verpackt waren. Als Adhirath es zum ersten Mal gehört hatte, hatte er sich übergeben müssen, hatte nichts mehr zu sich nehmen können und hatte Puschpa angebrüllt: „Ich schwör's dir, nie wieder geh ich zu deinem Onkel!" Aber dann hatte er diesen Bhangi, diesen Angehörigen der Dalit-Kaste von Latrinenreinigern und Straßenkehrern, diesen Verwandten seiner Frau, der nach Haut- und Haarfarbe dem Krähen-Heiligen Kagbhushundi glich, eben doch immer wieder aufgesucht. Diesen Mann, der in dem Krankenhaus mit angeschlossener Leichenhalle arbeitete und bis heute die massenhaften Leichen des Bombenanschlags nicht hatte verarbeiten können. Wenn man

Bhikulal sah, konnte man denken, die schwarze Farbe sei nur eine Art Surma oder Kohl, wie man es zum Umranden der Augen verwendete, und sie würde abgehen, wenn er nur leicht den Kopf schüttelte.

„Ich hab alles zusammengefügt. Dann haben die Ärzte den Bericht geschrieben. Deinem Freund habe ich das auch gesagt. Er meinte: Ich bin ein Freund von deinem Schwiegersohn. Ich darauf: Ist okay, der Freund von diesem Mädchen bist du aber nicht, oder? Wenn doch, kostet es doppelt. Der Arzt schreibt den Bericht, aber ich bin es, der ihm die Informationen dafür liefert. Leber, Milz, alles kommt in Gläser, und ich bin es, der die abgibt. Die Ärzte schauen nur in ihr Mikroskop. Wenn die mich nur ans Mikroskop lassen würden, ich garantiere dir, in sechs Monaten hätte ich das auch drauf. Keiner macht mir was vor bei der Obduktion. Jedenfalls, ich hab dem klipp und klar gesagt, ohne Halbe keine Obduktion."

„Ich bezahl auch seinen Anteil, Onkel", unterbrach Adhirath den Monolog.

„So, machst du das, ja? Glaubst du, ich bin blöd? Ich hab dem das schon abgeknöpft."

„Ich brauche den Bericht."

„Gibt es in einer Woche. Diese verfl... Weißkittel, die schieben das ewig auf, und wenn sie so weit sind, machen sie es schlampig. Wenn der Bericht überhaupt geschrieben wird. Keiner hier ist bereit, was zu tun. Außer mir. Aber auf solche wie uns, da blicken sie herab, ekeln sich. Reden Englisch, damit wir es nicht verstehen. Unter den Ärzten hier ist nicht einer von meiner Kaste. Bis heute, kein einziger. Keiner von uns hat Medizin studiert. Sind alles Brahmanen und Banias, die hier die Toten sezieren und sehen, was drin ist in einem Menschen. Ist in allen dasselbe drin. Aber hat denen das vielleicht die Augen geöffnet? Obwohl sie sehen, dass es innendrin überall gleich ist, sind wir für die Scheißkerle immer noch Unberührbare. Alle Leichen hier, alle sind genau wie ich. Oder jedenfalls wie Leute von meiner Art. Arme Leute. Und diese Grasfresser, die ein Getue um Unreinheit machen, wenn einer bei ihnen stirbt ... also, wenn bei denen zu Hause der eigene Vater stirbt, dann baden sie alle im Ganges, damit sie wieder rein sind. Aber die Wichser, hier nehmen sie die Leichen zu Lehrzwecken, schneiden sie auf und waschen sich nicht mal die Hände, bevor sie ihre Rasgullas essen. Ich weiß alles über die. Super Bania-Ärzte werden die, machen an einem Tag Tausende Gewinn. Die Reichen stehen Schlange, der eine lässt sich eine Nierentransplantation machen, der andere lässt sich das Herz aufschneiden und wieder zunähen. Mit den Händen im frischen Blut verdienen die ihr Geld, die Banias. Ist eine neue Methode, Blut zu saugen, also genau das, was die schon immer gemacht haben. Aber wenn sie sehen, dass ich eine halbe Flasche Rum habe, dann heißt es, Korruption. Die fürchten nicht mal ihren eigenen Gott ..."

„Onkel, sag mir nur eins. Wie kam es zum Tod?"

„Im Wohnheim, hab ich gehört, haben die hochkastigen Kommilitonen einen schikaniert. Einen Dalit. In der Mensa haben sie ihn nicht mit den anderen essen lassen. Sie haben ihn gezwungen, ihre Kleider zu waschen. Haben gesagt, fass ja nicht die Töpfe an, das Essen wird unrein. Der hat sich am Deckenventilator aufgehängt. Einer von deiner Kaste war das, ein Chamar. War nicht von hier. Jetzt ist der Teufel los. Leute von zwei, drei Zeitungen sind gekommen. Verdammter Feigling! Die Schüssel mit der Linsensuppe hätte er nehmen und ihnen ins Gesicht werfen sollen. Der war hier, um das Chirurgenhandwerk zu lernen. Hätte er doch einem von denen die Kehle durchgeschnitten! Stattdessen hat er sich selbst das Leben genommen. Kein Gedanke daran, wie seine Mutter damit fertig wird. Was aus seinen Schwestern wird, wenn keiner für ihren Unterhalt sorgt. Alles Feiglinge sind das."

Adhirath seufzte. Als Führer seiner Gewerkschaft hatte Bhikulal Geschmack daran gefunden, Reden zu halten. Das übertrieb er auch leicht mal, kam vom Hundertsten ins Tausendste. Manchmal hatte er den Eindruck, Bhikumal machte das absichtlich. Hatte wohl Spaß daran, die Gesellschaft zu sezieren wie eine lebende Leiche. Trinken tat er immer. Sogar wenn er morgens gurgelte, tat er es mit Rum. Weiß der Himmel, wie er in dem Zustand Leichen sezierte.

„Onkel, ich meine das Mädchen."

„Heute waren die Ärzte da, um die Leiche zu sezieren. Erst lassen sie ihn nicht das Essen berühren, dann fassen sie seine Leiche an. Und waschen sich danach nicht mal gründlich. Gehen Rasgulla essen. Ich weiß doch, wie es ist ..."

Das war also der Grund, warum hier heute so viele Weißkittel herumliefen. Ein Medizinstudent hatte Selbstmord begangen. Diejenigen, die so starben, waren in der Regel entweder Dalits, sogenannte Unberührbare, oder es waren Mädchen. Das wusste aufgrund seiner beruflichen Erfahrung auch Adhirath. Aber solange Bhikulal seine Reden schwang, ging es nicht weiter. Der Onkel fand kein Ende. Jetzt klagte er über Duckmäuser, die lieber starben als zu kämpfen.

„Genau das ist doch eigentlich das Ideal von Brahmanen: Innenschau, Fasten, Selbstaufopferung, was sonst? ... Verdammt, Leute, schaut euch um, reißt dem die Augen aus, der euch schief ansieht und bedroht, dann merken die es mal. Ist es etwa ein Weltuntergang, wenn die sterben? Stattdessen wieder einer weniger von uns, einer mit Bildung ..."

„Das Mädchen, das mein Freund … das, von dem die Leiche eingeliefert wurde ..."

„Die Leiche, die sie Dienstag gebracht haben? Vor zwei Tagen? Oder die von Mittwoch?"

„Onkel", Adhirath legte ihm die Hände auf beide Schultern, „die Leiche des Mädchens, die am Montag eingeliefert wurde. Die Nitesch gebracht hat, mein Freund."

„Kümmer du dich lieber um deinen eigenen Fall. Soll er sich doch um seinen kümmern. Mach denen Druck! Rede mit jemand! Stattdessen sitzt du herum und drehst Däumchen."

„Die Anhörung kommt schon noch. Die haben noch eine Menge anderes zu tun. Wenn du mir nicht helfen willst, dann lass es halt, Onkel. Ich gehe."

„Es war schließlich nicht deine Schuld. Nach den Regeln müssten die das zügig erledigen und dich wieder einsetzen. Das Problem ist, dass es in deinem Job nicht mal eine Gewerkschaft gibt ..."

„O.K., dann Tschüs." Adhirath war langsam richtig verärgert.

Bhiku warf ihm einen enttäuschten Blick zu.

„Meine Nichte ist doch in demselben Job. Hat an mehreren Polizeistationen gearbeitet. Aber bis jetzt hat sie mich nicht einmal gefragt,

Onkel, wie ist es bei der Obduktion. Es interessiert sie nicht. Warum sich mit Problemen abgeben, die einen nichts angehen? Dieses Mädchen, hast du die Leiche gesehen?“

„Onkel, ich hatte gehofft, du würdest mir helfen.“

„Die habe ich erst heute in Arbeit gehabt. Erinnere mich gut. Erwürgt. Unter dem Kinn“, Bhiku fasste sich an seinen eigenen Hals, „hier, da gab es Würgemale. Von einem Strick. Genau solche Eindrücke waren da, teils tief, teils weniger. Von einem Strick, würde ich sagen.“

„Aha ...“

„Ob sie daran auch gestorben ist oder nicht, ist aber nicht sicher. Falls nicht, wäre sie auf jeden Fall gestorben, weil sie sehr viel Blut verloren hat. Eine lange Schnittwunde unterhalb der Brust, gerader Schnitt. Als hätte einer einen Zollstock angelegt. Sie muss sich dabei nicht bewegt haben. Vermutlich bewusstlos. Oder auch schon tot. Hat mir die Arbeit erleichtert. Als die Leiche hier ankam, war sie in schlechtem Zustand. Die Därme hatten sie ihr irgendwie wieder hereingestopft ...“

Adhirath machte sich bereit, sein Motorrad zu besteigen. Bhikulal war wieder mal bei seinem Lieblingsthema.

„Keine Ahnung, wie der so einen geraden Schnitt hinbekommen hat. Muss ein zupackender Typ gewesen sein, der Mistkerl. Wahrscheinlich hat er auch etwas abbekommen. Irgendeine Wunde, oder möglicherweise gibt es Hautpartikel des Opfers unter seinen Nägeln. Die Leiche des Mädchens zeigt Spuren von Gewalt. Sieht aus, als wäre sie verprügelt worden. Die Lippen sehen zerbissen aus, sind geschwollen. Auch auf der Brust gibt es Verletzungen, und zwischen den Schenkeln. Und die Fingernägel, darunter ist Erde, kann sein, dass darin auch noch Rückstände vom Blut des Täters stecken. Sie muss hingefallen sein, hat wohl mit aller Kraft versucht, sich loszumachen. Es gibt Abschürfungen an den Handflächen. Sie war übrigens schwanger.“

„...“

„Im dritten Monat. Den Fötus hat es auch erwischt, ist in zwei Teile zerschnitten. Hast du so was mal gesehen? Hier bewahren sie das in Gläsern auf. Soll ich es dir zeigen? Wird in einer Salzlösung haltbar gemacht. Sieht aus wie ein aufrechtstehender Fisch. Das Gedärm war zerrissen. Wenn die Därme im Bauch sind, sind sie schön aufgerollt", Bhiku fuhr sich mit der Hand über den Bauch, als führte er ein Messer, „wenn man durchschneidet, fällt alles auseinander. Hier und da ist viel Fett dran, das ist es, was so stinkt, wenn die Verwesung einsetzt, das muss man ablösen. Bei ihr war da nicht viel. Von Erde und Blut mussten wir sie säubern, um den Schnitt zu sehen. Viel Erde, sicher von dem Hof. Der Darm war mehrfach zerschnitten. Hast du das je gesehen? Wie wenn du ein Seil aufrollst, in eine Puppe steckst und dann zerschneidest. Haben die dir das bei der Ausbildung beigebracht? Eine Puppe aufzuschneiden? Wenn man die Leiche sieht, erkennt man, wie sie umgebracht wurde. Die Obduktion kommt noch, das sind erstmal nur Vermutungen, die Untersuchung von deinem Fall ..."

Adhirath kämpfte mit dem Brechreiz. Einige junge Männer in weißen Kitteln kamen aus der Leichenhalle. Bhiku lachte schallend, spuckte aus und sagte: „Komm, trinken wir einen Tee."

Adhirath schüttelte den Kopf.

„Geh da hinter die Säule, wenn du kotzen musst." Bhiku klang verächtlich. „Ich weiß wirklich nicht, was meine Nichte an dir findet. Kein Mädchen in unserer Kaste ist so gebildet wie sie. Und Schneid hat die, hat vor nichts Angst. Nicht mal vor Gespenstern."

Adhirath hörte nicht hin. Er befand sich hinter der Säule. Als er zurückkam, wischte er sich mit einem Taschentuch den Mund.

„Also ist sie an der Schnittwunde gestorben?"

„Ja. Oder an beidem. Durch das Würgen bekam sie wahrscheinlich keine Luft, konnte auch nicht weglaufen. Dann wurde sie erstochen. Der Tod kann mehrere Ursachen haben. Ein sehr hübsches Mädchen war das. Schätzungsweise etwas jünger als Puschpa. Armes Ding. Hat sie noch weitere Kinder?"

Adhirath schüttelte den Kopf und startete die Maschine, um nach Hause zu fahren. Bis er ankam, ging es auf den Abend zu. Puschpa war in der Küche und machte Tee. Die Stimme seines Vaters flammte auf wie die Flamme eines Gaskochers.

„Zu meiner Zeit gab es noch ordentlichen Tee. Mit Milch, die richtig abgekocht und eingedickt war. Rosa sah die aus. Rosa. Die Frau saß die ganze Zeit am Herd, schnippelte Gemüse, dabei köchelte die Milch vor sich hin, auf kleiner Flamme. Der Tee war so milchig, dass der Löffel in der Tasse stehenblieb, mit Sahne drauf ..."

Schakuntala war nicht da. Wahrscheinlich war seine Mutter einkaufen.

Adhirath ging zu Puschpa. „Soll ich Gemüse schneiden?"

Puschpa drehte sich zu ihm um. Die Augenbrauen hochgezogen. Ihre Augen lachten ihn an.

■

Endlich gelang es Adhirath, auf dem Revier seinen Freund zu treffen. Zuerst musste er mit ihm darüber reden, wie es mit den Ermittlungen um seinen Fall stand. Für Adhirath war es dieser Tage, als würde er für die anstehende Befragung überall wie ein angehender Märtyrer mit einem Leichentuch um den Kopf herumlaufen. Bei Nitesch sah es anders aus. In der Abteilung gingen doch immer wieder Informationen ein.

„Weit und breit nichts darüber, wann das stattfinden soll", sagte Nitesch.

„Wäre echt gut, wenn das bald erledigt würde, Kumpel. Wenn die mich rauswerfen wollen, dann sollen sie es tun. Zu Hause herumzusitzen macht mich fertig. Ich muss etwas zu tun haben. So langsam halte ich das nicht mehr aus."

„Du hast es gut", sagte Nitesch, „sitzt zu Hause und schläfst, so lange du willst. Ein halbes Gehalt bekommst du auch dafür. Keiner macht dich an, weil die Diebstähle zunehmen, keiner fragt nach, ob du den Mordfall endlich gelöst hast. Sieh mich an, seit zwei Tagen hocke ich fest in diesem Kabuff. Nicht mal nachts kannst du rausgehen, weil die Moskitos einem zusetzen. Dazu war jetzt auch noch Vollmond. Bei der Helligkeit kann kein Mensch schlafen, und ausknipsen kann man es auch nicht."

„Was ist mit diesem Mord?"

„Was soll sein? War irgendeine Schlampe, eine Prostituierte. Konnte noch am selben Tag identifiziert werden, das ganze Dorf kannte die.

Sie war aus einem anderen Dorf in der Nähe. Hat in irgendeinem Schönheitssalon gearbeitet, hier in der Basargegend. Du weißt ja, was in solchen Salons abgeht. Massage und was weiß ich. Sie hatte wohl mehr als einen Kunden. Wahrscheinlich wurde sie festgehalten, dabei wurde ihr eine Schnittwunde zugefügt. Vollkommen gerade, muss einer gewesen sein, der darin geübt ist, mit dem Messer umzugehen. Von hier bis hier", Nitesch fuhr mit dem Finger entlang einer imaginären Schnittwunde von seiner Brust bis zum Unterleib.

Adhirath fröstelte es.

„An Holi war das." Nitesch zog die Augenbrauen hoch und verzog leicht dcn Mund. „Die haben Holi gefeiert, aber mit Blut. Wäre sie wie anständige Leute zu Hause geblieben oder hätte meinetwegen auch in irgendeinem Büro gearbeitet, hätte sie jetzt ihre Kinder aufgezogen. Das kommt halt davon, wenn man in Schönheitssalons herummacht."

Adhirath sah Nitesch scharf an. Sie hatten gemeinsam die Ausbildung absolviert. Hatten zusammen Sport getrieben, hatten in den Nächten unmelodisch die Lieder ihrer Jugend geträllert, hatten für Neetu Singh geschwärmt, hatten die romantischen Filmsongs von Sahir Ludhianvi gesummt, *Kabhi kabhi mere dil men khayal ata hai ...* (manchmal denke ich in meinem Herzen ...), hatten sich um die korrekte Urdu-Aussprache der Worte bemüht. Heute war davon bei seinem alten Freund keine Spur mehr zu entdecken. Nirgendwo in diesem schweren Körper schimmerte etwas von dem unsteten Geist poetischer Liebe durch. Heute wurde nur noch geflucht, „... seine Mutter!" und „... seine Schwester!" Machte das der Polizeidienst aus einem? Waren hier die Flüche gelagert, die anfangs nur von Zeit zu Zeit Anwendung fanden, später Teil der Existenz wurden? Das eine Jahr, in dem er beurlaubt war, hatte ihn vielleicht aus diesem Lager herausgezogen, vielleicht auch die täglichen Ermahnungen von Puschpa, dass er Daulatram davon abhalten sollte, vor dem Kind ständig mit Schimpfwörtern um sich zu werfen. Er selbst hatte bei seinem Sohn schwören müssen, dass er sich zurückhielt, aber einige Jahre hatte sie gedroht, sich von ihm zu trennen, sie könne mit all der Flucherei in diesem Haus nicht leben. Nicht nur in der Familie, sondern auch auf der Straße. Die Leute von der Zeltfirma waren täglich von morgens bis abends dabei, jedermanns Mütter und Schwestern zu ficken. Zu Hause tat sich sein Vater keinen Zwang an. Seit Puschpa bei der Women Helpline arbeitete, der landesweiten Anlaufstelle für Frauen, die Opfer von Gewalt wurden oder in einer anderen Notlage steckten, war sie in diesen Dingen noch empfindlicher geworden, jedenfalls schien es ihm so. Die junge Wachtmeisterin, die er damals als Kollegin kennengelernt hatte, war nicht so gewesen.

„Das ist nun mal der Job, Kumpel. Auch eine Hure darf nicht ermordet werden. Hatte die Sache denn mit ihrem Gewerbe zu tun? Was war überhaupt? Hat sie zwei Freier erwartet, und vier kamen, und sie hat protestiert? Oder hat sie sich geweigert, sich auf irgendwelche abartigen Sexpraktiken einzulassen? Mit dem Mund oder ...?“

„Weiß der Teufel. Das können sonst was für Typen sein, die zu denen gehen. Dazu auch noch Dörfler. Du kennst ja die Dorfleute, wie sie in den Bollywood-Filmen auftreten. Schlicht, grundehrlich, wenn auch etwas naiv, und irgendwie rührend. Die verarschen uns doch! Von der Sorte findest du im Dorf nicht einen. Die Arschlöcher schweigen alle, als hätten sie den Mund mit Klebeband zugeklebt. Keiner hat was gesehen. Ein Wachmann ist da, der ist auch ein Wichser. An dem Tag war er nicht mal da. Abends sind wir wieder hin und haben ihn endlich aufgetrieben. Auch das nur mit Mühe. Wir haben ihn hergebracht und verhört. Haben ihn auch ordentlich in die Zange genommen. Der ist nicht von dort, den kannst du sogar umbringen, ohne dass die Dorfleute ein Gezeter darum machen. Vor dem Tor hängt ein Schloss. Wenn einer hineinwill, muss der Wächter das Tor öffnen. Der behauptet, keiner war da. An dem Tag war er selbst nicht im Dienst. Hatte Urlaub genommen, wegen Holi. Das wird er ja wohl tagsüber gefeiert haben. Wo war er also abends? Er sagt, er war betrunken vom Bhang. War angeblich bei einem anderen Wachmann, auf einem Hof zwei Kilometer weiter, und ist dort über Nacht geblieben.“

„Wenn der Wachmann nicht da war, wer hat dann die Leiche gefunden?“

„Drei Jungs. Sie sagen, sie wären noch nie auf dem Hof gewesen, wären nur hingegangen, um Maulbeeren zu holen. Die bekamen sie immer vom Wachmann. An dem Tag war er nicht da, deshalb sind sie über das Tor in den Hof geklettert. Und dort unter den Bäumen lag die Leiche. Darauf sind sie weggerannt und haben den Ortsvorsteher alarmiert. Der hat dann bei uns angerufen."

„Merkwürdig. Der Wachmann ist doch von woanders? Die Dorfleute werden ihn kaum eingeladen haben, mit ihnen Holi zu feiern. Wo ist er dann hingegangen?"

„Keine Ahnung. Kann auch sein, dass er eine Weile dabei war und dann erst zu dem anderen Hof gegangen ist. An der Straße liegt ein Hof neben dem anderen. Und wer weiß, wo die Dorfbewohner überall ihre Felder haben."

„Sind vielleicht alle verkauft."

„Nein, es gibt welche. Einige wurden an das Landgut verpachtet, mit einer Regelung zur gemeinschaftlichen Nutzung der Erträge."

Adhirath wiegte den Kopf. „Gut. Was glaubst du, wann kommst du hier raus? Ich habe mir gedacht, wir könnten vielleicht ins Kino gehen. *Munna Bhai M.B.B.S.*"

„Ja, hab gehört, das soll gut sein. Aber seit ich diese Arbeit mache, habe ich kaum noch Verbindung zum übrigen Leben. Talaq – Talaq – Talaq: Scheidung!" Beide lachten.

„Was meinst du, war das ein geplanter Mord?"

„Wir finden es heraus. Weißt du, was komisch ist? Alle im Dorf haben gesagt, sie würden das Mädel käh-nen", er ahmte den lokalen Dialekt nach, „aber keiner wusste, wie sie heißt. Keiner konnte angeben, wie der Salon heißt, wo sie gearbeitet hat. Nicht mal ihre Mutter. Sie hat nur ausgesagt, dass ihre Tochter in einem Schönheitssalon angestellt war. Weißt du, wie viele Schönheitssalons es in dem kleinen Geschäftsviertel hier gibt? Siebzehn! Wenn die Frauen Gemüse kaufen gehen, lassen sie sich heutzutage anscheinend auch gleich die Haare machen. Wir haben überall gefragt. Haben das Foto herumgezeigt. Endlich hat sich herausgestellt, dass sie ganz in der Nähe im Salon Kleopatra gearbeitet hat. Ich habe gefragt, was das für ein Name sein soll, Kleopatra. Anscheinend war das irgendeine Königin von Ägypten, die war sehr schön. Du kennst doch Aloe, oder, das hat die sich immer ins

Gesicht geschmiert. Jetzt ist das in Mode gekommen, du nimmst Aloe für ’n Appel und ’n Ei, tust es in den Mixer, schmierst es ins Gesicht und kassierst dafür hundert Rupien. Ich sollte meine Frau auch dazu bringen, so einen Schönheitssalon aufzumachen! Und noch was Merkwürdiges, hier hat sie sich Renu genannt. Aber ihre Mutter hat irgendeinen anderen Namen angegeben. Wieso soll sich eine, wenn sie im Schönheitssalon arbeiten will, anders nennen? Die hat doch noch was anderes gemacht. In dem Salon wissen sie davon nichts. An dem Tag hatten die sowieso geschlossen. Sie haben gesagt, das Mädchen hätte sehr gute Arbeit geleistet. Sie sah gut aus, das hat den Kundinnen gefallen. Sie hatten ihr beigebracht, mit ihrem Aussehen dafür zu werben, hiesige, einheimische Produkte anzuwenden. Die Frauen, also echt, die lassen sich auch alles andrehen. Ich muss jetzt los, Mann. Muss zum Besitzer des Hofes. Nach Prit Vihar, kommst zu mit? Deine Wohnung ist auf dem Weg, ich kann dich dann da absetzen. Du interessierst dich doch für den Fall.“

Adhirath lächelte. „Was soll ich denn jetzt schon zu Hause? Da langweile ich mich nur, und meine beruflichen Fähigkeiten setzen allmählich Rost an. Komm, ich fahre mit. Nicht dass ich, wenn ich wieder eingesetzt werde, alles vergessen habe.“

„Und ich dachte, du wolltest mir helfen“, tat Nitesch, als wollte er sich beklagen.

„Wozu brauchst du denn meine Hilfe! Das kriegst du auch im Alleingang hin.“

Das letzte Jahr hatte Adhirath etwas von seiner Sturheit genommen und ihm dafür ausreichend Vernunft gegeben, um einzusehen, dass bei aller Freundschaft und Nähe ein wenig Schmeichelei doch half, Konflikte zu vermeiden. Ehrlichkeit in allen Ehren, aber in der Praxis war sie nicht immer ratsam.

„Manche Leute haben einfach Glück“, sagte Nitesch. „So ein Mädchen vom Land. Wen kümmert es, dass so eine tot ist? Und sieh mal, da wird sie ermordet, und es ist auf dem Gutshof. Jetzt macht sie sogar Schlagzeilen.“ Adhirath wiegte zustimmend den Kopf. Wenn der Mörder gefasst würde, dann wäre auch Niteschs Name bald in den Schlagzeilen.

„Ich bin nicht in Uniform", sagte er.

„Lass sie glauben, dass du ein Kriminalbeamter in Zivil bist. Die haben doch keinen Schimmer von Polizeiarbeit. Das haben nur ausgekochte Gauner."

„Und die wissen mehr davon als wir", bemerkte Adhirath bitter.

„Stimmt. Weißt du selbst ja am besten." Nitesch klopfte ihm auf den Rücken. „Du, der Onkel von deiner Frau, das ist ja einer! Bin ihm zum ersten Mal begegnet. Zwei Halbliterflaschen hat der mir abgeknöpft. Eine für die Obduktion und eine, weil ich der Freund der Frau seiner Nichte bin." Beide lachten aus vollem Hals.

Als der Jeep vor J. J. Bindals Villa Prit Vihar hielt, fragte niemand den Inspektor, wer sein Begleiter war.

■

Wieso sah die Kuppel, die an Homayuns Grabmal in Delhi so majestätisch wirkte, in verkleinerter Form eigentlich aus wie eine Zwiebel? ging es Adhirath durch den Kopf. Solch eine Zwiebel bildete den höchsten Punkt des Gebäudes. Zu beiden Seiten bildeten zwei bogenförmig geschwungene Terrassen das Dach für das restliche Haus. Sie saßen im obersten Stockwerk, das der reiche Besitzer im Innern der Kuppel hatte anlegen lassen. Nitesch musterte die Decke, die von einem so tiefen Blau war, dass es fast schwarz wirkte. Durch Aussparungen darin fiel Tageslicht in den Raum.

„So eine Decke habe ich mal im Planetarium gesehen", sagte er zu Adhirath.

Sie saßen schon zehn Minuten hier, bisher war nicht mal ein Diener von Bindal aufgetaucht. Auch wenn die reich waren, was fiel denen eigentlich ein, die Polizei warten zu lassen wie irgendwelche untergeordneten Angestellten?

„Entschuldigen Sie bitte vielmals, ich war gerade im Bad." Ein schlanker älterer Mann hatte den Raum betreten. Er wirkte leicht gereizt.

Adhirath sah ihn sich genau an. Kurta aus Rohseide, Goldknöpfe, weite Hosen. Noch nicht kahl. Hatte er ein ausgiebiges Bad genommen oder sich nur kurz gewaschen? Er machte eine heftige Bewegung mit dem Kopf. Bindal wiederum war verärgert, weil man den Gästen nicht mal einen Tee angeboten hatte. Zwei Dienstboten kamen jetzt mit Tabletts herein und brachten Tee und Snacks.

„Das Gut gehört Ihnen?“ fragte Nitesch.

„Ja. Das ist unseres.“

„Kannten Sie das Mädchen, die junge Frau, deren Leiche gefunden wurde?“

Bindal sah aus, als würde er mit aller Kraft versuchen, sich zu entsinnen. Adhirath dachte, was für ein schlaues Kerlchen, der Alte. Zerbricht sich den Kopf darüber, wieviel er sagen soll und wieviel er lügen kann, ohne dass wir es merken.

„Vom Sehen ... sie war ein, zweimal hier. Praduman hat sie mitgebracht, unser Fahrer. Gesprochen habe ich nicht mit ihr. Sie war irgendeine entfernte Verwandte von ihm.“

Nitesch erfuhr, dass Praduman an Holi Dienst gehabt hatte und hier gewesen war. Bindal zufolge hatte der Fahrer auf dem Gutshof nie zu tun, obwohl er sämtliche Arbeiten dort organisierte. Der alte Herr machte nicht den Eindruck, als wollte er etwas verbergen. Dass er anfangs gereizt gewirkt hatte, war vielleicht nur, weil die Polizei im Haus war. Das hatte Adhirath an seinem Beruf noch nie gefallen: dass kein Mensch sich freute, sie zu sehen. Es war zwar ein gutes Gefühl, wenn die Leute sie fürchteten, aber diese Furcht hatte nichts mit Respekt oder Wertschätzung zu tun, sondern entsprang der Abneigung. Hinter ihrem Rücken verfluchten die Leute sie, das wusste er. Er war sich sicher, dass auch er schon einiges an Verwünschungen angesammelt hatte. Was Leute wie Bindal, die sogenannte „bessere Gesellschaft“, anging, die konnten ihre Geschäfte nur abwickeln, wenn sie die Polizei in der Tasche hatten, denen wären sie sicher erst recht zuwider. Und die wussten auch, wie man ohne Angst mit der Polizei sprach.

„Wo waren Sie an den Holi-Feiertagen?“ fragte Nitesch.

„Hier. Wo sollten wir auch sonst hin, besonders an Holi. Mein Astrologe hatte mir geraten, mich vor der Farbe Rot zu hüten. Rot und Rosa. Also bin ich gar nicht hinausgegangen. Ich habe sogar im Haus alle roten Vorhänge auswechseln lassen. Trotzdem ist ein Unglück geschehen. Das kommt alles von den Sternen.“ Bindal sah zu den funkelnden Sternen an der Zimmerdecke auf und streckte die Hände aus.

„Gibt es dafür Zeugen?“

„Stehe ich unter Verdacht?“ Zum ersten Mal runzelte Bindal die Stirn. Es sah aus, als wollte er sagen: „Sie wissen wohl nicht, wer ich bin, der Polizeipräsident ist mein bester Freund.“

„Es ist nur unser Job. Antworten Sie einfach auf unsere Fragen.“ Nitesch nahm sich zwei Stück von dem Cashew-Konfekt, während er das sagte.

Bindal gab an, tagsüber hätte es bei ihnen zu Hause eine Holi-Party gegeben. „Man hatte mehrere Krüge mit Bhang und auch Bhang-Pakoras bereitgestellt. Es herrschte ziemlich Trubel. Allen Gästen war ausdrücklich untersagt worden, rote oder rosa Farben zu verwenden, aber natürlich hatten sich nicht alle daran gehalten. Die haben gesagt, es würde doch nur für mich gelten, was ging das die anderen an.“

„Wieviel Leute waren da?“ Nitesch gefiel nicht, dass das schon alles sein sollte. Er war jetzt bei den Gujhiya angekommen, köstlichen gefüllten Pastetchen. Und was es hier noch für Süßigkeiten gab! Nicht irgendwelche Aggarawal Sweets von nebenan! Die hier waren noch leckerer als die von Natthus berühmtem Laden. Bestimmt hatten sie die eigens irgendwo herstellen lassen.

„So um die fünfzig“, kam ohne zu zögern die Antwort.

Nitesch ließ den Mut sinken. Die alle würden sie befragen müssen, um herauszubekommen, wer wann und wie lange nicht anwesend gewesen war.

„Bis wann ging die Party?“ Zum ersten Mal stellte Adhirath eine Frage. Seine polizeilichen Fähigkeiten waren wohl wirklich etwas eingerostet. Er wusste ja gar nicht, um wieviel Uhr das Mädchen gestorben war. Vielleicht wusste Nitesch es.

„Ich habe keine Erinnerung daran.“ Bindal nahm erst jetzt Adhirath genau in Augenschein. „Wir haben Bhang getrunken, im Rausch hat sich einer hierhin gelegt, einer dahin. Sie wissen doch, wie es bei Holi-Einladungen ist. Möchten Sie noch etwas Tee?“ Er rief nach dem

Bediensteten.

Sie redeten inzwischen seit einer guten Stunde miteinander. Anscheinend wohnten im Haus vier Personen, außer dem alten Mann noch der ältere Sohn und dessen Frau sowie der zehnjährige Enkel. Der jüngste Sohn war in Rajasthan, in Kota. Hatte ein junges Unternehmen auf die Beine gestellt, handelte mit Goldschmuck. Der mittlere Sohn hatte bis letztes Jahr hier gelebt, wollte dann unbedingt ein Hotel in den Bergen aufmachen und sich dafür sein Erbteil auszahlen lassen.

„Wer lässt denn zu Lebzeiten seinen Besitz an die Söhne überschreiben? Ich habe ausrechnen lassen, wieviel der Anteil ausmacht von dem, was ich in seinem Namen in die Firma gesteckt habe, als er zur Welt kam. Hab ihm davon die Hälfte gegeben. Die beiden Töchter sind versorgt, verheiratet hier in Delhi. Es ist keine große Sippschaft. Die Mutter der Kinder ist vor zwei Jahren verstorben, seither zerfällt die Familie.“ Bindal erzählte ihnen die ganze Familiengeschichte. Von der spöttischen Haltung, die er anfangs gezeigt hatte, war nichts mehr zu spüren.

„Immerhin waren ja fünfzig Leute auf der Party. Wer waren die?“ fragte Nitesch.

„Ein paar sind Geschäftsfreunde. Aber die meisten waren Verwandte. Wer uns besucht, gehört in der Regel zur Familie. Alles Angehörige.“

„Sie wissen ja sicher, dass innerhalb von Familien oft mehr Feindschaft herrscht als mit anderen. Der Krieg, von dem im Mahabharata erzählt wird, war ja auch nichts als ein Krieg unter Verwandten“, sagte Adhirath.

Nitesch warf ihm einen seltsamen Blick zu. „Wir müssen auch mit den Angestellten sprechen“, sagte er.

„Und mit Ihrem Sohn und der Schwiegertochter“, fügte Adhirath hinzu.

Sohn und Schwiegertochter waren nicht zu Hause. Die Dienstboten machten zögerlich ihre Aussagen, aber sie schienen nichts zu verbergen. Es war bei allen dieselbe Geschichte. Ab elf waren die Gäste eingetroffen. Den ganzen Tag über waren sie hiergeblieben. Spätnachmittags fuhren sie ab, so gegen vier oder fünf Uhr. Einige hatten auch hier übernachtet. Der Juniorchef war zu Hause gewesen, seine Frau ebenso. Es war viel getrunken worden. Auch die Dienstboten hatten Alkohol getrunken. Und ja, Praduman war auch hier.

Gerade, als sie das Haus verlassen wollten, fuhr ein weißes Auto durch das Tor ein. Die beiden blieben an der Vorhalle stehen und sahen fragend den Bediensteten an, der sie aus dem kleinen Wohnzimmer nach draußen begleitet hatte. Sie erhielten die Auskunft, es handele sich um die Schwiegertochter, die eben den Sohn von der Schule abgeholt hatte. Hinten stieg ein Junge aus und lief ohne Schultasche zu einer Seite des Gebäudes. Dort gab es wohl noch einen Eingang. Der Diener kam im Laufschritt herbei, nahm die Schultasche aus dem Auto und sagte etwas zu der Frau. Die nickte und kam mit einer kleinen schwarzen Handtasche herein.

Eine Schönheit ist sie gerade nicht, war Adhiraths erster Gedanke. Dass reiche Leute so dunkelhäutige Frauen heirateten, erstaunte ihn. Die stammten ja sicher auch aus reichen Häusern. Die Schwiegertochter hatte eine ziemlich dunkle Hautfarbe. Sie war recht groß und trug einen Sari, dessen Farbe nicht weiß, aber irgendetwas Ähnliches wie Weiß war. Schlicht, aus Baumwolle, mit einer goldbestickten Borte. Wer weiß, dachte Adhirath, möglicherweise trieb sich der Gatte ja herum und suchte nach bunten Schmetterlingen, weil er sich an diesem Schwarzweißfilm zu Hause sattgesehen hatte. Am rechten Handgelenk trug sie eine Armbanduhr mit Lederarmband und weißem Zifferblatt, am linken Handgelenk hatte sie ein unscheinbares flaches Armband aus einem ebenfalls weißen Material. Die beiden Halbmonde des Armbandes schienen mit irgendetwas Glänzendem miteinander verbunden zu sein. Wenn es Diamant war, dann war er ungeschliffen, so wie die Steine zum Goldschmied kamen. Rohdiamanten. Nichts an dieser Frau glänzte. Nicht mal die Augen.

Ohne Eile legte Saroj ihre schwarze Handtasche auf ein Beistelltischchen in dem wohnzimmerartigen Raum und forderte die Besucher mit einer Handbewegung auf, sich zu setzen, während sie selbst sich ebenfalls auf einem der Sessel niederließ.

„Womit kann ich Ihnen behilflich sein?“ fragte sie, während sie die beiden ruhig ansah.

Nitesch nahm die Personalien auf und erkundigte sich dann nach dem Gutshof.

Sarojs Blick verdunkelte sich. „Es ist jetzt anderthalb Jahre her, dass ich nicht mehr dort war."

„Vorher waren Sie öfter dort?" fragte Adhirath.

„Ja, ziemlich oft. Jetzt muss mein Sohn viel für die Schule machen. Und mein Mann ist etwas kränklich. Seit letztem Jahr ist er zuckerkrank. Ich war nicht mehr dort."

An Holi, gab sie an, war sie zu Hause gewesen. Sie konnten schließlich nicht alles den Angestellten überlassen. Sie hatten ungefähr fünfzig Gäste gehabt. Ihre Schwägerinnen waren nicht gekommen, sie hatten selbst Partys bei sich zu Hause veranstaltet. Ihr Sohn hatte mit seinen Freunden separat im Untergeschoss gefeiert, die Erwachsenen hatten davon nicht einmal etwas bemerkt. Ihr Mann war auch den ganzen Tag zu Hause gewesen. Der Fahrer war am Nachmittag gekommen. Man hatte ihn eigens bestellt, damit er bei Bedarf jemand von den Gästen heimfahren konnte. Es war dann nur einer gewesen, der nach Hause gebracht werden musste, der Onkel, der in Hauz Khas in Süd-Delhi wohnte. Der Bruder ihrer Schwiegermutter. Er hatte reichlich dem Bhang zugesprochen und war gegen Abend abgefahren, vielleicht halb sechs, sechs Uhr. „Ich hatte ihm auch ein Bett richten lassen, so dass er hier hätte schlafen und am nächsten Tag nach Hause fahren können, aber er wollte das nicht. Manchmal ist er ganz schön starrköpfig. Sein Argument war, ob wir etwa den Chauffeur doppelt entlohnen wollten, dafür, dass er nur hier herumstand."

Nitesch ließ sich die Telefonnummer des Onkels geben.

Wo ihr Mann an dem Tag gewesen war? „Hier. Er war ziemlich alkoholisiert. Vielleicht war ihm übel. Zweimal ist er ins Bad gelaufen. Diabetikern bekommt der Alkohol nicht. Er hat sich noch von dem Onkel aus Hauz Khas verabschiedet und ihn zum Auto gebracht, danach hat er sich im Zimmer eingeschlossen und hat so fest geschlafen, dass er nicht mal aufgemacht hat, als ich geklopft habe. Ich habe schließlich im Zimmer unseres Sohnes geschlafen, ohne mich umzuziehen, im Sari.

Meine Sachen waren ja alle im Schlafzimmerschrank.“

Adhirath beugte sich hinüber zu Saroj: „Wann ist Ihr Gatte morgens aufgestanden?“

„Um acht. Nachdem ich den Jungen zur Schule gebracht hatte, war die Tür immer noch von innen verriegelt. Erst als mein Schwiegervater an die Tür geklopft hat, hat er aufgemacht.“

Im Zimmer herrschte eine Weile Schweigen.

„Wo ist Ihr Mann jetzt? In der Fabrik?“ fragte Adhirath.

„Die Fabrik ist doch schon seit einem Jahr zu“, sagte Saroj und erhob sich. „Rufen Sie ihn am besten an.“ Sie gab ihnen die Handynummer ihres Mannes.

■

Nitesch sah Adhirath an: „Sollen wir uns den auch gleich heute noch vornehmen?“ Er hatte so reichlich gefrühstückt, dass er jetzt am liebsten irgendwo ein Nickerchen machen würde. Auf dem Weg zum Motorrad rief er Udayraj an. Bindal Junior war im Klub.

„Wir müssten mal mit Ihnen reden“, sagte Nitesch. Die Antwort ging beinahe in Niteschs Gähnen unter. „Jetzt“, sagte er in etwas schärferem Ton. „Kommen Sie bitte aufs Revier“, kam dann in demselben Ton. „So viel Zeit haben wir nicht“, sagte er, nachdem er sich die Antwort angehört hatte, dann notierte er die Adresse des Klubs und beendete das Gespräch.

„Was hat er gesagt?“ wollte Adhirath wissen.

„Wir sollen den Mörder fangen, anstatt anständige Leute weiter zu belästigen, sagte er. Seine Aussage würde er irgendwann machen, wenn er Zeit hätte. Stell dir das mal vor! Hab ihm daraufhin gesagt, er soll sofort aufs Revier kommen. Das hat ihm einen kleinen Dämpfer versetzt. Los, sehen wir uns mal an, was das für ein Klub ist von dem Scheißkerl.“

Der Klub war klein. Vorn auf dem Rasen standen einige Stühle, ein paar Leute saßen dort und unterhielten sich. Der Wachmann an der Pforte salutierte zwar, schien sich aber unschlüssig zu sein, ob er sie einlassen sollte. Hinter der Pforte saß ein weiterer Mann an einem Tisch. Als er sie sah, sprach er sie an: „Wen möchten Sie denn treffen?“

Ohne Uniform würde man hier nicht so leicht hereinkommen, dachte Adhirath.

„Udayraj ist doch hier, oder?“ sagte Nitesch.

„Ihr Name, bitte?“ Der Mann zog ein Verzeichnis zu sich heran.

„Polizei.“ Nitesch machte eine ungeduldige Kopfbewegung. „Wo ist Udayraj?“ Etwas von dem Zorn, den Udayraj am Telefon in ihm geweckt hatte, traf jetzt den Klubmitarbeiter.

Der Mann legte sofort die Hände bittend zusammen und bat um Verzeihung: „Wir tun nur unsere Arbeit.“ Er zeigte auf einen Flur, der ins Innere des Gebäudes führte, kam darauf gleich selbst hinter seinem Schreibtisch hervor, führte sie äußerst zuvorkommend ins Haus und wies einen Bediensteten an, sich weiter um sie zu kümmern. Ob es die plötzliche Dienstfertigkeit des Angestellten war oder die kostspielige Ausstattung im Gebäudeinneren und die mit elektrischen Lampen bestückten Kronleuchter, jedenfalls beruhigte sich Nitesch. Die Vorführung von Reichtum war auch eine Art, Feuer zu löschen.

„Schon gut. Setzen Sie es auf meine Rechnung.“ Udayraj wies auf die Stühle ihm gegenüber. „Hier muss man dafür bezahlen, wenn man Gäste hat. Also, Herr Inspektor, meine Herren, was trinken Sie? Bitte nehmen Sie doch Platz!“ Vor ihm stand ein eckiges Glas mit einer roten Flüssigkeit, über die Hälfte war bereits ausgetrunken.

Udayraj schien auf sein Aussehen viel Mühe verwendet zu haben. Der enge Kragen seines Hemdes war so sorgfältig gebügelt, dass nicht die kleinste Falte zu sehen war. Auch nicht an der Knopfleiste. Adhirath hatte schon Leute gesehen, die teure Hemden trugen, aber dieses war eine Nummer für sich. Allein schon der Stoff, jeder einzelne Faden legte Zeugnis davon ab, dass das Bügeleisen darübergefahren war und dass so ein Kleidungsstück nicht aus einem gewöhnlichen Laden stammte. Ein Stoff von einem so zarten Gelb, dass es beinahe durchsichtig war. Wo wurden solche Hemden geschneidert, an denen nicht der kleinste gewöhnliche Defekt war?

Möglicherweise war Udayraj angetrunken, aber nur leicht. Er war nicht aufgestanden, als sie auf ihn zu kamen, aber auch im Sitzen war an dem oberen Teil seines schlanken Körpers zu ermessen, dass er ziemlich groß war. Nicht breit, aber hochgewachsen. Ein angenehmes Gesicht. Sehr hellhäutig. Die Brauen gleichmäßig dick. Volle Lippen. Hochstehendes Haar, wie mit Gel aufgebürstet. Das Gesicht vollkommen glatt, nirgends eine Unreinheit oder ein Muttermal. Die Nägel perfekt geschnitten. Ob der sich das im Schönheitssalon machen ließ? Heutzutage sollten die ja auch für Männer geöffnet sein. Für die traditionellen Barbiere und die Kopfmassagen, die sie anboten, waren die Zeiten vorbei. Wer immer diesen Körper massiert hatte, für dessen raue Hände war die Berührung dieser glatten weichen Oberfläche sicher eine Wonne gewesen. Ein eleganter Mann war er, dieser Udayraj.

Adhiraths Blick wanderte zu dem Glas. Was war das, was er trank? Er hätte eine golden schimmernde Flüssigkeit erwartet. Aber hier auf dem Tisch stand etwas anderes. Sah aus wie dünnflüssiges Blut. Tomatensaft vermutlich. Den oberen Rand des Glases säumte wie die schmale Borte eines Saris eine Schicht Salzkörner. Bei jedem Schluck würde man etwas Salz mittrinken. Adhirath spürte etwas wie einen Salzgeschmack auf der Zunge.

„Möchten Sie etwas trinken? Scotch? Tagsüber ist am besten so etwas wie die Bloody Mary hier.“ Udayraj hob sein Glas an die Lippen. „Nichts als Tomatensaft und Wodka. Wie ist es, für Sie dasselbe?“

„Wir sind im Dienst“, sagte Nitesch. Adhirath dachte, er selbst war ja nicht im Dienst. Wenn er wollte, konnte er sich zwei Scotch hinter die Binde gießen. Wäre eine Gelegenheit zu testen, ob teurer Alkohol irgendwie anders in der Kehle brannte. Dieser Mann konnte es sich offenbar leisten. Aber teuer oder billig, sie waren im Dienst, da gab es keinen Scotch. Adhirath bestellte sich Zitronenlimonade, Kebab und noch ein paar Kleinigkeiten zum Essen bei dem Kellner, der sofort bei Erscheinen der Gäste neben dem Club-Mitglied aufgetaucht war. Vielleicht hatte ihn aber auch die Furcht vor der Uniform so schnell hergetrieben.

„Das Ingwer-Hähnchen hier ist sehr empfehlenswert. All meine Jaina-Freunde nehmen das. Deshalb gibt es den Club, zu Hause bei denen gibt es ja nicht mal Knoblauch.“ Er grinste.

„Sie wissen sicher, dass auf Ihrem Gut ein Mord stattgefunden hat?“ begann Nitesch. „Eine förmliche Vernehmung wird stattfinden, wenn Sie zu uns aufs Revier kommen, dazu ist Ihre Unterschrift erforderlich.“

Udayrajs Nicken signalisierte Einverständnis. Der Kellner kam zurück und stellte die Teller auf den Tisch. Adhirath beobachtete, wie der Blick von Udayrajs braunen Augen vom Kellner zu Nitesch hinüberwanderte, mit der unausgesprochenen Bitte, vor dem Bediensteten nichts zu sagen. Bis der Kellner sich entfernt hatte, wurde geschwiegen.

„Sie wollen wissen, wo ich an den Feiertagen war?“

Nitesch lächelte. „Wie haben Sie das erraten?“

Udayraj lächelte ebenfalls. Der Kellner brachte jetzt das Essen. Auf Udayrajs Telefon ertönte als Klingelton irgendein englischer Song. Er nahm das Handy aus der Tasche und drückte den Anruf weg.

„Wer war das?“ Adhirath nahm sich ein Stück Gurke.

„Ein Freund.“ Udayrajs Antwort kam nach einem winzigen Zögern. Als der Kellner sich zurückzog, gab Bindal ihm die Anweisung, ab sofort nur noch zu kommen, wenn sie ihn riefen. Seinem bestimmten Ton war anzumerken, dass er ein Mensch war, der gewohnt war, Befehle zu erteilen. Der Kellner neigte nur leicht den Kopf, als wäre schon ein einziges Wort aus seinem Mund genug, den Unwillen des Gastes hervorzurufen.

„Fangen Sie da an, wo Sie anfangen wollten. Wo waren Sie gestern?“

„Eigentlich sollte ich nicht herkommen und noch mehr trinken. Gestern hatte ich ziemlich viel intus. Zu Hause. Von den Pakoras mit Bhang habe ich keine gegessen. Ich mag Bhang nicht besonders. Aber bei guten Spirituosen kann ich nicht widerstehen. Ich habe eine Menge getrunken. Hab mich eingeschlossen. Ich muss stockbesoffen gewesen sein. Saroj sagt, sie hätte mehrfach an die Tür geklopft, aber ich hätte nicht aufgemacht. Am Morgen hat mich mein Vater geweckt.“

„Sind Sie zwischendurch nicht mal wach gewesen?“ Adhirath legte sich ein Stück von dem Ingwerhähnchen auf den leeren Teller.

Udayrajs Augen verengten sich leicht. Während er sich das Haar an den Schläfen zurückstrich, sagte er, doch, ein-, zweimal sei er wohl aufgewacht. Einmal habe er starke Unruhe verspürt, sei deshalb aufgestanden und auf den Balkon gegangen. Er sei sogar hinuntergegangen, um etwas frische Luft zu schnappen. Dann habe er sich wieder hingelegt.

„Kannten Sie das Mädchen?“ Nitesch sah ihn fest an.

„Ja. Alle kannten sie. Also wir wussten alle, dass sie irgendwie mit Praduman verwandt war. Aber gesprochen habe ich nicht mit ihr.“

„Wann waren Sie das letzte Mal auf dem Gut?“

Die Frage schien Udhayraj aufhorchen zu lassen. Mit Zeige- und Mittelfinger trommelte er sich gegen die Schläfe, überlegte. Dann zuckte er die Achseln: „Ich erinnere mich nicht.“

„Ungefähr. Vielleicht vor zwei Tagen? Dort wächst ja Hanf, wuchert geradezu. Bestimmt hat man doch vor Holi Hanf von dort geholt, um Bhang herzustellen?“

„Oh, aber damit habe ich nichts zu tun. Mein Vater hat immer von dort Hanf liefern lassen, aber ob er es dieses Jahr auch getan hat, weiß ich nicht.“

Schlau ist er, dachte Adhirath. Musste er ja auch sein, wie könnte er sonst das Geschäft leiten? Nur: Sahen Leute, die sich nachts bis zur Besinnungslosigkeit vollaufen ließen, am nächsten Tag mittags so frisch aus, saßen im Klub und tranken seelenruhig weiter Alkohol? Ein oder zwei Mal hatte auch er sich so betrunken. Am folgenden Tag hatte er kaum die Augen aufbekommen, und als er endlich wach war, hatte das Tageslicht ihm wie ein blitzendes Schwert in die Augen geschnitten. Nur im Dunkeln hatte er es erträglich gefunden, und wenn er ehrlich war, war einfach alles ihm unerträglich gewesen. Sein Kopf hatte ihm wie ein schwerer Berg auf dem Hals gesessen. Dieser Mann dagegen sah ausgeruht, frisch gebadet und gestylt aus.

„Also wann sind Sie zum letzten Mal dort gewesen?“ fragte Adhirath.

„Ich weiß es nicht mehr. Vielleicht vor ein, zwei Monaten. Wirklich, ich kann mich nicht erinnern.“

„Wenn ich ein Landgut hätte, würde ich mein Gemüse nur von dort beziehen“, sagte Nitesch, während er eine schmale Scheibe Tomate inspizierte.

„Mir ist das egal. Das ist Sarojs Angelegenheit.“

Soviel war klar: Der würde erst reden, wenn sie ihm irgendetwas beweisen könnten. Nitesch hatte eigentlich nicht den Eindruck, dass Udayraj etwas mit dem Mord zu tun hatte, aber in der Ausbildung hatten sie ihnen beigebracht, allem und jedem zu misstrauen. Genau das war der Schlüssel zum Schloss des Verbrechens. Alle drei aßen schweigend, jeder in seine eigenen Gedanken versunken. Auf einen Wink Udayrajs brachte der Kellner ihnen zweimal frisches warmes Brot. Auch eine weitere Bloody Mary war serviert worden. Als er sah, wie Adhirath das randvolle Glas anstarrte, sagte Udayraj: „Gegen Kater soll helfen, dagegen anzutrinken. Den Feind mit den eigenen Waffen schlagen sozusagen."

„Dieser Chauffeur von Ihnen, wo ist der?" fragte Nitesch.

„Gestern hatte er Dienst. Heute hat er frei. Wahrscheinlich ist er zu Hause."

Während er das sagte, blieb Udayrajs Blick fest auf das Glas geheftet, die Lider waren gesenkt, und es war schwer, seine Reaktion zu erkennen. Aber die Antwort war wie aus der Pistole geschossen gekommen, als hätte er sie auswendig gelernt und nur darauf gewartet, dass er sie anbringen konnte. Als Nitesch nach Pradumans Adresse fragte, stützte Udayraj die Stirn in die Hände und schloss die Augen.

„Es heißt irgendwas wie Jhilak-milak oder so. Bei Vivek Vihar oder irgendwo dort. Ich habe ihm ein Telefon gegeben. Ein Handy. Kann Ihnen die Nummer geben. Ansonsten kann ich Saroj fragen und sage Ihnen dann die Adresse."

Ist schon was Besonderes, mit Reichen zu reden, dachte Adhirath. Er selbst benutzte sein Mobiltelefon nur zögernd, noch immer telefonierte er lieber auf dem Festnetz. Die Regierung hatte keineswegs Polizeibeamten jeden Ranges Mobiltelefone zur Verfügung gestellt. Etwas anderes war es mit Beamten im höheren Dienst. Von denen liefen auch die Fahrer mit Handys herum.

■

Jhilak-Milak war es nicht, aber Jhilmil Colony. Die Gassen eng, die offenen Abwasserkanäle voll. Große Schlaglöcher wetteiferten mit offenen Gully-Löchern. Adhirath schienen die Innenstädte voll von derartigen Wohngebieten zu sein, etwas entfernt von den Hauptstraßen konnte man sie überall antreffen. Die meisten Menschen lebten in solchen Vierteln. Zur Regenzeit breitete sich regelmäßig Cholera aus. Die Keime für Seuchen und Epidemien fanden in diesen Siedlungen ein ideales Umfeld zur Vermehrung, hier lernten sie die Grundlagen von Leben und Leben lassen, hier konnten sie sie austesten. Sie boten ein Beispiel für Widerstandsfähigkeit. Unter den Menschen hier war Leben und Leben lassen nicht mehr als eine leere Redensart.

Man hätte einen Wachtmeister hinschicken können. Man hätte anrufen und ihn aufs Revier bestellen können. Aber Nitesch wollte sich selbst in Jhilmil umsehen.

„Das Haus von Dalchand ist doch auch dort, oder? Los, wir gehen ihn besuchen“, sagte er zu Adhirath. Nach den Regeln hätte er eigentlich zurück aufs Revier gehen müssen. Er könnte dort ohne weiteres Verdächtige hinbestellen und nachts Befragungen durchführen. Diejenigen, die nicht intensiv befragt werden mussten, hatten sie schon getroffen.

„Die sind doch allesamt Typen, denen man in den Arsch treten müsste. Aber wenn du denen einen Tritt gibst, geht es nach hinten los, und du brichst dir die eigenen Beine“, pflegte Adhirath zu sagen. Wenn dagegen ein armer Teufel irgendeines Verbrechens angeklagt wurde, war der Fall immer schnell gelöst. Wer würde bei den Verhörtechniken der Polizei auch nicht einknicken? Brauchst nur die Hand zu heben, schon hast du das Geständnis.

„Die verdammten Gerichte haben alles versaut, sonst hätte die Polizei doch schon jede Menge Verbrechen verhindert“ sagte Nitesch. „Also, gehen wir vorher bei Dalchand vorbei?“

Adhirath hatte keine Lust, Dalchand zu treffen. Zuhause oder draußen, es schien, dass alle nur darauf versessen waren, ihn an das zu erinnern, was er vergessen wollte.

„Das bringt doch nichts. Was kann der schon tun“, sagte er gereizt.

„Mann, das ist seinetwegen, dass du den Kopf in der Schlinge hast. Irgendwas muss er einfach tun. Einen Termin mit seinem Anwalt vermitteln zum Beispiel, das wäre auch gut. Bald muss doch die Anhörung sein.“

„Du hast heute Morgen selbst gesagt, dass es nichts Neues gibt. Sogar du hast deine Grenzen.“ Adhiraths Verärgerung hatte sich von seinem Gesicht auf die Stimme verschoben.

„Neues gibt es nicht, aber sieh mal, es ist jetzt ein volles Jahr her. Wie lange soll das denn noch gehen?“

Adhirath gab keine Antwort. Sowieso war es Nitesch, der am Steuer des Jeeps saß. Puschpa sagte ständig genau dasselbe: Er sollte mit dem reden, dem er das Leben gerettet und dabei sein eigenes Leben riskiert hatte. Es war ja nicht so, dass Adhirath nicht mit ihm geredet hätte. Am selben Tag noch war Dalchand gekommen und hatte gesagt: „Janab“ – als Vorgesetzten redete er ihn mit Janab an – „was hast du da nur gemacht?“

Allerdings, was hatte er da gemacht? Er hatte ruhig zu Hause gesessen, wäre er doch nur dort geblieben. Was hatte er losrennen müssen, um einen seiner Untergebenen zu retten? Der war für sich selbst verantwortlich. Er war doch klar, dass er selbst sehen musste, wie seinen Kopf aus der Schlinge zog. Wenn nicht, dann musste er halt die Folgen tragen. Selbst auslöffeln, was er angerichtet hatte. Jetzt hatte Adhirath auszulöffeln, was der andere angerichtet hatte. Ihm brummte der Kopf. Was für ein System. Keiner half einem. Puschpa hatte ganz recht, die Polizei mochte eine mächtige Institution sein, aber in ihrem Innern waren sie alle auf sich gestellt, „und Leute wie wir sind erst recht auf sich gestellt. Uns unterstützt keiner. Keiner befördert uns, wenn wir eigentlich dran wären, niemals werden wir auf eine gute Stelle versetzt. Und wenn doch, wenn wir einmal in diesem Spiel etwas gewinnen, werfen sie dir Knüppel zwischen die Beine.“

Das Haus, in dem Dalchand wohnte, lag vor ihnen, aber es gab keinen Parkplatz. Wie es aussah, würden sie zwei Kilometer weiter parken müssen. Nachdem sie zwei Runden gedreht hatten, stellten sie den Wagen vor einem Laden so ab, dass das Vorderrad auf dem Stein stand, der als behelfsmäßige Brücke über der Gosse lag. Fluchend stieg Nitesch aus. Stände, an denen Ketten aus Plastikblumen und Partykleider aus Nylon und Gaze für Kinder verkauft wurden, reihten sich aneinander. Er hatte kaum ein paar Schritte getan, da strich über Niteschs Gesicht ein künstlicher langer Zopf aus Wollfäden, der von einer

Schnur vor einem offenen Verkaufsstand herabbaumelte. Er schüttelte ihn ab und betrachtete ihn erstaunt.

„Mensch, die verkaufen die immer noch?“

„Ich habe die auch seit Ewigkeiten nicht gesehen“, sagte Adhirath, „hatte ganz vergessen, dass es sowas gibt.“

Dalchand war zu Hause. In Lungi und Unterhemd lag er auf dem Charpai, in einer Hand die Fernbedienung. Heutzutage machte zu Hause wohl niemand etwas außer fernzusehen. Als er die beiden kommen sah, sprang er auf, streifte sich das Hemd über, das am Haken hinter der Tür hing und ging, während er sie mit zusammengelegten Händen begrüßte, zurück zu seinem Charpai, wo er sich hinsetzte. Bis seine Frau ihnen Tee brachte, hatte Dalchand sich gefasst.

„Gestern erst, Janab, gestern war die Vernehmung. Die achte bisher.“ Er reichte ihnen Tee. „Was soll ich sagen, sieht nicht gut aus. Bis gestern hat man Kriminelle abgeführt, heute ist man selbst dran. Es wird aufgerufen, man geht rein, meldet sich zur Stelle, geht wieder raus. Geschehen ist bis heute nichts. Es geht nur darum, dass man zu erscheinen hat. Der Anwalt sagt, es ist gut so. Je länger es dauert, desto weniger können sich die Zeugen erinnern. Was meinen Sie, Sahib, ob ich freigesprochen werde? Von der Abteilung war keiner hier, keiner hat sich nach mir erkundigt.“

Dalchands wirtschaftliche Lage schien ziemlich angespannt zu sein. „Meine Frau putzt in der Schule, so kommen wir über die Runden“, erklärte er, als er merkte, wie die beiden Besucher sich im Zimmer umsahen. Verlegen senkten sie den Blick. Dalchand bekam nicht mal sein halbes Gehalt. Dazu kamen die Gebühren für den Anwalt und das Gericht. Ob sich der Rücken seiner Frau wohl auch so versteift hatte wie der von Puschpa? Adhirath dachte es und bedachte sie im Geist mit Verwünschungen.

„Sagen Sie selbst, Janab, ich habe die ganze Siedlung von diesem Mann befreit. War das ein Vergehen?“

„Schau, Dalchand, so ist nun mal das System. Wieso hast du das überhaupt getan?“ Nitesch war es, der antwortete. „Sag uns, wie es wirklich war. Vor den eigenen Leuten brauchst du doch nichts zu verbergen.“

„Es war einfach hirnverbrannt von mir, Janab, ist schon klar." Dalchand sah zu Boden.

So simpel war es aber nicht, das wussten beide. Was an jenem Tag geschehen war, war nicht einfach so geschehen. Es war genau so ein Tag gewesen wie jetzt. Kurz nach Holi. Heiß. In einer Sackgasse war es geschehen, zu der Zeit, als der Schatten sich dicht an den Füßen zusammenkauerte. Eine dieser Sackgassen, wo es keineswegs dunkel wie in einem Sack ist, sondern wo zu jeder Zeit aus sämtlichen Löchern und Spalten der auf schwachen Fundamenten erbauten mehrstöckigen Gebäude Tausende von Augen schauen und alles sehen. Wie schnell hatten sich die Fensterläden geschlossen, sobald die Schüsse ertönten! Fenster, vor denen schmutzige Lumpen als Vorhänge hingen, Fenster, vor deren Scheiben Zeitungspapier geklebt war, Fenster mit modrigen alten Holzplatten davor, jede Art von Fenster war mit einem Ruck geschlossen worden. Genau das bewies die Existenz von Zuschauern, die alles beobachtet hatten, aber die Zunge hinter den zusammengebissenen Zähnen im Zaum hielten. Dieselben Leute, die zugesehen und alles mitbekommen hatten, schreckten davor zurück, eine Aussage zu machen. Sie waren wahre Meister darin, den Mund zu halten. Vergessen war Dalchand keineswegs. Nur war er jetzt von dieser Art Leute abhängig. Es war nicht nötig, irgendjemand noch etwas zu sagen. Der Anwalt hatte ihm angeraten, er sollte mit niemand reden, gar nichts sagen.

„Du weißt ja ... wenn meine Zeugenaussage irgendwie nützt, sag Bescheid. Überhaupt, wenn du Hilfe brauchst", sagte Adhirath. Nitesch hatte ihn mit diesem Besuch schön in die Klemme gebracht.

„Gegen ihn wird auch ermittelt, weißt du ja", erinnerte ihn Nitesch.

„Ist das immer noch nicht gelaufen? Wer weiß, vielleicht ist es ja wirklich besser, wenn es länger dauert."

„Dich werden sie auch befragen, Dalchand", sagte Adhirath. „Wenn du zu meinen Gunsten aussagst ... also, darum wollte ich dich bitten."

Dalchand schwieg. Es gab nur wenige, die ihren Untergebenen zu Hilfe eilten. Und solange er mit Adhirath gearbeitet hatte, war es immer gut gewesen. Sein Chef hatte ein warmes Herz. Dalchand fühlte nicht nur Stolz auf ihn, sondern auch etwas wie Mitgefühl. Adhirath war kein schlechter Mensch, wenn auch vielleicht nicht wirklich geeignet für die Truppe.

„Man müsste den Anwalt fragen", sagte Dalchand.

„Ja, tu das", bekräftigte Nitesch lebhaft. „Ruf ihn gleich an, hier, von meinem Telefon."

So am Telefon würde der nichts sagen, sagte Dalchand.

„Dann gehen wir hin. Schließlich gehören wir zusammen. Da müssen wir doch füreinander einstehen. Adhirath hat es doch auch deshalb getan. Komm, sag mir die Nummer, ich rufe den Anwalt an."

Adhirath war gerührt. Er fühlte sich etwas erleichtert. Es war doch gut, dass er zu Nitesch gegangen war. Dalchand allerdings zögerte. Er sagte, der Anwalt sei möglicherweise nicht im Büro.

„Das Gericht ist doch jetzt sicher geschlossen." Nitesch ließ sich nicht abwimmeln.

„Sie wissen doch, die Gerichte, die sind geschlossen, wenn die Richter es wollen", versuchte Dalchand die Sache hinauszuzögern. Aber das Mobiltelefon wanderte nicht zurück in Niteschs Hosentasche. Es blieb ihm vor Augen, als stumme Mahnung, etwas für den Vorgesetzten zu tun, der ihm geholfen hatte. Schließlich suchte Dalchand die Nummer aus einem Notizbuch heraus.

Der Anwalt war in seinem Büro. „Ich habe Ihnen doch von meinem Vorgesetzten erzählt. Er ist gerade bei mir. Er möchte Sie treffen", sagte Dalchand.

Der Anwalt nannte ihm einen Termin in drei Tagen „um diese Zeit".

3

Chandola lag an der Straße nach Amirpur. Ob er herkam, um sich den Rettich zu holen, den er bei seinem letzten Besuch in der Gegend nicht bekommen hatte, oder ob er einfach den unbewussten Wunsch verspürte, dem Lärm und Gehupe der Hauptstraße zu entkommen und den Frieden dieses abgelegenen Ortes in sein Herz einkehren zu lassen, jedenfalls verlangsamte sich, als Adhirath in die Nähe von Chandola kam, wie von selbst die Geschwindigkeit seines Motorrades. An jenem Tag hatte er nicht sonderlich darauf geachtet. Heute bemerkte er das kleine Gebäude etwas abseits der Straße. Darin stand ein Plastikstuhl. Auf der Mauer stand in weißer Farbe auf Englisch „Property Agent“. Auf einem Haufen Ziegel, der eine Art Plattform bildete, saß ein Mann und stocherte in den Zähnen. Adhirath hielt an.

„Ram Ram“, grüßte er den gelangweilt aussehenden Mann. Der nickte ihm zu und stand auf, um den Plastikstuhl herauszuholen. Er klopfte mit der Hand den Staub davon ab und lud ihn höflich ein, Platz zu nehmen. Aus der Hütte holte er einen Plastikkrug, der irgendwann einmal rosa gewesen sein musste. Er goss etwas Wasser in ein Glas, spülte es aus, goss das Wasser weg und reichte Adhirath Wasser, das der lauwarmen Jahreszeit angepasst war. Er sagte, er heiße Bharat Singh und sei Grundstücksmakler. „Eine sehr günstige Zeit, ein Grundstück zu erwerben“, sagte er, „warten Sie ein Jahr ab, dann hat sich der Wert garantiert verdoppelt.“

„Ja, ich bin auf der Suche nach einem Grundstück hier in der Gegend“, sagte Adhirath.

Bharat wies auf das freie Land ringsum: „Nehmen Sie das hier! Nah an der Straße. Können Sie mit 40 Quadratmeter Grundfläche haben, oder mit 80 Quadratmeter. Erst zwei Grundstücke sind verkauft. Suchen Sie sich eine Stelle aus, ich mache Ihnen ein Angebot, wo Sie wollen.“

„Hier nicht. Ich brauche etwas Größeres. So um die 1600 Quadratmeter vielleicht.“ Adhirath schätzte, dass das in etwa die Größe des Landgutes war, das er inspizieren wollte. Ihm ging plötzlich auf, dass es der Wunsch war, sich den Hof anzusehen, der ihn dazu gebracht hatte, hier zu halten. Bharat betrachtete ihn mit einem feinen Lächeln. Adhirath hätte es nicht bemerkt, wenn sein Blick nicht auf ihn geheftet gewesen wäre. Jetzt blickte Bharat zu dem Motorrad. Adhirath sah auf einmal sein Bike mit den Augen des anderen. Alt. Das Schwarz allmählich ins Schmuddelige übergehend. Kratzer auf dem Koffer.

„Die Preise für Land ziehen stark an“, sagte Bharat. „Wären Sie letztes Jahr hier gewesen, hätten Sie so ein Grundstück für Fünfzehn- oder Sechzehntausend haben können. Jetzt werden das nicht weniger als 22.000 für die Größe.“

Adhirath lächelte ihn an. „Was macht es für einen Unterschied, ob Zweiundzwanzig oder Fünfundzwanzig, wenn man reich ist. Mein Boss hat keine Zeit, selbst Grundstücke anzusehen. Er schickt Leute wie uns vor.“

„Ah, Sie sind in derselben Branche?“ Jetzt lachte Bharat frei heraus. „Sagen Sie das doch gleich!“

„Nein, nein, ich arbeite im Büro. Steuern und so. Geldangelegenheiten. Ist Vertrauenssache, so ein Job.“

Bharats Interesse war geweckt. In der Nähe gab es Land, das zum Verkauf stand. Sie bestiegen das Motorrad, Bharat hinten drauf. Sie fuhren ein gutes Stück auf der Straße. Zu beiden Seiten lag so viel freies Land, dass Adhirath nur staunen konnte. Hier und da standen dichte Büschel von Gras mit messerscharfen Kanten. An einer Stelle sah er Buschwerk von Pflanzen in leuchtend grüner Farbe, wie er sie schon bei den Blumenverkäufern gesehen hatte, wo sie in Eimern standen und ohne Aufpreis zusammen mit den Blumen als Bindegrün und Beiwerk abgegeben wurden. Bisher hatte er gedacht, diese pfauengrünen Knospen und Blätter hätte man in Farbe getaucht, um sie haltbar zu machen. Jetzt bemerkte er verwundert, dass es das leuchtende Grün wirklich in der Natur gab.

„Was ist das?“ fragte er Bharat.

„Das? Wir nennen es Rohr. Früher hat man die Dächer damit gedeckt. Jetzt gibt es richtige Dächer. Es ist sehr scharf, man kann sich daran die Hände schneiden."

„Nein, das nicht. Dieses da, das Grüne." Aber sie waren an den smaragdgrünen Pflanzen schon vorbei.

„Vermutlich irgendein Gras, das da wild wächst", meinte Bharat gleichgültig. Nach einer Runde durch die Umgebung kehrten sie zu der Hütte zurück. Bharat hatte ihm zwei Grundstücke gezeigt, eins etwa 1200 Quadratmeter groß, das andere etwas kleiner. Das größere Grundstück lag abseits der Straße hinter zwei Feldern an einem schmalen Pfad.

„Ich kann weitere Informationen darüber einholen", bot Bharat an.

„Dieses wird ihm nicht gefallen. Es ist zu nah beim Dorf", sagte Adhirath. Er sah sich um und wies dann in Richtung des eisernen Tores mit den blumengeschmückten Elefanten.

„Was ist mit dem da?"

„Das steht auch zum Verkauf. Ist aber sehr groß."

„Lassen Sie mich einen Blick darauf werfen."

Bharat säuberte sich die Nägel.

„Ehrlich gesagt, so ein großes Stück Land habe ich bisher noch nicht gesehen. Können wir es nicht mal besichtigen? Wer weiß, vielleicht verkaufen sie Teile davon." Adhirath bedauerte jetzt, dass er nur von 1600 Quadratmetern gesprochen hatte. Wie sollte er auch wissen, dass hinter so einer engen Zufahrt so viel Land lag? Sowieso hatte er keine Ahnung, wie groß ein Grundstück von 1600 Quadratmeter war. Als sie eben das 1200 Quadratmeter große Grundstück angesehen hatten, war ihm klargeworden, dass das ziemlich viel war.

„Nein, die werden das nicht aufteilen. Die wollen richtig Geld sehen dafür", sagte Bharat. Die beiden näherten sich dem Tor. „Wenn der Wachmann da ist, lässt er uns sicher herein. Sie sind wohl aus Delhi?"

„Ja. Und Sie, sind Sie aus dem Dorf hier? Chandola?"

„Nein, ich komme aus Bahadurgarh. Komme wegen des Geschäfts her. Da drüben sind die Preise so gestiegen, dass keiner das bezahlen kann. Das haben komplett die Baufirmen in der Hand. Das meiste Land ist schon verkauft. In der ganzen Gegend da ist es schlecht. Hier ist es gut, und nicht zu viel Konkurrenz. Die Preise sind hier auch hoch. Da ist was drin zum Verdienen.“

Am Tor angekommen, rief Bharat nach dem Wachmann. „Chetiram! He, Cheti!“ Keine Antwort. Bharat fasste durch die Gitterstäbe und schob von innen den Riegel zurück. Er war nicht durch ein Schloss gesichert. Die beiden betraten den pfadgleich schmalen Weg. Vor ihnen lag das Wohnhaus, das in Adhiraths Wohnung nur als Bild eine Existenzmöglichkeit besaß. Etwa zweihundert Meter weiter zeigte sich mit einem Mal offenes Land. Adhirath erkannte, dass das, was von der Straße aus zu sehen war, nur einen kleinen Teil des Hauses darstellte. Die Vorderfront war auf der linken Seite. Davor erstreckte sich ein weitläufiger Rasen mit einem Marmorbrunnen. Hinter Sandsteinsäulen lag eine große Veranda. Adhirath staunte über die steinernen Einfassungen von Türen und Fenstern.

„Solche Häuser bauen sich die Leute, für Hunderttausende, und dann wohnen sie nicht mal darin“, sagte Bharat. „Und es gibt Tausende, die kein Dach über dem Kopf haben. Ist doch wahr, oder? Meinen Sie nicht auch?“

Auf der Seite des Gebäudes, die vom Tor aus nicht zu sehen war, ging das Grundstück noch weiter. Adhirath kam es unendlich groß vor. Hinter dem Haus lag an der Grenze zwischen Garten und dem übrigen Land ein kleiner künstlicher Teich, ein in den Boden eingelassenes wassergefülltes Zementbecken, auf dem große Blätter trieben. Eine Art Rohr führte aus dem Teich heraus.

„Sie wässern die Bäume mit Wasser aus dem Teich. Das Rohr hier ist mit einem kleinen Motor verbunden“, erklärte Bharat. „Alles ist sehr gut durchdacht.“

„Sie haben sogar Lotus hineingesetzt“, gab Adhirath sein Wissen zum Besten.

„Die bekommen blaue Blüten.“

„Blauer Lotus? Ich dachte, es gibt gar keinen blauen Lotus. Nur im Märchen.“

„Hier ist alles außergewöhnlich. Jetzt ist das Gut ziemlich heruntergekommen. Früher, da hätten Sie es sehen sollen. Sogar Broccoli haben die angebaut. Und Kürbis, kennen Sie doch, oder? Die Kürbisse, die es bei uns gibt? Die sind rund. Bei denen hier gibt es längliche Kürbisse, mit ganz glatter Schale."

Am Teich bildeten drei Maulbeerbäume ein Dreieck. Auf dem Boden lagen herabgefallene Früchte, auf denen vom Übermaß an Futter träge gewordene fette rote Ameisen und noch fettere Wespen saßen. An diesem Dreieck war die Leiche gefunden worden, aber das wusste Adhirath in diesem Moment noch nicht. Er seufzte. Warum würde jemand einen so friedvollen und schönen Ort verkaufen wollen? Wie groß das Anwesen war. Hinter der Gartenanlage lag ein gewaltiges Feld von trockenen gelben Halmen, wo Senf oder Weizen abgemäht worden war. Am Haus wuchsen hier und da Ringelblumen und Tagetes. In einer Ecke leuchtete violettes Steinkraut. Er blickte sich um. Rechts erkannte er die leuchtend grünen Sträucher, die ihm an der Straße aufgefallen waren. Man hörte den schrillen Ruf eines Vogels.

„Allah teri qudrat – wie wundervoll sind Gottes Wege!"

Adhirath sah Bharat erstaunt an.

„Das sagt der", klärte ihn der Immobilienmakler auf, „ein Halsbandfrankolin ist das. Immer am Nachmittag ruft er. Bestimmt steht er hier irgendwo auf der Mauer."

Jetzt kam es auch Adhirath so vor, als riefe der Vogel klagend „Allah teri qudrat". Ein Vogel, der Urdu sprach! Er versuchte, diesen Frankolin zu entdecken. Stattdessen sah er, wie ein graubraunes Wildkaninchen zwischen den grünen Büschen verschwand.

„Die fressen all das Obst hier", sagte Bharat. Er schüttelte einen Ast des Maulbeerbaums, und ein Regen von reifen, fast schwarzen Früchten ging nieder.

„Ob Sie es glauben oder nicht, genau hier haben sie vor ein paar Tagen die Leiche eines Mädchens gefunden. Das ganze Dorf war zur Stelle. Von dem Baum hat keiner was gegessen. Auch die Polizisten haben nicht mal probiert. Sonst hätten sie nicht eine Maulbeere übriggelassen." Er streckte erneut die Hand nach einem Zweig aus, als Adhirath ihn am Arm fasste. Unter den Bäumen war kein Gras. Auf der gelblichen Erde waren rote Flecken zu sehen, es konnte ebenso gut Maulbeersaft sein wie Blut. Adhirath pflückte ein paar Früchte von einem niedrigen Zweig. Auf einigen saßen Wespen.

„Wenn das meins wäre, würde ich es niemals verkaufen.“ Adhiraths Augen, sosehr sie auch daran gewöhnt waren, Verbrecher aufzuspüren, konnten keinen Unterschied zwischen Maulbeer- und Blutflecken erkennen. Der Boden war rot verfärbt, es war auch möglich, dass es eine Mischung von beidem war. An einer Stelle schien etwas Erde weggenommen worden zu sein. Wahrscheinlich hatten die Polizisten eine Probe genommen. „Schütteln Sie den Baum nicht, bitte. Wir können nicht einmal die Früchte vom Baum ernten“, sagte er.

„Sie verkaufen es, weil sie das Geld brauchen. Die bauen Fernsehteile. Hatten eine Fabrik in Noida, die wurde geschlossen. Geht vielen so. Grund und Boden, das ist ein echter Wert. Eine Fabrik kann man aufmachen, man kann sie auch wieder schließen. Viele verkaufen ihre Fabriken an Ausländer. Hab ich gehört. Diese hier vielleicht auch. Kann sein, sie teilen es unter den Brüdern auf. Haben wahrscheinlich Schulden, die zu begleichen sind. Früher hatten sie keine Zeit, herzukommen. Jetzt haben sie vielleicht Zeit, aber das Land wird nicht mehr da sein.“

Adhirath wiegte zustimmend den Kopf. Die Maulbeeren zergingen nur so im Mund. Sie waren so süß, als wären sie in Sirup getaucht. Hätte er sie nicht eigenhändig gepflückt, hätte er geglaubt, in Zuckerlösung eingelegte Früchte zu essen. Maulbeeren, die Früchte seiner Kindheit. Als er klein war, hatten um Holi herum die Frauen immer kleine Zweige mit diesen Früchten verkauft, sie hatten sie auf Maulbeerblättern ausgelegt. Aus den Ameisenhaufen leuchtete hier und da eine Frucht hervor. Seine Großmutter hatte sie Jalebi genannt, wie die klebrige Süßigkeit der Straßenstände. Recht gehabt hatte sie. Er würde eine Tasche voll nach Hause mitnehmen. Suchend blickte er sich um. Der Frankolin hatte aufgehört zu rufen. Etwas glitzerte. Er bückte sich und hob es auf. Es war etwas aus Glas, oder Kristall. Ein ziemlich großer Gegenstand, nicht von einem Armreifen, breiter. Vielleicht ein Stück von einem zerbrochenen Kamm. Darauf waren zwei feine weiße Glasperlen angebracht. Er betrachtete das Stück von allen Seiten. Als er den Blick hob, merkte er, dass Bharat ihn beobachtete. Irgendwie müsste er es schaffen, noch einmal allein herzukommen. Jetzt wäre es an der Zeit zu gehen.

„Der Wachmann hat ja ein schönes Leben hier. Wo er bloß steckt? Wenn er da wäre, hätte er sicher eine Plastiktüte oder so etwas für uns, worin wir ein paar Maulbeeren mitnehmen könnten.“ Damit wandte er sich zum Tor.

Als sie an dem einsamen Gebäude vorbeigingen, verspürte er den dringenden Wunsch, einen Blick ins Innere zu werfen. An der Mauer lachten ihn die Blüten des Rangunschlingers an. Eine weitere Schlingpflanze wucherte von irgendwo hinter dem Dach herüber, die großen orangegelben Blüten wiegten sich im Wind. Er wusste nicht, was für eine Pflanze es war. Das Fensterglas hatte einen Sprung. Es war verstaubt, dennoch war das Zimmer dahinter gut zu erkennen. Ein Schlafzimmer. Auf dem großen Himmelbett lag eine blaue Decke. Gegenüber stand ein dazu passender Schminktisch, in den ein eiförmiger Spiegel eingelassen war. Er glaubte zu erkennen, dass es ein beweglicher Spiegel war, einer, den man vor und zurück verschieben konnte. Hinter der offenen Tür des Zimmers war ein ovaler Tisch aus demselben dunklen Holz zu sehen, dazu zwei Stühle. Die Möbel waren antik oder sahen zumindest so aus. Adhirath hätte es nicht unterscheiden können. Er wunderte sich nur, dass die Leute sich ein solches Haus einrichteten und es dann verließen. Er hatte gewusst, dass es solche Villen gab, aber zwischen Wissen und Sehen war doch ein Unterschied.

Ein vorbeihuschendes Eichhörnchen unterbrach Adhiraths Betrachtungen. Sein Blick ging nach unten. Direkt unterhalb des Fensters lag auf dem Boden ein gelber Stofffetzen. Außerdem etwas Goldenes. Auf dem gelblichen Erdboden war es kaum zu erkennen. Er nahm ein Taschentuch aus der Hosentasche, stellte den Fuß auf das goldene Ding, bückte sich, als wollte er sich die Schnürsenkel binden, und hob es zusammen mit dem Stück Stoff vorsichtig in seinem Taschentuch auf. Gleich daneben war ein einzelner Faden in den Boden gedrückt, auch den nahm er an sich. Mit einem schnellen Blick erkannte er, dass es ein rot-gelber Faden war, von der Sorte, wie sie in Tempeln um die Gefäße mit der Opferspeise Panchamrit gebunden werden. Er faltete das Taschentuch zusammen und steckte es mit den Indizien in die Tasche.

„Der Preis, den sie verlangen, liegt etwas über dem Marktwert“, sagte Bharat im Weitergehen. „Wie Sie sehen, gibt es nur diesen einen Weg, um hineinzukommen. Wenn man das Grundstück teilte, hätte eine der Parteien keine Möglichkeit, hereinzukommen. Wer das Grundstück besitzt, muss auch allen im Dorf Zugang zu ihren Feldern gewähren. Neben dem Gut liegt Inami-Land, also Grundstücke, die als steuerfreies Lehen vergeben wurden. Das ist nicht verkäuflich, und sie können dort nicht einzelne Stücke herausnehmen. Aber ich frage trotzdem mal nach. Lassen Sie mir Ihre Telefonnummer da. Wenn der Wachmann hier wäre, könnten wir von ihm die Nummer bekommen und hätten die Besitzer gleich angerufen. Er ist vermutlich auf der Wache.“

„Auf der Wache?“

Bharat warf ihm wieder einen abschätzenden Blick zu.

„Ich habe doch gesagt, ein Mädchen wurde hier tot aufgefunden.“

„Oh! Das war mir entfallen. Wer war das denn? Die Tochter des Besitzers?“

Bharat lachte dröhnend. „Die war aus irgendeinem Dorf in der Nähe. Eine Herumtreiberin. Was sollte die denn sonst in dem Gutshaus zu suchen haben? Eine Prostituierte war es. War auch in den Nachrichten.“

„Ach so, dieses Landgut ist das“, sagte Adhirath. „Dann sieht es allerdings anders aus. Wer will schon ein Grundstück haben, wo die Polizei ihre Hände im Spiel hat.“

„Die Polizei wird es ja nicht ständig besetzen. In ein paar Tagen ist alles wieder klar Schiff.“

„Sind Sie sicher?“

„So ist es doch immer. Das sind reiche Leute. Die Polizei wird drohen, dann lassen sie sich ordentlich schmieren, und weg sind sie. Ist doch wahr, oder? Meinen Sie nicht auch?“

Wie sollte Adhirath das bestätigen. Wären seine Haare nicht so lang und hätte sich im Laufe des letzten Jahres nicht auch sein Gang und seine Haltung verändert, dann würde Bharat wohl nicht so kumpelhaft mit ihm reden. Er würde ihm sofort ansehen, dass er Polizist war. Ob Nitesch hier wirklich zehn- oder zwanzigtausend Rupien einstecken würde?

„Wenn es Mord war, müssen sie erstmal den Mörder festnehmen.“

„Es war eine Prostituierte. So kommt es mit denen eben“, kommentierte Bharat. „Die kam öfter her. Das ganze Dorf weiß davon. Hier ist es nicht wie in der Stadt. Hier weiß jeder, was los ist.“

„Lassen die Dorfleute hier denn Prostitution zu?“ äußerte Adhirath seine Verwunderung.

„Sie kam nicht ins Dorf, sondern immer hierher. Der, dem das Gutshaus gehört, kann Besuche haben, wie er will. Die Dörfler haben da nichts hereinzureden.“ Sie hatten Bharats Arbeitsplatz erreicht. Bharat lud Adhirath ein, sich auf den Plastikstuhl zu setzen.

„Scheint, wir werden gute Freunde“, sagte Adhirath. „Aber jetzt muss ich gehen. Wenn ich irgendetwas zum Tragen hätte, würde ich mir ein paar Maulbeeren mitnehmen, für zu Hause.“ Bharat ging in die Hütte und suchte, fand aber keine Tüte. Immerhin gab es eine leere Kunststoffschale, die brachte er heraus, spülte sie ab und sagte, in der vergangenen Woche habe er sich irgendwo Korma zum Essen geholt, das war in dieser Packung gewesen. Für die Maulbeeren sei die sogar noch besser als eine Tüte.

„Die Sache ist die, dass es eigentlich keine Angelegenheit des Dorfes ist. Diese Stadtleute stellen sich draußen irgendwo Häuser hin. Vom Dorf würde niemand mitten im Feld wohnen. Die leben weit weg von hier, alle nahe beieinander. Jeder weiß alles vom Nachbarn. Im Dorf bleibt nichts verborgen. Dieses Haus hier draußen, wer da ein und aus geht, damit haben die im Dorf nichts zu tun. Aber wissen tun sie alles, die Dorfleute, denen entgeht nichts.“

„Das ist doch eine wichtige Information. Der Polizei wird das sicher weiterhelfen.“

Bharat lachte laut auf. Er schlug Adhirath auf den Rücken und sagte: „Kommen Sie irgendwann mal vorbei! Kommen Sie zur Karnickeljagd und anschließend zum Essen. Die Dorfleute sagen niemals irgendwem etwas.“

„Zumindest werden sie ja wohl die Nummer des Besitzers verraten“, witzelte Adhirath.

„Schon, aber dann erwarten sie, dass bei dem Handel auch für sie etwas abfällt. Bei unserem Geschäft ist auf niemand Verlass“, sagte

Bharat. „Ist doch wahr. Meinen Sie nicht auch?“

Und hier ist wieder einer, der dir den unbezahlbaren Schatz des Vertrauens raubt, dachte Adhirath und stieg auf sein Motorrad.

■

Den Schönheitssalon Kleopatra zu finden war nicht schwierig. Schwierig war allenfalls, dabei dem wachsamen Auge der Polizei zu entgehen. Der Salon befand sich in unmittelbarer Nähe der Polizeistation, er lag praktisch gegenüber. Er fuhr ein gutes Stück weiter, parkte das Motorrad, glättete notdürftig sein Haar, nahm die Mütze aus dem Koffer und setzte sie auf. Während er zurück zum Salon ging, holte er aus der Hosentasche die Indizien. Das gelbe Stück Stoff musste die Ecke eines Dupatta sein, eines dünnen Schals, wie Frauen ihn trugen. Das goldene Ding war ein Knopf, ein Goldknopf. Er bestand aus einem größeren und einem kleineren runden Teil und dazwischen einer Art Steg oder Brücke. Es war der Knopf von einer Herren-Kurta, ein Kugelknopf, von man die eine Hälfte durch ein Knopfloch steckte und die andere Hälfte zum Zuknöpfen benutzte. Auf einer Seite war irgendetwas darin eingefügt. Ein Diamant? Ein Kristall? Er hielt den Knopf ins Sonnenlicht und wendete ihn hin und her, im Licht blitzte er auf. Er wollte den Schönheitssalon betreten, als ihm ein Mädchen entgegentrat und versuchte, ihm die Tür vor der Nase zuzumachen.

„Entschuldigen Sie bitte, Sir. Ladies, nur für Damen.“

Er hatte den Fuß schon in der Tür. Er sei gekommen, um über Renu zu sprechen, sagte er, er müsse etwas herausfinden, was die Polizei ... Noch hatte er den Satz nicht zu Ende gesprochen, als bei dem Wort „Polizei“ das Mädchen hineinlief. Es gab zwei Zimmer. In dem vorderen Raum standen vor fünf Spiegeln fünf gepolsterte Stühle, und auf jedem saß eine Frau. Das Gesicht der einen war mit etwas Blauem beschmiert, eine andere hatte eine weißliche Creme auf dem Arm, eine dritte lag, den Fuß im Schoß einer jungen Frau, mit geschlossenen Augen wie eine Tote da.

Adhirath wurde in das hintere Zimmer gebeten, wo die Chefin ihn mit grüßend gefalteten Händen empfing. Gestern erst hätten sie doch der Polizei schon alles gesagt, es wäre am besten, wenn er außerhalb der Geschäftszeiten käme, aber es sei sehr gut, dass er in Zivil war, man würde ihm gar nicht ansehen, dass er Polizist war, er sei wohl Kriminalkommissar, aber trotzdem, es hätte nun mal eine Wirkung, wenn Renus Name fiel ...

„Scheint eine ziemlich gute Wirkung zu haben", sagte er und ahmte dabei Bharats Dialekt nach.

Tatsächlich, seit sich die Kunde verbreitet hatte, kamen mehr Kundinnen, und die regulären Kundinnen erschienen noch vor ihrem Termin, um zusätzlich irgendetwas machen zu lassen.

„Ich bin nicht von der Polizei", sagte Adhirath. „Ich bin ein Verwandter des Mädchens. Falls sie irgendetwas dagelassen hat, müsste ich es mir ansehen, die Tante hat mich darum gebeten, die Ärmste. Gibt es etwas, was ich bei der Polizei abholen kann?"

Sein einschüchternder Tonfall verfehlte nicht seine Wirkung. Eine halbe Stunde blieb er in dem Raum und trank Tee. Der Betreiberin des Salons erklärte er, der Name seiner Cousine sei eigentlich Suryabala, vom Inspektor habe er erfahren, dass sie einen anderen Namen angenommen hatte. Für die Angehörigen sei sie ja längst gestorben, jetzt würden sie die Totenzeremonien für sie veranstalten und die Asche dem Ganges übergeben, denn wenn solch ein Mädchen immer wiederkehren würde, würde die Sünde der ganzen Familie angelastet.

„Die Tante hat alles versucht, ihre Pflicht zu tun und die Tochter zu verheiraten. Zweimal war sie auch verheiratet, aber die Tante war trotzdem nicht frei von dieser Last. So ein schlechtes Mädchen", sagte er mit Nachdruck.

„So war sie doch gar nicht", sagte die Chefin leicht beunruhigt. „Sie haben eine ganz falsche Vorstellung von einem Schönheitssalon. Wir tun nichts Schlechtes, es ist ehrliche Arbeit. Ihre Cousine, nicht wahr, die wollte eben auch nach ihrer eigenen Fasson leben. Hätte gern jemand geheiratet, der ihr selbst gefiel. Welche Frau wünscht sich denn nicht, eine Familie zu haben, Kinder zu haben? Den Schönheitssalon machen sie schlecht, aber wenn es darum geht, Hochzeit zu feiern, schicken sie alle zu uns, um die Braut herzurichten. Warum schicken sie sie her? Und nach Hause bestellen sie uns auch, für das Makeup."

Adhirath sagte: „Kann ja sein, dass es in der Stadt so ist, aber auf dem Dorf machen sie doch wohl immer noch die Haldi-Zeremonie." Die Zeremonie, bei der Gesicht und Körper des Brautpaars mit einer gelben Paste aus Kurkuma eingerieben werden.

Von Amirpur, Chandola, Jhandapur, von überall kämen die Kundinnen, beteuerte dagegen die Chefin. Ließen sich das Gesicht pflegen. Er habe ja keine Ahnung, glaubte er vielleicht, dass die Frauen ihren strahlenden Teint durch Karotten bekämen?

„Die Schwiegertochter des Ortsvorstehers von Chandola kommt jeden Monat zusammen mit ihrer Schwiegermutter. Das war es ja, wodurch die im Dorf überhaupt erfahren haben, dass Renu hier arbeitet. Von ihr hat sie sich immer die Pediküre machen lassen, das ist Fußpflege, für schöne Füße. Immer. Einmal hat sie gesagt, sie soll zu ihr nach Hause kommen und es dort machen. Renu hat abgelehnt. Ich habe ihr auch klargemacht, dass die Mädchen, die bei mir arbeiten, nicht allein zu jemand nach Hause gehen. Wenn, dann das ganze Team, und sie müsste uns einen Wagen schicken, dann könnten wir einen Termin vereinbaren. Die Sicherheit unserer Mädchen liegt uns am Herzen. Hier, da kommt sie. Rakhi, bring den Herrn in Renus Zimmer."

Ein Zimmer war es kaum, eher ein Kabuff. Entlang der Wände stapelten sich Dutzende Pappkartons, einige voll, einige leer, mit Fläschchen und Dosen, die Substanzen zum Schminken und zur Hautpflege enthielten. Er kannte noch aus seiner Kindheit den Ausdruck *Solah Singar*, die sechzehn Methoden, mit denen in einer Reihe festgelegter Schritte von Kopf bis Fuß eine Braut geschmückt wurde. Gab es damals auch schon so viele Substanzen, um jeden Teil des Körpers damit einzureiben, zu baden und zu salben? In diesem Lager hier hatte sie gewohnt, das Mädchen vom Schönheitssalon, umgeben von Mitteln für die Verschönerung anderer. Auf der einen Seite befand sich das Klappbett mit einer dünnen Matratze, darunter zwei Kisten. Als er sie öffnete, fanden sich darin Kleider, schöne, teuer aussehende Kleider, nicht welche vom Wochenmarkt und auch nicht der Ausschuss von Exportware.

Einiges hatte sicher die Polizei schon mitgenommen. Zwei oder drei Handtaschen aus Kunstleder waren auch dabei, alle leer. Sie hatte sie wohl im Wechsel benutzt.

Adhirath nahm die Kleidungsstücke eins nach dem anderen heraus. Ein sehr eleganter langer Rock war dabei, dessen Gürtelschnur in zwei herabhängenden Quasten endete. Drei weitere lange Röcke und fünf Shalwar-Kamiz-Garnituren aus Hose, Oberteil und Dupatta. Bei der Berührung einiger Kleidungsstücke fühlte er Skrupel, es war Unterbekleidung, einige Teile spitzenbesetzt, andere durchbrochen. Er sah hilfesuchend zu Rakhi, aber sie hatte die Augen niedergeschlagen. Er schüttelte jeden Rock, jede Garnitur, jeden Schal, er stülpte jede Tasche um, öffnete jede Handtasche und tastete mit der Hand, ob sich etwas darin befand, aber er fand nichts.

Er gab Rakhi die Handtasche und fragte: „Können Sie mir sagen, ob es darin irgendein Geheimfach gibt? Bitte sehen Sie mal nach!"

Rakhi machte die Handtasche auf und wieder zu. Sie fragte, wonach er suchte.

„Haben Sie zusammengewohnt?"

„Sie hat allein gelebt. Ich habe schließlich Familie in der Nähe", antwortete Rakhi leicht verärgert. „Zu Hause wissen sie, was ich mache, und mein Bruder bringt mich immer her und holt mich wieder ab."

„Dann werden Sie mir kaum Auskunft geben können."

„Wir haben eine Menge miteinander geredet, haben uns ausgetauscht", sagte Rakhi mit neu erwachtem Interesse.

„Na, ihre Geheimnisse wird sie Ihnen ja nicht anvertraut haben", versuchte Adhirath ihre Neugier weiter anzukurbeln.

Nach einigem weiteren Hin und Her war Rakhi soweit. Er könnte sie ja mal fragen, wer weiß, vielleicht wusste sie ja doch etwas, und wenn nicht, wäre doch nichts verloren, sie würde es ganz bestimmt nicht weitersagen.

Adhirath setzte sich auf das Bett: „Ich dachte, ich gebe ihn ihrer Mutter, kann sie sicher gut gebrauchen. Einmal hat sie mich nämlich angerufen. Hat gesagt, sie hätte von jemand etwas wirklich Wertvolles bekommen, einen Diamanten, sie wollte sich davon einen Ring machen lassen. Ich arbeite bei einem Goldschmied, deshalb wollte sie vorbeikommen und ihn mir zeigen. Sie hat gesagt, er sieht aus wie ein Knopf. Hier drin habe ich ihn nicht gefunden. Hat die Polizei ihn mitgenommen? Die Polizisten haben ihn doch nicht etwa bekommen?“

„War das wirklich ein Diamant? Sie hat ihn mir gezeigt, stimmt, sah aus wie ein Knopf. Mir schien er golden zu sein. Sie hat ihn immer in der Handtasche gehabt. Immer.“

„Vielleicht war es auch Glas“, sagte Adhirath. „Hätte ich ihn gesehen, könnte ich es sagen.“

„Kann sein, aber derjenige, der ihn ihr gegeben hat, kam immer in einem dicken Auto, mit Chauffeur. Sie ist neben ihm eingestiegen, dann sind sie zusammen weggefahren. Sehr hellhäutiger Typ. Aber der war verheiratet. Ich habe gesagt, was bringt dir das, so einer wird dich doch nicht als Partnerin nehmen. Aber sie meinte, der behält sie für immer. Sie war süchtig danach geworden.“

„Süchtig? Nach was?“

Rakhi schüttelte den Kopf. „Das weiß ich nicht.“

Adhirath fragte noch einmal nach, ob die Polizei den Knopf nicht gefunden hätte.

„Die Polizei hat den bestimmt nicht. Oder vielleicht doch, was weiß ich. Die Chefin und ich haben beide die Polizei hier reingeführt. Wir haben nicht gesehen, dass die sowas mitgenommen hätten. Aber wissen Sie, so genau haben wir auch nicht darauf geachtet, wie die Polizisten das hier durchsucht haben. Diesen Knopf, den hatte sie immer in ihrer Handtasche. Einmal habe ich ihr gesagt, pass auf, dass dir nicht die Tasche gestohlen wird! Darauf hat sie dann gemeint, sie wollte sich einen Ring daraus machen lassen.“

Adhirath fuhr mit der Hand über den Boden der Kiste.

„Erinnern Sie sich, was sie an dem Tag anhatte?“

Rakhi gab an, am Tag vor Holi seien sie alle gemeinsam zum Tempel gegangen. Der Priester hatte ihnen ein Band ums Handgelenk gebunden. Als am Abend das Feuer entzündet wurde, in dem die Holika-Hexe verbrannt wurde, war Rakhi schon nach Hause gegangen.

„Dieses rot-gelbe Band, das sie an Diwali und Holi umbinden?“

„Ja, genau. An den Feiertagen musste sie zu Hause bleiben. Ich war nicht im Geschäft, keine Ahnung, was sie dann anhatte. Wir sind zusammen aus dem Tempel gekommen, danach habe ich sie nicht mehr gesehen.“

Adhirath legte die Kleider zurück in die Kiste und war im Begriff zu gehen, als er sich noch einmal umdrehte: „Rakhi, möchten Sie vielleicht etwas von ihren Kleidern haben? Was soll meine Tante mit alldem? Wenn Sie möchten, nehmen Sie sich gern etwas davon!“

Rakhi lehnte es ab, etwas anzunehmen.

■

Als er nach Hause kam, war es schon ziemlich spät. Auf den Straßen fuhren ganze Kolonnen von Bussen. Zweiräder wieselten durch jede Lücke, die sich auftat. Um auf sich aufmerksam zu machen, hupten alle lautstark: Seht her, seht auf uns, zu Hause und im Büro fragt keiner nach uns, dann schaut halt ihr her, ihr Fremden, hier sind wir, kühn und furchtlos, wir überholen euch, schaut nur, macht Platz und grüßt uns! Die süßen Maulbeeren, der angenehme Plausch mit Bharat, die Vorfreude auf eine ordentliche Portion Rum in der Kehle, alles löste sich in einer zunehmend schweren Rauchwolke auf. Adhiraths gute Stimmung verflüchtigte sich. Wenn hier ein Mord passierte, würde man den Schrei nicht hören, dachte er, und unwillkürlich sagte er laut zu sich selbst: „Meinen Sie nicht auch?“ Zu Hause war sowieso nicht damit zu rechnen, dass es Frieden gab. Er betrachtete das Gebäude, in dem er wohnte. Auf einer Plattform aus Ziegeln hatte man Wände hochgezogen und es Haus genannt. Sein Vater hatte es bauen lassen, auf dem kleinen Grundstück, das er vom Büro für Stadtplanung erhalten hatte. Später hatten sie noch ein Stockwerk hinzugefügt, ein Zimmer, das über die Außentreppe, direkt an der Straße, zu erreichen war. Es war nicht wie in den Hindi-Filmen, wo eine geschwungene Treppe im Innern des Hauses zum Zimmer der Filmhelden hinaufführte. Wie im Haus von Udayraj. Hier lebte man auf der Straße. Wenn man innerhalb der eigenen Wohnung nach oben oder nach unten ging, konnte es jeder sehen.

Die Hässlichkeit des Hauses störte ihn. Dieselbe Hässlichkeit lag über der gesamten Umgebung. Quadratische Kästen, Mauern, die die Gelbsucht zu haben schienen, Fenster, die sich nicht richtig schließen ließen. Und die Gittertür, die den ganzen Tag über unverschlossen blieb ...

„Wie dick die Finger sind, welche Farbe der Arm hat, alles muss man berücksichtigen, damit man sie richtig zusammensetzen kann ... zusammengepackt, egal wie. Eingepackt und weg damit. Wer sieht denn schon, verdammt nochmal, ob es die Hand des eigenen Angehörigen ist ..." Das war Bhikulal.

„... was wir gezählt haben, sind die Hände, nur die. Jede einzelne Hand wurde gezählt, dann war klar, wieviel gestorben sind. Sonst hätte die Polizei doch nie angeben können, wie viele Tote es gab. Die Leute machen aus zwei leicht vier ..."

„... ist doch alles Erde, darin sind alle gleich. Ob es der Körper eines Angehörigen ist oder der eines anderen, aus ist es. Erde. Ist nur zur Beruhigung, für das Herz, wenn das, was gefunden wird, Überreste der eigenen Leute sind."

„... kommen fünfzig an, die behaupten, es wäre ein Verwandter, und fordern Entschädigung. Da hat man eine Verantwortung. Muss man genau zählen und Listen aufstellen. Tauchen da zum Beispiel zwei rechte Hände auf. Die linken sind wahrscheinlich zerfetzt. Okay, die rechte, also reine Hand für die Totenzeremonie haben sie dann ja ..."

Adhirath blieb an der Tür stehen und hörte zu. Wieso war der Onkel heute hier? Na gut, umso besser, wenn er schon am Ende seiner Geschichte von der Explosion angelangt war. Noch einmal würde er sie ja wohl nicht erzählen, einmal am Tag musste es selbst dem Onkel reichen. Adhirath rannte nach oben und schob die Kiste unter das Bett, dann ging er hinein.

„Da bist du ja", sagte Daulatram. „Wir warten seit Ewigkeiten. Wer weiß, wo du dich wieder herumtreibst." Das Lachen verschwand nicht aus dem Gesicht seines Vaters, nur die Augen verengten sich etwas.

Adhirath begrüßte den Onkel respektvoll mit der Formel „Paanv lagu – ich berühre Ihre Füße".

„Was sollen die Worte. Mach es doch richtig, anstatt dem Onkel deiner Frau den Kavalier vorzuspielen“, konnte Daulatram sich seine guten Ratschläge nicht verkneifen.

Adhirath stellte die Halbliterflasche auf den Tisch und ging mit der Plastikschale voll Maulbeeren nach drinnen.

„So sind sie, die jungen Leute von heute“, verfolgte ihn Daulatrams Stimme. „Hättest du mal lieber eine Packung Jalebis gebracht. Seit wann kauft man Maulbeeren?“

Puschpa nahm ihm die Packung ab und fragte: „Möchtest du Tee? Ich brate gleich Leber.“

Es war ein richtiges Essen, wie bei einer Einladung. Als er sich Hände und Gesicht gewaschen hatte, sagte Bhikulal: „Ich dachte, bevor die Saison vorüber ist, bringe ich euch ein paar mit, hier, schau mal, Haxen. Sind die nicht fantastisch? Ich habe sie schon zu Hause abgesengt. Hier geht das ja nicht, würde wohl überall danach riechen, was?“

„Wenn ich die absengen soll, du lieber Himmel, zum Teufel damit. Dann kommen nur die Nachbarn. Zwei Tage lang geht der Gestank nicht raus.“

„Sage ich doch! Das war früher ganz anders. Da haben in einem Viertel Leute von derselben Gemeinschaft gewohnt, und keiner hat sich beschwert ...“

„... Beschwert? Im Gegenteil. Mit Schüsseln und Töpfen sind sie gekommen. Mann, da ist die Brühe knapp geworden. Drei Stunden mussten die früher die Beine auskochen. Und jetzt dauert das im Schnellkochtopf gerade mal eine halbe Stunde“, sagte Daulatram strahlend.

Bhikulal ließ sich nicht beirren. „Ich habe die Haare schon weggebrannt. Sechs Stück habe ich bekommen, vier davon Vorderfüße, vom kastrierten Ziegenbock.“

„Ich habe gedacht, zuerst essen wir die Leber. Was macht die Schwiegertochter denn so lange? Dauert doch nicht mal zehn Minuten, die zu braten ...“

Adhirath nahm die Halbliterflasche und öffnete sie. Als er drei Gläser einschenken wollte, kommentierte Daulatram: „So sind sie, die jungen Leute. Besaufen sich vor den Augen ihres Vaters. Bei uns damals, weiß der Himmel, wir haben das nur heimlich gemacht. Haben uns nicht mal nach Hause getraut, bevor der Vater eingeschlafen war. Wenn der das gerochen hätte, hätten wir was erleben können!"

„Eine Sache hatte ich noch vergessen." Bhikulal beugte sich zu Adhirath hinüber. „Das waren mindestens zwei Männer, die bei ihr waren. Die haben sie voll rangenommen. Die war voll, auch innen. Können auch drei gewesen sein."

Adhirath spürte, wie es ihm hochkam. Puschpa war mit einem Teller voll Gurken, Tomaten und Zwiebeln und einem zweiten mit der gebratenen Leber hereingekommen. Die drei- und viereckigen, kreuz und quer zerschnittenen Leberstücke waren jetzt tiefschwarz. Adhirath lief aus dem Zimmer.

„Was war denn?" fragte Daulatram. Als Adhirath zurückkam, war Bhikulal dabei, die ganze Geschichte auszubreiten. Adhirath nahm sein Glas und ging zur Küchennische. Puschpa gab die Ingwer-Knoblauch-Mischung aus dem Mixer in den Topf. „Du hast mir gar nicht erzählt, dass du beim Onkel warst", sagte sie.

Adhirath ging zurück ins Wohnzimmer. Bestimmt spitzte Puschpa die Ohren, um zu hören, was hier gesprochen wurde, da war er sich sicher. Man hörte heute gar nicht das Knallen, wenn sie den Topf hinstellte. Die Metallschüssel zum Teigkneten schien auch verschwunden zu sein. Der Teig war wohl schon fertig, jedenfalls hörte man keinen Laut. Die Flasche war längst geleert. Daulatram entnahm seinem eigenen Vorrat eine Literflasche. Sie war nur etwas mehr als halbvoll. Adhirath legte die Hand über sein Glas.

„He, trink doch, nicht so schüchtern", forderte ihn sein Vater auf und schob Adhiraths Hand beiseite, um ihm einzuschenken. Mit Schüchternheit hatte das freilich wenig zu tun. Schon die Gurken und Tomaten brachten die Säure in seinem Magen in Wallung.

„Mach die Brote schön dick", bat Bhikulal, der bis zum Eingang der Küche gegangen war.

„Brauchst du doch nicht zu sagen. Wenn deine Nichte könnte, würde sie das ganze Mehl zu einem einzigen Brot für dich verbacken."

„Ich mag, wenn sie dick sind. Dicke Brote kann man gut in die Brühe tunken." Bhikulal achtete nicht auf Daulatrams Sticheleien. Als er aus der Toilette kam, sah Adhirath ihm ins Gesicht. Er hatte es gewaschen, aber die Asche war nicht abgegangen. So war es eben, sein Gesicht, es sah aus, als würde, wenn man es nur schüttelte, Asche auffliegen.

„Um wieviel Uhr ist sie gestorben?“ fragte er.

„Zum Teufel mit dir. Du musst aber auch immer von Toten reden!“ zog Daulatram ihn auf.

„Eigentlich wollte ich über Puschpas Beförderung mit euch reden. Ihr legt doch nur die Hände in den Schoß und kümmert euch um nichts. Da ist ein Bekannter von mir im Präsidium, Buddhans Sohn. Von dem Buddhan, dem Schwager der Frau meines Schwagers. Der putzt da. Ich lass den mal mit dem Vorsitzenden von seiner Gewerkschaft sprechen. Seit zehn Jahren ...“

„Fünfzehn“, fiel Daulatram ein, „zehn ist sie ja schon in dieser Familie.“

„Onkel, um wieviel Uhr ist das Mädchen gestorben?“

„So zwischen zehn und elf, nachts. Hat der Arzt gesagt.“ Bhikulal hatte angefangen zu lallen. „Steckst du da irgendwie drin? Kanntest du die?“ Bei der Frage zwinkerte er ihm zu.

Adhirath stand auf. Er ging nach draußen, dann über die Außentreppe nach oben. Ob Varun womöglich schon schlief? Während sein Vater sich selbst und andere mit Alkohol versorgte, hatte Puschpa ihren Sohn dazu angehalten, seine Hausaufgaben zu machen, hier oben, bei der Oma. Als Adhirath hochkam, sah er beide fröhlich vorm Fernseher sitzen. Er streckte sich auf dem Bett aus.

4

Sonntag. Ruhetag. Für andere ein Ruhetag, er selbst hatte die Nase längst voll von Ruhe. Aber heute war er spät aufgewacht. Sogar Varun war schon aufgestanden, und der drehte sich an schulfreien Tagen vor neun nicht einmal um. Das Geräusch der Waschmaschine übertönte den Straßenlärm. Auf dem Fußboden lag ein Haufen schmutziger Kleider. Puschpa trat ins Zimmer und begann die Kleider für die Wäsche zu sortieren.

„Bist du wach?“ fragte sie lustlos. Es gab ja Glückspilze, die nachts für immer einschliefen und morgens bequem auf den Schultern von anderen das Haus verließen. Als Leichen. Adhirath gehörte nicht dazu. Er sah wortlos Puschpa zu. Sie stülpte die Taschen der Hose um, die er gestern getragen hatte. Ein Stück von einem türkisfarbenen Glasarmreif, ein goldener Knopf mit etwas Glänzendem, das wie ein Diamant aussah, ein rot-gelber Faden, eine Tankquittung, sein mit Erde verschmutztes Taschentuch, einige Münzen und ein Stück gelber Stoff mit perlenbesetzter Borte, wahrscheinlich von einem Dupatta. Sie warf alles auf das Bett neben ihm, nahm die Kleider und ging zum Badezimmer. Adhirath nahm den Knopf in die Hand. Er war bestimmt aus Gold. Vermutlich war es tatsächlich ein Diamant, was da in der Mitte leuchtete. Er schloss die Faust darum und öffnete sie wieder. Wieviel der wohl wert war, Hunderttausend? Was kosteten denn Diamanten? Der Wert würde nicht allein davon bestimmt werden. Wieviel könnte man dafür erhalten? Wieviel würden sie geben, um ihn zurückzubekommen?

„Wem gehört die Kiste da? Ist die von Nitesch?“

Sein Freund hatte sie also informiert!

„Sag ihm doch, ich habe sie hergebracht“, sagte Adhirath verärgert.

„Ich sage niemand etwas. Als die Regierung dir für deine Arbeit Geld gegeben hat, hattest du ständig etwas daran auszusetzen. Wolltest es überhaupt nicht tun. Und jetzt willst du dieselbe Arbeit auf eigene Kosten machen.“

So hatte Adhirath es noch gar nicht gesehen.

„Steh doch mal auf, ich muss das Laken wechseln.“ Puschpas Ton war gereizt. „Hast du dir übrigens Gedanken gemacht, was wir mit deinem Vater anfangen sollen? Seit ein paar Tagen holt er Varun von der Schule ab. Du kommst ja erst spät nach Hause. Kaum bin ich da, muss ich mir sein Gemeckere anhören. Was willst du ihm sagen, wo du jeden Tag hinfährst? Er fragt andauernd, wo du dich herumdrückst. Wer weiß, was Varun von ihm an Schimpfwörtern und Flüchen aufschnappt, wenn er jeden Tag mit ihm zur Schule und zurück geht ...“

Er schwieg. Wenn er noch seine Stelle auf dem Revier hätte, würde dieselbe Frau nicht so ein Getue darum machen, wenn Varun ein paar Schimpfwörter lernte. Dann würde der Junge allerdings auch noch im Bus zur Schule fahren, im Schulbus. Trotzdem, da hätte wohl keiner gewagt zu fragen, wo er gewesen war und warum.

„Du hast dich auch verändert“, sagte er. Er stand auf und setzte sich draußen auf die Treppe. Wohin sollte er gehen? Wo man auch hinsah, Leute, die husteten, spuckten, schrien, Leute, die in zerrissenem Unterhemd und Lendentuch herumwankten. Und auf der Straße der nicht enden wollende Strom von Autos. Ein kleiner Bereich der Gasse wurde von dem Haufen von Stahlrohren belegt, den die Zeltbauer dort hinterlassen hatten. Rund herum beschwerten sich an verwaschenen Wänden geschlossene Fenster: Wozu waren die Aussparungen in der Wand eigentlich da, wenn es nichts gab, was man ins Haus lassen wollte! Frische Luft zum Beispiel? Fehlanzeige, nicht mal eine Handvoll. Nirgends auch nur eine einzige Blume.

Mit einem Ruck stand er auf. Varun schüttelte ihn heftig. Was für ein Wunder, dachte er: Wenn man wollte, konnte man anscheinend den ganzen Lärm ausblenden. Unterlag das, was man hörte, dem freien Willen? War es möglich, dass man nicht hörte, was man nicht hören wollte? Es war nicht wie der Atem, der ein- und ausströmte, auch ohne dass man sich dessen bewusst war. Sagten diejenigen womöglich die Wahrheit, die auf dem Revier behaupteten, sie hätten niemand schreien hören? Er selbst hatte ja nicht einmal das Rufen seines eigenen geliebten Sohnes gehört, nicht mal, als der an ihm rüttelte.

„Du gehst doch mit mir hin? Papa? Sag schon, Papa!"

Sein Sohn strahlte ihn an. Was wollte er? Wohin sollte er mit ihm gehen? Er sah, wie das unsichere Vertrauen in Varuns Gesicht zerbarst. Gleich würde er anfangen zu weinen. Was war es nur, was seinen Liebling zum Weinen brachte?

„Sicher, sicher doch!" Ohne zu wissen, worum es sich überhaupt handelte, nahm er seinen Sohn in den Arm. „Aber zuerst bekomme ich einen Kuss! Und dann musst du mich lieb fragen: Papa ... und du musst mir noch einmal sagen, wohin wir gehen sollen."

Varun bedeckte seine Wange mit Küssen. „Die süßen Tigerkätzchen. Im Fernsehen haben sie die gestern gezeigt. Im Zoo. Bitte, lass uns hingehen, Papa!"

„Klar, gehen wir. Aber die Jungen werden sie niemand sehen lassen."

„Doch, bestimmt. Die von der Polizei dürfen alles sehen. Hat Opa gesagt. Komm, schnell!"

Puschpa kam heraus und sah Vater und Sohn Arm in Arm. Sie berührte ihren Mann an der Schulter, ganz leicht. Wären nicht all seine Sinne wach gewesen, hätte die Berührung gar keine Empfindung ausgelöst.

„Geh, sag der Oma, sie soll dir beim Waschen und Anziehen helfen!" Sie drehte Varun herum und schickte ihn nach unten.

Beide waren hineingegangen. „Soll ich das Betttuch gleich wechseln oder später?" fragte Puschpa. Er schubste sie auf das Bett.

„Jetzt gefällt dir die Arbeit, ja?" Puschpa legte ihm den Arm um den Nacken.

Er drückte sie an sich. „Ich weiß selbst nicht, was ich da tue. Du hast doch nichts dagegen?"

„Überhaupt nicht." Sie rieb ihre Wange an seiner. „Sag deinem Vater, du bist wegen der Anhörung so viel unterwegs. Damit die bald stattfindet." Sie machte sich aus seinen Armen los und setzte sich auf ihn. „Mach du, was du möchtest. Schließlich bin ich auch noch da. Ich mach das hier schon." Sie fuhr ihm mit dem Finger vom Ohr bis zum Kinn und sagte liebevoll: „Mach dir keine Sorgen um das Geld. Ich verdiene doch genug."

Er stieß Puschpa auf die Matratze und ging türknallend nach unten. Puschpa blieb liegen. Sie sah auf die schmutzigen Kleider, die auf dem Boden verstreut waren. Sie zog die Enden des Lakens unter der Matratze hervor, blieb dabei auf dem Bett liegen. Das abgebrochene Stück Armreif stach ihr schmerzhaft in den Ellbogen. Sie schluchzte auf.

In der Nacht merkte Adhirath, wie sie stumm weinte. Er drehte sich weg und schlief ein. Nachdem er am nächsten Morgen Varun zur Schule gebracht hatte, kehrte er nicht nach Hause zurück. Aber er hatte seinem Vater mitgeteilt, er werde seinen Sohn heute selbst abholen.

Von der Bushaltestelle aus war Prit Vihar, die Villa mit der Kuppel, deutlich zu sehen. Weder eine Hausnummer noch ein Straßenname war erforderlich, um sie zu finden. Zu dem Wachmann, der hinter dem Tor saß, sagte er: „Polizei. Ich muss zu Saroj, sagen Sie der Chefin Bescheid."

Der Wachmann sah ihn ungläubig an.

„Wird's bald, oder ..."

Der Wachmann rannte hinein. Ohne Uniform war man nichts. War Kleidung dazu da, den Körper zu bedecken oder um den Status des Trägers anzuzeigen? Zähneknirschend betrat Adhirath das Haus.

Dieses Mal empfing ihn Saroj in dem Raum unter der Kuppel. An der Decke glommen nur wenige Sterne. Die Vorhänge bewegten sich leise im Wind, als führten sie zu einer unhörbaren Melodie einen langsamen Tanz auf. Saroj trug einen Anzug aus Kurta und weiten Beinkleidern. Die weiße Hose war am unteren Rand mit schwarzen Blüten bestickt, auf dem schwarzen Oberteil waren weiße Blüten. Was heißt bestickt, sie bedeckten vom Hals bis zur Gürtellinie den weißen Stoff. Eine so feine Kashida-Stickerei hatte Adhirath noch nie gesehen. Die ist wirklich ein Schwarzweißfilm, dachte er, und dabei kam ihm das perlenbesetze Ende des gelben Dupatta in den Sinn.

„Sehen Sie, ich habe zwar keinen Durchsuchungsbefehl, aber ich würde mir gern mal Ihr Schlafzimmer ansehen, falls Sie nichts dagegen haben ..."

„Ich muss weg, bin mit einer Freundin verabredet. Ich wollte gerade los."

„Kein Problem. Dauert nur eine Minute."

Adhirath nahm den Knopf aus der Tasche und zeigte ihn ihr. Saroj erschrak nicht.

„Wo haben Sie denn den her? An Holi haben wir so danach gesucht. Mein Mann hatte schon den Gedanken an die Kurta aufgegeben und stattdessen ein T-Shirt angezogen. Ich habe gesagt, es macht nichts, wenn ein Knopf fehlt, der oberste Knopf bleibt sowieso offen, das merkt doch niemand. Als mein Schwiegervater ihn wegen seiner Kleidung kritisierte, hat er klein beigegeben und sich umgezogen. Hier, also im Haus meiner Schwiegereltern, ist das halt so eine Regel, an Holi trägt man neue Kurtas und Schmuck, ohne das geht es nicht." Ihr Ton war beherrscht, der Gesichtsausdruck liebenswürdig. Lügen konnte man aber auch in maßvollem Ton.

„Etwas wollte ich Sie fragen. Sie haben gesagt, Ihr Mann hat auch auf heftiges Klopfen die Tür nicht aufgemacht. Haben Sie nicht versucht, ihn auf dem Handy anzurufen?"

„Doch. Zweimal. Ich habe vor der Tür sogar das Klingeln gehört. Aber er ist nicht drangegangen."

Adhirath bedachte, was sie gesagt hatte. Irgendwo gab es hier eine Lücke. Aber wo? Irgendetwas entging ihm.

„Kannten Sie das Mädchen überhaupt nicht?"

„Wen?" Saroj neigte den Kopf zur Seite.

Wie hieß das Mädchen doch gleich. Adhirath durchfuhr es heiß. Das Mädchen mit dem gelben Dupatta? Die mit dem türkisenen Armreif? Prostituierte? Hure? Das Mädchen vom Schönheitssalon? Die aus Amirpur? Die, deren Leiche auf dem Gutshof gefunden worden ist? So viele verschiedene Angaben über ihren Lebenswandel, aber über ihre Persönlichkeit wusste er nichts. Immerhin, einen Namen musste sie doch haben. Einen Namen? Es gab mehrere. Wann wurde ein Name zu einem Erkennungsmerkmal? Seit wann bekamen Menschen Namen? Als es noch keine Sprache gab, als die Menschen mit Steinen Tiere töteten, die in Gruben gefallen waren, ihnen den Bauch aufschlitzten und sie aßen, ob sie da schon Namen hatten? In Büchern für Kinder stand, dass die Urmenschen auf diese Weise jagten. Wieso stand dort eigentlich nichts darüber, ab wann Menschen eine Identität zugewiesen wurde, ab wann Individualität mit einem Namen verbunden war? Hatte die Mutter einen Namen genannt, oder hatte sie nur von der „Tochter“ gesprochen?

„Das Mädchen, dessen Leiche gefunden wurde. Wissen Sie nicht, wie sie hieß?“ Adhirath setzte ein schiefes Lächeln auf und blickte Saroj in die Augen.

„Sie behauptete, sie heißt Mohini. Ich hatte so meine Zweifel.“

„Wieso?“

„Wo gibt es denn auf dem Land solche Namen. Mohini, Manisha, solche Namen gibt es bei den Dienstboten nicht. Wenn es der Name irgendeines Filmstars wäre, könnte ich glauben, dass jemand seine Tochter so nennt. Aber Mohini? Mit dem Namen gibt es keine Filmschauspieler.“

Adhirath wiegte den Kopf. Am Namen erkannte man den gesellschaftlichen Status. Was für eine Zivilisation hatte die menschliche Gesellschaft sich eingerichtet!

„Wozu ist sie hierhergekommen?“

„Das habe ich neulich schon gesagt. Der Fahrer hat sie einmal hergebracht. Er hat sie als entfernte Verwandte von sich vorgestellt. Sie hatte eine Fortbildung in Kosmetik gemacht. Er bot mir an, sie könnte hier zu Hause als Kosmetikerin arbeiten. Wenn ich zufrieden mit ihrer Arbeit wäre, sollte ich sie im Bekanntenkreis weiterempfehlen. Ich habe das abgelehnt.“

„Warum?“

Saroj sah ihn an wie eine Kuriosität.

„Ich gehe ins Claridges. Soll ich mir das Facial etwa von dieser Provinzlerin machen lassen?“ Sie warf den Kopf zurück. „Ich bin hierhergezogen, das ...“ Sie biss sich plötzlich auf die Lippen.

„Sie sind hierher gezogen ... was?“

„Nichts.“

„Sie wollten doch etwas sagen. Woher stammen Sie? Wo leben Ihre Eltern?“

„Früher in Civil Lines. Jetzt in Panchsheel.” Sie drückte eine Taste auf ihrem Mobiltelefon. „Ich müsste jetzt gehen. Dieser Knopf ...“ Sie stockte.

„Sie meinen, ob er ein Beweisstück ist?“

Saroj lächelte wieder leicht. Ihr Handy klingelte. Sie meldete sich sehr leise, auf Englisch: „Hallo, meine Liebe. Wollte gerade gehen.“

Nachdem sie kurz zugehört hatte, sagte sie: „Oh no!“ und beendete das Gespräch. Zu Adhirath sagte sie: „Gehen wir. Bei der Freundin, mit der ich mich treffen wollte, ist etwas dazwischengekommen, sie hat plötzlich Besuch bekommen. Das ist wirklich eine Unsitte in unserem Land, den Leuten geht nicht in den Kopf, dass man nicht einfach ohne zu fragen jemand zu Hause überfallen sollte. Also kommen Sie, ich zeige Ihnen das Schlafzimmer.“

Adhirath durchquerte hinter ihr ein Zimmer und stieg, ohne das geschnitzte Geländer zu berühren, die Treppe hinauf. Oben gab es eine große bogenförmige Terrasse, auf die vier Türen hinausführten. Sie öffnete die letzte Tür auf der linken Seite und betrat den Raum. Was immer sich Adhirath unter einem Schlafzimmer vorstellen mochte, so war ihm doch bewusst, dass die Einrichtung der Zimmer so reicher Leute die Kraft seiner Vorstellung überstieg. Er erwartete also durchaus etwas Extravagantes, Prächtiges. Auf eine derartige Schlichtheit dagegen war er nicht gefasst. Die Decke weiß. Kein Kronleuchter, kein flauschiger Teppich. Auch keine Schnitzerei am Kopfteil des Bettes. Die Stühle sahen aus, als hätte man die Polster mit ein paar locker geflochtenen Bastmatten bezogen. Kein Götterbild, keine Skulptur. Er suchte nach dem Landschaftsbild an der Wand. Es gab keins. Die Lampenschirme waren aus einer Art hellgelbem Papier. Außer dicken grünen Vorhängen und einem roten Bettüberwurf gab es in diesem weißen Zimmer keine Farbe. Dennoch lag über allem ein Hauch von Eleganz. Schönheit. Das Gelb der Streifen auf dem Bettüberwurf tauchte wieder auf dem Vorhang auf, auf den Lampenschirmen, an den in der Kristallschale auf dem Nachttisch schwimmenden stängellosen vollkommen gelben Blüten. Er ging im Zimmer umher und sah es sich genau an. Es gab keinen zweiten Ausgang. Eine Tür führte zum Badezimmer, man gelangte dorthin über ein kleines Ankleidezimmer, in dem er hinter Glastüren aufgehängte Herren- und Damenkleider sah. Im Badezimmer lagen Läufer auf dem Boden, und am Rahmen eines mannshohen Spiegels rankte sich eine Pflanze empor. Er berührte ein Blatt, die Pflanze war echt, nicht aus Plastik. Er kehrte ins Schlafzimmer zurück. Eine Tür führte auf den Balkon hinaus, und von dort aus sah man den seitlichen Teil des Hauses, nicht die Vorderseite. Als er vom Balkon wieder hereinkam, legte er den Riegel vor. Es war ein etwa dreißig Zentimeter langer Messingriegel, wie man sie früher benutzte. Er ließ wieder den Blick über das Zimmer schweifen und wandte sich dann Saroj zu, die am Fußende des Bettes stand und ihn ansah.

„Dort auf der anderen Seite kann man direkt nach draußen gehen, ich zeige es Ihnen."

Adhirath war überrascht. Saroj verließ den Raum und führte ihn auf der anderen Seite in ein Zimmer, von wo Stufen nach unten führten. Eher als ein Zimmer war es ein Lager für Spielzeug. In der Mitte stand ein Billardtisch, abgedeckt mit einem Überzug aus Veloursleder. Drumherum standen und lagen Kricket- und Hockeyschläger und Stapel von Carrom und anderen Spielen. Schachtel über Schachtel mit purpurroten Bällen für Kricket. Offensichtlich war es das Spielzimmer des Sohnes, vielleicht spielten auch die Erwachsenen hin und wieder hier Billard. Adhirath betrachtete nachdenklich jeden Gegenstand. Wenn Varun auch nur einen davon bekäme, würde er seinen Papa für Superman halten. Varuns Kricketschläger war gerade noch brauchbar, und zum Spielen benutzte er einen Kunststoffball.

„Gehen wir?" fragte Saroj.

Adhirath nickte.

„Sie sind heute allein hier. Ihr Freund ist nicht mitgekommen? Der echte Polizist?" Saroj sagte es in ihrem beherrschten Tonfall, aber in der Umgangssprache. Adhirath riss die Augen auf, Saroj lächelte liebenswürdig.

„Ich bin wirklich bei der Polizei", sagte Adhirath.

Sarojs Lächeln wurde noch breiter.

„Dieser Knopf ist momentan noch kein Beweisstück", stellte Saroj fest. „Das war mir gleich am ersten Tag klar, als ich Sie beide gesehen habe."

„Einige Polizeibeamte arbeiten auch in Zivil."

„Mein Schwiegervater achtet auf so etwas nicht, er hat Sie wahrscheinlich nicht mal gebeten, sich auszuweisen. Seine Astrologie und diese Vermeidung der roten Farbe lässt ihn an nichts anderes denken."

Schon am Gehen, wandte sich Adhirath noch einmal um, sein Blick fiel durch die offene Schlafzimmertür auf das Bett. Rot. Der Astrologe hatte dem Alten geraten, sich von der Farbe Rot fernzuhalten, eben deshalb schwelgte die Schwiegertochter darin.

„Ich bin nicht abergläubisch", sagte Saroj und ging zur Treppe. Unten sagte sie: „Ich habe Ihnen gar keinen Tee angeboten, Herr ..."

Adhirath nannte seinen Namen.

„Das ist ein ungewöhnlicher Name", sagte Saroj. „Es ist beinahe Mittagszeit. Möchten Sie etwas essen?"

„Sie wollten doch irgendwohin gehen."

„Ja. Aber Sie haben doch mitbekommen, dass der Termin abgesagt wurde. Ich werde selbst nichts zu mir nehmen. Ich frage nur, ob Sie etwas essen möchten. Ich esse mit dem Jungen, wenn ich ihn aus der Schule abgeholt habe. Deshalb verabrede ich mich auch nie zum Mittagessen. Heute habe ich das gemacht, aber das ist auch ausgefallen. Jetzt gehe ich nirgendwo mehr hin. Also, kann ich Ihnen etwas anbieten?"

Adhirath war, nachdem er seinen Sohn zur Schule gebracht hatte, nach Laxmi Nagar gefahren, war dort etwas herumgelaufen und hatte sich an einem Stand Puri Chole – würzige Kichererbsensoße mit frittiertem Brot – gekauft. Die Puris ertranken fast in Öl. „Frittiert ihr die in Motoröl?" hatte er den Verkäufer angefahren. Den Geschmack der mit Backpulver weichgekochten Kichererbsen hatte er immer noch im Mund. Er würde schon gerne etwas essen, in dem luxuriösen Wohnzimmer hier. Ob sie ihm das überhaupt im Wohnzimmer servieren würde? Man würde zumindest mal sehen, was diese Reichen so aßen.

„Nein", sagte er mit Nachdruck. „Ich muss gehen. Auch ich muss meinen Sohn von der Schule abholen."

„Kann ich Sie vielleicht irgendwo absetzen? Ich muss zur DPS, Delhi Public School in Noida. Werde bald fahren." Sie ging hinein, und Adhirath begann die flimmernden Sterne an der Kuppel zu zählen.

„Sie haben wohl viel Freizeit bei Ihrer Arbeit? Dass Sie sogar Ihren Sohn von der Schule abholen können", sagte Saroj, während sie den Wagen hinausfuhr. „Wohin sollen wir fahren? Wo wohnen Sie denn?"

„Mand..., Madam, lassen Sie mich einfach in Laxmi Nagar aussteigen."

„Und dieser Knopf ..."

„Brauchen Sie ihn?"

„Wo haben Sie ihn gefunden?"

„Sagen Sie mir, ob Sie ihn brauchen."

„Werden Sie ihn mir dann geben?"

„Nein. Ob Sie es glauben oder nicht, er ist ein Beweisstück. Und ich bin bei der Polizei."

„Ein Beweisstück, von mir aus gern", sagte Saroj, „ich brauche ihn nicht."

Sie waren auf der Höhe von Laxmi Nagar angelangt. Adhirath bat sie, ihn an der nächsten roten Ampel aussteigen zu lassen. Der Wagen hielt. Bevor er die Tür schloss, sagte er zu Saroj: „Ich habe gehört, Sie verkaufen das Landgut?"

„Das habe ich auch gehört", lächelte Saroj. Sie beugte sich zu ihm hinüber, schloss die Autotür und fuhr weiter.

■

Als Varun mit einem Eis in der Hand nach Hause kam, schlug seine Großmutter krachend die Kühlschranktür zu.

„Also, seit Ewigkeiten steht hier die Sauermilch. Ist schon angeschimmelt, ganz grün. So wirft die das Geld zum Fenster hinaus. Alles lässt sie verderben. Wozu setzt sie denn so viel Sauermilch an? Ich geh da ja nicht dran ..."

Adhirath sah Varun mit hochgezogenen Brauen an: „Wie ist es, Lust auf Sauermilch?" Beide kicherten.

Adhiraths Vater zog beim Eintreten sein Lendentuch zurecht. In der Hand hatte er ein halbes Kilo Bananen. „Ich habe doch gesagt, der verlangt jetzt zehn Rupien mehr ... Da. Ein offizieller Brief für dich."

Ein khakifarbener Umschlag lag auf dem Tisch. Wie sollte er den wohl übersehen.

Adhirath öffnete ihn. Es war der Termin für die Anhörung. Am kommenden Mittwoch musste er erscheinen. Es stand ihm frei, seinen Anwalt mitzubringen. Er hatte die Wahl, konnte selbst für sich sprechen oder einen Anwalt einschalten. Sein Herzschlag beschleunigte sich. Es wäre doch besser gewesen, bei Saroj etwas zu essen. Jetzt würde er bestimmt nichts mehr hinunterbringen. Als später am Nachmittag Puschpa nach Hause kam, las sie das Amtsschreiben und ging, ohne etwas zu sagen, Tee aufsetzen.

„Dauernd läuft er mit langem Gesicht herum, ich weiß gar nicht, wie lange das jetzt schon geht", sagte Schakuntala.

„Der gibt sich doch schon beim geringsten Anlass geschlagen", gab Daulatram zurück. „Wenn er schon so einen Job macht, sollte er zumindest Mut und Ausdauer haben. Wieso musste er auch unbedingt zur Polizei?"

„Was hätte ich denn machen sollen? Ist es vielleicht leicht, einen Job zu finden? Und was geht es dich an, hättest doch damals gleich sagen können, ich soll Busfahrer werden oder Taxi fahren."

„Hör dir das mal an." Das war an seine Frau gerichtet. „Ich hab gesagt, hörst du, was dein Liebling ..."

„Wieso machst du sie deshalb an?" brauste Adhirath mit einem Mal auf. „Große Pläne hattest du mit mir! Den Namen hast schließlich du mir gegeben. Adhirath. Sorgfältig ausgesucht. Hast du dir gedacht, dass ich damit Chauffeur von einem Mercedes werde?"

„Es ist der Name von jemand. Na und? Kommt im Mahabharata vor, war der Ziehvater von Karna."

„Das war ja auch ein Fahrer ..."

„Ein Wagenlenker war es. Sogar Lord Krishna war ein Wagenlenker."

„Was fängst du auch damit an?" unterbrach ihn Schakuntala. Sie brachte Mathri-Salzkekse mit eingelegtem Gemüse, ein Snack, den Adhirath liebte. Seine Mutter hatte die gesalzenen Mathri gebracht, nicht die ungesalzenen, die man gewöhnlich nahm, wenn man Eingelegtes dazu aß. Das waren eben die Mathri, die sie da hatte. Umso besser. „Jemanden aufmuntern kannst du nicht. Nur streiten tust du dich."

„Ja, verhätschele du ihn nur", Daulatram wandte sich zu ihr um, „wenn die Sache erstmal geregelt ist, geht er wieder arbeiten. Was soll er auch hier zu Hause herumsitzen? Soll er vielleicht lernen, Chapatis auszurollen? Das fehlte gerade noch, zu dem, was heute schon gang und gäbe ist." Er zeigte mit dem Finger auf seine Schwiegertochter, die eben auf einem Tablett Tee brachte. „Wenn die Schwiegertöchter die Hosen anhaben, bleibt den Männern nur noch, Teig zu kneten ..."

Puschpa beachtete seine Stichelei nicht: „Du solltest dir einen Anwalt ..."

„Der nimmt garantiert zehn- oder zwanzigtausend Rupien", sagte Adhirath, während er etwas vom eingelegten Gemüse auf einem Mathri verteilte. „Wir werden sehen, was passiert."

„Du hättest einen Antrag stellen sollen, dass die Anhörung beschleunigt wird. Jetzt ist fast ein ganzes Jahr rum. Irgendwann musste es ja sein."

„Es war in meinem Sinne, dass es sich hinzieht. Die sprechen mich sowieso schuldig."

„Das kann nicht sein", widersprach Puschpa lebhaft, „die Leute, die einem untergeordnet sind, muss man doch schützen. Wie können sie dich dafür schuldig sprechen?"

„Wir sind zwar alle bei der Polizei, aber trotzdem gehöre ich nicht dazu. Das weißt du ja selbst. Unsereins bleibt immer außen vor. In fünfzehn Jahren bin ich ein einziges Mal befördert worden. Und du zweimal. Wer sonst braucht dafür so lange? Es hat doch keinen Zweck."

„Doch, hat es. Frauen werden grundsätzlich später befördert. Ich bin zufrieden mit meiner Stellung. Ich gehe zur Helpline und komme zurück, in Schichtarbeit. Momentan habe ich tagsüber Schicht, das lässt sich gut mit dem Tagesablauf des Jungen vereinbaren." Sie trank einen Schluck Tee. „Aber wenn du mich fragst, nimm doch lieber einen Anwalt."

„Kannst du nicht mit jemand reden? Ihr habt doch auch höhere Beamte da", schlug Schakuntala vor.

„Ach was, was soll die schon mit denen reden ...?"

„Was ist mit diesem Sohn von Buddhans ...“ versuchte Schakuntala es weiter.

„Keine Ahnung, wovon die da redet. Was für ein Buddhan?“ bemerkte Daulatram verächtlich.

„Was weiß ich. Du hast doch selbst gesagt, dass er mit dem Sohn der Schwägerin von Buddhan sprechen soll, wegen der Beförderung der Schwiegertochter.“

„Mama, lass es bitte“, schaltete Puschpa sich ein. „Es ist ganz in Ordnung, dass ich Unter-Inspektor bin. Wenn ich Inspektor werde, schicken sie mich aufs Revier, mit geregelten Arbeitszeiten ist es dann aus.“

„Ach so, der Buddhan“, setzte Daulatram mit verächtlichem Ausdruck das Gespräch mit seiner Frau fort, „der Schwager der Schwägerin des Onkels. Was soll der denn ausrichten ...“

„Lass ihn mit denen reden! Nicht wegen der Schwiegertochter. Zuerst ist doch die Anhörung dran, er soll sich darum kümmern.“

„Da hast du mal was Richtiges gesagt.“ Und zu Adhirath: „Ich kann dir sagen, das war das erste Mal, dass aus dem Mund deiner Mutter ein vernünftiges Wort gekommen ist. Ist ja klar, schließlich geht es um ihren Liebling. Ist aber sowieso nicht gut, wenn die Frau dem Mann gleichgestellt wird“, sagte Daulatram. Während er seine leere Teetasse auf den Tisch stellte, fügte er hinzu: „War keine Milch mehr da oder was? Die Milch hier ist dermaßen verwässert! Die lassen die heutzutage nicht mal mehr eindicken.“

„Hör auf!“ schrie Adhirath plötzlich. „Ständig geht es hier ums Essen!“

Alle hielten erschrocken inne. Die Stille wurde vom Ton des Fernsehers unterbrochen.

„Mach es am besten selbst, ruf Puschpas Onkel an. Der Sohn bekommt doch kein Wort heraus“, schlug Schakuntala in verschwörerischem Ton ihrem Mann vor, nachdem Sohn und Schwiegertochter nach oben verschwunden waren.

Ohne sich die Sandalen auszuziehen, legte sich Adhirath aufs Bett. Puschpa legte ihm die Decke über die Beine und sagte: „Die Haltung der Regierung hat sich auch geändert. Als ich angefangen habe zu arbeiten, konnten Mädchen noch nicht einfach die Prüfung zum stellvertretenden Unterinspektor ablegen. Sie mussten als Wachtmeister angestellt werden. Jetzt werden sie direkt zugelassen. Nach der neuen Regelung wäre ich jetzt Inspektor. Dann hätte ich die Position, mit jedem zu reden."

„Jedem das Seine", sagte Adhirath und schleuderte so heftig die Sandalen von den Füßen, dass der eine gegen die Wand donnerte. Auf einem Bett wälzten sich, einander die Rücken zugekehrt, zwei müde Fremde. Erst spät wagte der Schlaf sich zu ihnen.

5

„Kumpel, die Vorladung zur Anhörung ist gekommen.“

Adhirath war seit einer halben Stunde da, aber Nitesch schrieb einen Bericht nach dem anderen. Jedes Objekt musste mit einer Nummer versehen werden, alles notiert und abgeheftet werden, es wollte kein Ende nehmen.

„Ist sie da, ja?“, sagte er endlich. „War ja auch Zeit. Wie lange sollte das denn noch dauern? Meines Erachtens solltest du alles abstreiten.“

„Das sind ausgekochte Gauner, die kann man nicht so leicht hinters Licht führen.“

„Wer macht es?“

„Dieser Kashyap! Das ist ein Halunke sondergleichen.“

„Der? Ein infamer Bursche! Seit der die Stelle des stellvertretenden Polizeichefs innehat, soll der Präsident die Welt nicht mehr verstehen.“ Sie schwiegen eine Weile.

„Wenn es nur darum ginge, wieder zur Arbeit zu gehen, hätte ich keine Angst. Solange der keinen richtigen Fall draus macht.“

„Zeig mal, was genau steht in dem Brief?“

„Hier, ich habe es fotokopiert, kannst du behalten.“ Adhirath zog drei Blätter aus der Tasche. Seine Hand stieß an den Knopf. Nitesch las das Schreiben und wiegte den Kopf, als würde er nachdenken.

„Ich habe einen Kollegen vom College, der ist Anwalt. Wir gehen zu dem.“

„Mal sehen“, sagte Adhirath. „Hast du noch irgendwas gehört? Über den Fall?“ schnitt er ein anderes Thema an. Er war unsicher, was er mit den Beweisstücken in seiner Tasche machen sollte. Sollte er sie Nitesch geben?

„Den Wachmann haben wir ordentlich durch die Mangel gedreht. Aber scheint nicht, dass der was weiß. Ist wohl neu. Vorher war da ein gewisser Nachattar Singh, der arbeitet jetzt auf einem anderen Hof in der Nähe. Seit dem Mittag war der neue Wachmann auch dort. Die haben sich da alle besoffen, bei Nachattar. Auf das Landgut ist an dem Tag keiner gekommen, sagt er. Er hat das Mädchen früher schon ein paarmal gesehen, die war immer wieder mal da. Nachattar hat bestätigt, dass der bei ihm war. Kein Mensch hat was gesehen, nichts", betonte Nitesch.

Adhirath fasste sich wieder in die Tasche, und als würde es ihm gerade einfallen, holte er das Stück von dem Armreif und den Knopf heraus und legte sie vor sich hin. Niteschs Schweigen drückte aus, dass die Linie des unter Freunden Zulässigen hier über die vom Beruf gegebenen Grenzen hinaus gezogen worden war. Mit einem Schlag hatte Adhirath das Gefühl, er hätte nicht gut daran getan, sich unaufgefordert einzumischen. Es machte einen Unterschied, ob er in Niteschs Begleitung Udayraj aufsuchte oder selbständig nach Beweisen suchte. Wenn Nitesch wollte, konnte er seinen ermittlerischen Aktivitäten ohne weiteres den Riegel vorschieben.

„Sorry, Kumpel. Ich bin auch noch mal zu denen gegangen. Diese Schwarz-Weiß-Frau, die sagt, sie weiß nicht, wann der verlorengegangen ist. An Holi haben sie ihn im Haus vermisst."

Nitesch starrte weiter den Knopf an. Eine Weile herrschte Schweigen. Schließlich seufzte Nitesch: „Was würdest du an meiner Stelle tun? Schließlich bin ich es, der die Verantwortung trägt."

„So ist es. Aber schau mal, ich gebe dir ja, was ich gefunden habe. Werde bestimmt nicht herumerzählen, dass ich das gefunden habe."

„Ja und? Was wir an dem Tag beschlagnahmt haben, ist schon im Bericht aufgelistet. Abgeschlossen." Nitesch nahm den Knopf in die Hand und betrachtete ihn von allen Seiten. Während er ihn drehte, strahlte unter wechselndem Lichteinfall der Edelstein auf.

„Ist das ein Diamant?"

„Mann, nimm es mir nicht übel. Ich weiß, ich hätte das nicht tun sollen. Es ist dein Fall, aber als ich da war, bin ich auf dem Hof zufällig drauf gestoßen. Ich stehe enorm unter Druck. Wenn ich das mache, löst sich einfach die Spannung ein bisschen."

„Von dem Glasding haben wir eine Menge Teile gefunden." Nitesch unterdrückte seinen Ärger. „Aber einen Diamanten habe ich nicht gesehen. Gibt es einen Zeugen, dass du das von dort hast?“

„Nein. Ich habe es so gemacht, dass es niemand gemerkt hat.“ Er ließ den Kopf hängen, und seiner Stimme fehlte die Kraft.

„Von dem hier haben wir viele Stücke“. wiederholte Nitesch, der sich jetzt das Teil von dem türkisfarbenen Armreif ansah. Als er Adhiraths verzweifelte Miene sah, fügte er hinzu: „Lass mal, Kumpel, macht nichts. So ein Fall, du weißt ja, der kann einen schon nervös machen.“

„Was ist der Name von dem Mädchen?“

„Basanti. Das hat sie Udayraj gegenüber angegeben. Ich habe gesagt, der Mutter hat wohl der Film Sholay gut gefallen. Aber hier kannte man sie als Renu. Und später hat sich herausgestellt, dass ihre Mutter ihr noch einen ganz anderen Namen gegeben hatte, irgendwas, ich erinnere mich nicht. Schön war sie. Soll ich dir das Foto zeigen?“

Adhirath hatte „Suryabala“ auf der Zunge, aber konnte sich gerade noch zurückhalten. Er brachte nicht den Mut auf, zuzugeben, dass er mit ihrer Mutter gesprochen hatte.

Nitesch suchte zwei Fotos aus der Akte heraus und legte sie ihm vor. Es war eine Nahaufnahme vom Gesicht. Die Augen geschlossen. Sie wirkte nicht wie eine Tote. Besonders schön sah sie auch nicht aus, aber Adhirath wusste, dass manche wirklich schönen Menschen auf Papier ausgedruckt völlig gewöhnlich aussahen. Suryabala – Basanti – Mohini – Renu. Ob sie wirklich eine Prostituierte gewesen war? Wieviel Namen hatte sie wohl noch? Wenigstens hatte er jetzt einen Eindruck davon, wie diejenige aussah, die ihm soviel Kopfzerbrechen bereitete. Was bereitete ihm Kopfzerbrechen, sie oder er selbst?

„War sie groß?“

„Unter Durchschnittsgröße. Sehr hellhäutig. Auf dem Foto sieht man das nicht, aber sie war sehr schön. Der Wachmann hat gesagt, der Ortsvorsteher hatte ein Auge auf sie geworfen. Immer wenn das Auto zum Gutshof kam, drückte er sich dort in der Nähe herum. Der und der ehemalige Dorfratsvorsitzende. Die hatten beide anscheinend sonst nichts zu tun. Nach dem, was der Wachmann sagt, hingen beide ständig da an der Straße herum. Wenn sie nicht hin und her gingen, lagen sie auf einem Charpai am Straßenrand. Keinem Mädchen aus dem Dorf wäre eingefallen, auf dem Heimweg von der Schule auch nur in die Nähe zu kommen."

„Die wissen mit Sicherheit was", meinte Adhirath.

„Allerdings. Ich habe mit beiden gesprochen. Die haben alles abgestritten. Das Mädchen kannten sie. Sonst nichts. Der Ortsvorsteher behauptete, sie sei wie eine Enkeltochter für ihn gewesen, aber verdorben. Einmal, sagt er, hat er einen Mann zu ihrer Mutter geschickt, um sie über die Ausschweifungen ihrer Tochter aufzuklären und sie zu ermahnen, das Mädchen in die Schranken zu weisen. Einmal haben die beiden Alten sie angeblich am Bahnhof erwischt und ihr ins Gewissen geredet. Für den nächsten Tag bestellte er sie zu sich nach Hause. Seine pflichtbewusste Ehefrau sollte sie ins Gebet nehmen. Aber sie ist nicht gekommen." Nitesch lachte laut auf. „Ins Gewissen reden wollte der ihr selbst, der alte Lustmolch!"

Der Ortsvorsteher, dessen Frau sich im Salon Kleopatra von Renu die Füße pflegen ließ.

„Ich gehe heute wieder ins Dorf. Komm doch mit! Okay? Ich glaube, du machst das besser als ich mit der Befragung." Nitesch konnte seinem Freund nicht länger böse sein.

Adhirath schüttelte den Kopf. „Es ist besser für dich, ich gehe nicht mit. Ich habe gerade total viel Stress. Bin auch abgelenkt. Wenn der Fall gelöst ist, lass du dich mit dem überführten Mörder fotografieren."

■

Er stellte vor Bharat zwei Bierflaschen hin. Er hatte sie im Dorf besorgt. Eisgekühlt. In dem Laden im Dorf gab es indische und ausländische alkoholische Getränke. Bei der Gelegenheit hatte er sich den kleinen Markt zum ersten Mal näher angesehen. Es gab zwei Metzgereien. Vier Süßigkeitenläden. Ein Laden verkaufte Milchprodukte: „Milch, Jogurt, Sahne, Ghee, alles rein und unverfälscht, direkt vom Erzeuger." Auf dem Podest außerhalb des Herrenfrisörs „Sonu Hair Stylist" hatte der Ortsvorsteher gesessen. Er hatte Adhirath gleich angesprochen:

„Na, Sie kommen wohl viel herum!“

„Ich sehe mir Ländereien an“, hatte Adhirath gesagt und sich schnell verabschiedet, bevor er in ein längeres Gespräch verwickelt werden konnte. Ob der Ortsvorsteher ihn damals in der Menge bemerkt hatte oder nicht, er jedenfalls hatte diesen Dorftyrann sofort erkannt.

„Der Ortsvorsteher sitzt vor dem Frisörladen.“ Er holte einen Flaschenöffner aus der Hosentasche und ließ die Kronkorken ploppen.

„Das ist auch schon alles, was der tut. Einmal Ortsvorsteher, immer Ortsvorsteher. Der Laden gehört ihm. Hat ihn verpachtet. Früher war er Grundbesitzer, hatte eine Menge Land. Jetzt hat er vielleicht gerade mal noch einen Hektar. Hat alles verkauft.“

„Gibt es immer noch Großgrundbesitzer?“ wunderte sich Adhirath.

„Wenn einer Land hat, ist er Grundbesitzer. Im Dorf gibt es etwa zehn Leute, die noch Land besitzen. Von den übrigen haben einige etwas auf dem Gemeindeland angebaut, oder sie arbeiten irgendwo anders. Haben einen anderen Beruf oder arbeiten als Tagelöhner. Oder sind in der Schule.“

„Haben Sie sich in meiner Angelegenheit erkundigt?“ Nicht dass Bharat Verdacht schöpfte.

„Hätten Sie mir vorher gesagt, dass Sie kommen, hätte ich ein paar Rettiche vom Feld geholt“, sagte Bharat nach einem langen Zug aus der Bierflasche. „Auf leeren Magen gibt das Blähungen. Da ist ne Menge Gas drin. Deshalb ploppt es so beim Öffnen. Haben wir ja eben gesehen.“

„Besorgen Sie uns Rettiche, dann geh ich nochmal zwei Bier holen“, erbot sich Adhirath. Ihm gefiel es hier immer besser. Heute hatte Puschpa ihm auch vier Chapatis eingepackt. Wer weiß, ob Bharat etwas zum Essen dabeihatte. Das Motorrad stand gleich nebenan.

„Brot hab ich dabei“, sagte Adhirath.

„Habe ich auch, von zu Hause. Das essen wir später“, sagte Bharat und zog einen Fünfzig-Rupien-Schein aus der Tasche. „Hier, mein Anteil.“

Adhirath weigerte sich, das Geld anzunehmen. Dann würde das nächste Mal er einen ausgeben, versprach Bharat. Und dazu gäbe es

Karnickelfleisch.

Vorne auf der Straße stieg hinten aus einem Honda City der Ortsvorsteher. Bharat begrüßte ihn laut mit „Ram Ram!"

■

„Hier lässt es sich aushalten", sagte Adhirath und legte sich hin. Mit zwei Bier, zwei Rettichen, Eingelegtem, Gemüse aus Auberginen und Kartoffeln und mit dem Brot hatte er sich den Magen gefüllt und zugleich das Herz erleichtert. Bharat hatte eine Decke über die Ziegelplattform gebreitet. Als sie erwachten, war es Nachmittag. War er hergekommen, um sich auszuruhen? Wie durch ein Wunder war alle Nervosität von ihm abgefallen. Das Büro, die Anhörung, er dachte an nichts davon. Ob Nitesch heute hier gewesen war? Hatte er sie beide daliegen und schnarchen sehen? Die Gespanntheit war zurück.

„Was soll ich dem Chef sagen? Ich muss weg. Bis ich da bin, dauert es. Hab drei Stunden bis hierher gebraucht."

„Ein Vorfahr von mir war im Heer von Suraj Mal, dem Jat-Herrscher. Bei uns zu Hause wurde das immer erzählt. Wenn der morgens von Gurgaon aufbrach, war er abends in Delhi. Dreißig Kilometer entfernt."

„Ist er zu Fuß gegangen?"

„Geritten. Zu Fuß hätte er es nicht geschafft. Damals haben die Pferde benutzt."

„Heute Pferdestärken." Adhirath tätschelte sein Motorrad. „Ein Tier, das niemals müde wird. Trotzdem dauert es so lange."

„Von diesem Gutshof, wissen Sie, da gehört über die Hälfte der Schwiegertochter. Und ein Teil dem Sohn. Das heißt, es gibt zwei Grundbucheinträge. Wenn sie wollen, können sie demnach auch nur die Hälfte verkaufen. Wer von denen den Zugang hat, weiß ich nicht. Ich meine, ich weiß nicht, auf welchem der Anteile des Landes sich der Weg befindet, der zum Haus führt. Den müsste man gemeinsam nutzen. Den entsprechenden Anteil zahlen und es vertraglich regeln. Möglich ist das. Vom Gesetz her gibt es da keine Einwände. Ich müsste bei den

Besitzern anfragen. Wenn Sie Ihrerseits Ihr Einverständnis geben, rede ich mit ihnen.“

Adhirath starrte Bharat an. Sein breites Gesicht schien aus Sandkörnern zusammengesetzt zu sein. Ein offenes Gesicht. Etwas Schläue lag wohl auch darin, er musste ja die Schliche gelernt haben, die zum Immobilienhandel gehören. Aber wenn man ihn ansah, wirkte er unverstellt und offenherzig. Keiner, der einen übers Ohr haute. Wieviel er von ihm bei bloß zwei Treffen erfahren hatte. Es war irgendwie nicht in Ordnung, so einem Mann etwas vorzuspielen.

■

Am Bahnhof bog Adhirath links ab und parkte das Motorrad neben einem Loch, das ihm als Anlass zum Halten diente. Bharat lenkte seinen Motorroller in Richtung Dorf. Als ihm der Roller aus dem Blick verschwunden war, fuhr Adhirath zurück in die Richtung, aus der sie gekommen waren. Vor dem schmalen Pfad, der zu Bindals Herrenhaus führte, war wie zuvor das Tor geschlossen. Er fasste durch die Gitterstäbe. Der Riegel lag vor und war mit einem Vorhängeschloss gesichert. Er rüttelte am Tor. „Machen Sie auf!“ rief er zweimal. Schließlich kam hinter dem Gebäude ein Mann zum Vorschein, näherte sich unter leichtem Humpeln dem Tor und fragte: „Wer sind Sie?“

„Ich möchte mir den Hof ansehen. Der steht doch zum Verkauf? Vielleicht will ich den kaufen. Muss ihn aber erstmal von innen ansehen.“

„Ich hab dafür keine Anweisung.“

„Und, hatten Sie vielleicht eine Anweisung, den Ortsvorsteher hereinzulassen? Sie sind Chetilal, oder?“

„Nein, Sahib, hier ist keiner hereingekommen.“

„Aufmachen!“ Das klang nach polizeilichem Befehl.

„Ich hole den Schlüssel.“ Damit drehte sich der Mann um.

Adhirath nahm das Handy aus der Tasche und hielt es sich ans Ohr. „Hier, sprich selbst mit ihm.“

„Wer ist das?“ Chetilal trat wieder näher.

„Der Fahrer. Er sagt, in der Nacht warst du hier. In der Nacht, wo der Mord geschehen ist.“ Er drückte auf eine Taste auf dem Handy. Ein Licht blinkte auf. Chetilal nahm mit zitternden Händen das Telefon und hielt es sich ans Ohr.

„Hallo, Hallo?“

Wenn jemand dran gewesen wäre, hätte er etwas gesagt. Adhirath nahm ihm das Gerät wieder ab und meinte: „Hat aufgelegt. Er sagte, du wärst es gewesen, der hier zuständig war. Hatte wohl Angst vor dir.“

Chetilal öffnete das Tor. Den Schlüssel hatte er in der Tasche. Adhirath folgte ihm bis zur Veranda des Herrenhauses.

„Hör mal, Chetilal, ich bin kein Polizist. Was ich mache, ist etwas anderes. Mein Chef will ein Grundstück erwerben. Dazu braucht er Informationen. Hier gab es einen Mord. Sag es mir ehrlich: Was ist an dem Tag geschehen? Du bist nicht von hier; laden die Dörfler etwa Leute wie dich ein, damit sie an Holi ihren Schwägerinnen Farbe ins Gesicht schmieren? Lüg nicht, sonst geht es dir auch noch ans andere Bein!“

Chetilal setzte sich auf den Fußboden und schlug sich gegen die Stirn. „Das war eine schlimme Zeit, als ich hergekommen bin. Der Onkel hat mir den Tipp gegeben. Wir hatten nicht viel, gerade mal genug zum Überleben. Aber wo gibt es schließlich Zuckerbrot? Der Onkel arbeitet auf der Dünger-Farm hinten in Amirpur. Ein paar Tage lang hat er dort Mist gefahren. Seit zwei Monaten ist er da. Vorher hat Nachattar hier gearbeitet. Hat gekündigt. Eigentlich sollte es auch einen Verwalter geben. Der Verwalter ist letzten Monat gegangen. Die Senfernte war, nachdem der Verwalter weg war. Circa fünfzehn Tagelöhner waren dafür da. Drei Tage hat die Ernte gedauert. Du arbeitest, das Essen machst du dir selbst. Strom gibt es nur nachts. Mitten in der Nacht musst du raus, die Pumpe anstellen und die vielen Bäume wässern. Und hier gibt es Schlangen, so groß. Das Leben der Armen ist halt eine einzige Katastrophe. Jetzt verprügelt mich auch noch die Polizei. Ich bade die Untaten von irgendeiner Schlampe aus. Wer weiß, was die in ihrem früheren Leben gemacht hat. Dreimal, nein, vielleicht viermal ist sie hergekommen, seit ich hier bin. Der junge Herr war immer bei ihr.“

„Welcher junge Herr? Udayraj?“

„Ja, genau. Der Fahrer hat sie immer gebracht. Immer spät abends.

Einmal sind sie zwei Tage dageblieben."

„Der Fahrer, es war der Fahrer? Er hat sie hier abgesetzt und ist weggefahren?" Adhirath klopfte das Herz.

„Er ist selbst auch hiergeblieben. Er hat immer auf der Pritsche vor meinem Zimmer geschlafen. Auf meiner Pritsche. Ich habe mir mit einem Läufer ein Lager auf dem Boden gemacht. Wer arm ist, hat eben nichts zu sagen." Chetilal zog ein Gesicht.

„Was hat er gesagt, wie das Mädchen hieß?"

„Woher soll ich das wissen? Ganz schön aufgeblasen war die."

„Wann war sie das letzte Mal hier?"

„Muss so einen Monat her sein. Etwa einen Monat. Kurz vor der Senfernte. Das war, als sie zwei Tage hiergeblieben sind. Der Verwalter kam immer morgens. Genau hier, wo Sie jetzt sitzen, hat sie gesessen und zu ihm gesagt: Ich kaufe mir einen Hof in der Nähe, du arbeitest doch dann auch für mich?"

„Ach!"

„Ich war beim Gießen, hier, diese Kletterpflanze habe ich gerade gewässert. Da hab ich das gehört. Die hat immer so angegeben. Hat mich herumkommandiert. Bring mir dies, bring mir das. Gemüse gab es zu der Zeit, Zucchini, Broccoli. Hatte ich im Dorf noch nie gesehen. Als der junge Herr weggegangen ist, hat er vorher noch den Verwalter beurlaubt. Danach ist der nicht mehr hergekommen. Seit damals bin ich allein hier."

„Wo wohnt denn der Verwalter?"

„Wo denn, Sahib? Den hat es ja noch schlechter getroffen als mich. War auf dem Weg zu seiner Tochter, eine Tochter hatte der, die hatte ein Kind bekommen, und er wollte zur Chochak-Zeremonie, Geschenke bringen. Es gab einen Zugunfall, das war's, er ist dabei umgekommen."

„Das Unglück von dem Zug nach Gorakhpur, war es das?"

„Ja, genau."

„Was war an Holi? Sind die wieder hergekommen?"

„Nein, Sahib. Den ganzen Tag ist niemand hier gewesen. Ich habe mir nur von den Leuten auf den Höfen hier in der Gegend den Tika auf die Stirn malen lassen. War doch Holi, ein Festtag!" Jetzt begann Chetilal zu weinen. „Nichts los, überall tote Hose. Am Nachmittag habe ich mir gedacht, ich gehe zu Nachattar rüber. Bin zu ihm, wir haben zusammen eine Flasche geleert. Ich hab mich auch mit zwanzig Rupien beteiligt. Nachattars Sohn ist auf dem Rad ins Dorf, hat uns noch eine Flasche geholt. Wir haben alle ordentlich was getrunken."

Er gab an, er habe dort auch geschlafen. Hatte die Erlaubnis des Gutsbesitzers, deshalb habe er ausnahmsweise mal einen draufgemacht.

„Die Erlaubnis des Gutsbesitzers?"

„Ich hab den jungen Herrn auf Nachattars Telefon angerufen. Hab gefragt. Er hat gesagt, Geh nur, geh nur, feiere Holi!"

Adhirath fuhr mit Chetilal zum Nachbarhof, um auch Nachattar zu treffen. Inzwischen war die Dunkelheit hereingebrochen. Hier und da flackerten Lichter auf. Das Gezwitscher der Vögel nahm zuerst zu und verstummte dann. Von fern war etwas wie Hufschlag zu vernehmen.

„Ein Nilgai", sagte Chetilal.

Eine Nilgau-Antilope. Zu sehen war sie nicht, aber für Adhirath fühlte es sich an, als ginge er durch einen Wald. Er dachte, er könnte sich eigentlich auch mal Chetilals Feldbett ausleihen. Nachattar wohnte zur Miete in einer von vier Hütten, die man auf dem Anwesen gebaut hatte. Er war für die Lohnarbeiter zuständig. Er war es auch, der Chetilal die Stelle auf dem Hof der Bindals verschafft und ihm gelegentlich beim Einarbeiten geholfen hatte. Nachattar bestätigte alles, was Chetilal gesagt hatte. Darüber hinaus wollte er nichts sagen, obwohl Adhirath ausdrücklich nach den Besitzern fragte.

„Das sind ordentliche Leute, Sahib", sagte er.

„Warum haben Sie dann gekündigt?"

„Das Alter. Ich kann jetzt nicht mehr so hart arbeiten", sagte er, warf einen Blick in den Topf und begann mit dem Schöpflöffel darin zu rühren.

Vier oder fünf Zuhörer hatten sich eingefunden. Einer stocherte in seinen Zähnen, ein anderer wiegte den Kopf. Alle redeten dazwischen. Wie sich herausstellte, waren an dem bewussten Tag alle hier gewesen. Die Feuerstellen brannten mittlerweile. Der Duft gerösteter Gewürze erfüllte die Luft. Wie das wohl wäre, wenn man hier Haxen absengen würde? Der Geruch von Ziegenhaar, von angesengter Haut, würde die Luft erfüllen, der Duft würde sich weithin ausbreiten, und die Leute würden mit Gefäßen angerannt kommen. Wie friedlich es hier war, dachte Adhirath. Ein Geräusch drang an sein Ohr, es klang wie „Hau ab!“. Er fuhr zusammen und blickte sich um. „Ist nur eine Eule“, sagte Nachattar, „die lebt hier.“

Die Eule hatte recht. Der Friede war nichts als eine Unterbrechung des Tumults. Ein Mord war hier geschehen. Es könnte noch einen weiteren geben. Adhirath wollte gehen. Er spähte in die Dunkelheit außerhalb des Lichtkreises, für den die Glühlampe vor Nachattars Behausung sorgte. Es war jetzt vollkommen finster. Mit ihm erhob sich auch Chetilal.

„Bleiben Sie auf der Straße, Sahib“, sagte Nachattar. „Es gibt Schlangen, die kommen jetzt heraus.“

„Er hat ein Motorrad, da fährt er ja eh auf der Straße“, sagte Chetilal.

„Sagen Sie, wieso haben Sie das alles nicht der Polizei gesagt?“

„Die haben ja nicht danach gefragt. Die wollten nur wissen, warum ich gekündigt habe und um wieviel Uhr an Holi Chetilal zu mir gekommen ist. Und mal abgesehen davon, wieso sollte ich der Polizei etwas erzählen?“

„Hmm“, machte Adhirath.

Am Bindal-Hof ließ er Chetilal absteigen und fuhr weiter, aber es ließ ihm noch keine Ruhe. Er schaltete den Motor aus. Ein Stück weit konnte er es ja schieben. Chetilal hatte das Tor geschlossen. Der Riegel war vorgeschoben. Die Straße war menschenleer. Wer würde bemerken, wenn jemand kam oder ging? Wer weiß, wer in jener Nacht dagewesen war. Wenn ein Auto gekommen wäre, hätte es doch sicher jemand gehört, oder jemand hätte das Scheinwerferlicht gesehen.

Plötzlich hörte er Schritte, jemand lief hinter ihm her. Ihm gefror das Blut in den Adern. Dann hörte er eine Art Winseln, wie von einem Kleinkind, das sich nicht entschließen kann, ob es weinen und schreien soll oder nicht. Er stieg auf das Motorrad. Der trügerische Eindruck von Ruhe und Frieden war dahin. Besser, er verschwand zügig von hier. Da drang eine Stimme an sein Ohr: „Sahib, Sahib ...“

Er drehte sich um und erblickte Chetilal.

„Was ist denn?“

„Praduman, dieser ...“

„Nun sag schon, schnell! Was ist mit Praduman?“

„Ich gehe zu Nachattar, ich schlafe bei dem.“

„Verdammt, ich erwürge dich gleich. Hat Praduman etwas gemacht, dass du Angst hast? Du weißt doch was!“

Chetilal hockte sich auf der Straße hin. Adhirath betätigte den Kickstarter und fuhr zum Gutshof zurück. Das Tor stand offen. Er ging hinein und blickte sich um. Überall hier konnte sich ein Mann verstecken. Dicht an dicht standen die Bäume, unbeweglich, wie Wachposten. Er klopfte an die Haustür. Schlug dagegen. Sie war verschlossen. Als er wieder hinausging, stand Chetilal auf der Straße, zitternd vor Angst.

„Jetzt sprich. Ist es vielleicht das erste Mal, dass der Fahrer kommt? Musst du dir deswegen in die Hose machen?“

„Er hat hier gestanden, Sahib, am Tor, hinter dem Baum. Wieso hat er sich so versteckt? Wozu? Ich habe das Tor abgeschlossen und wollte in meine Unterkunft gehen. Das Auto war nicht da. Aber er war da! Was war da los, Sahib?“

Er ließ Chetilal hinter sich auf dem Motorrad aufsitzen und brachte ihn zu Nachattars Hütte. Als er wendete, um zurückzufahren, tauchte Bharats Roller hinter ihm auf. Er musste wohl oder übel anhalten.

„Wie denn, sind Sie zu Nachattar gefahren, wegen des Grundstücks? Keine Sorge, das ist gutes, fruchtbares Land, das Wasser ist auch gut, auch zum Trinken“, sagte Bharat. „Sie holen Erkundigungen für Ihren Chef ein, ja? Bringen Sie ihn einfach mal mit, dann kann er es sich selbst ansehen. Ich rede auch mit den Besitzern.“

Adhirath dachte, er hat jetzt sowieso alles durchschaut, was soll ich ihm weiter etwas vormachen. In einem Dorf blieb doch nichts verborgen!

„Ich muss Ihnen etwas sagen.“

„Hmm.“

„Ich bin nicht da, um mir Grundstücke anzusehen. Ich bin von der Polizei.“

„Ha! Habe ich es mir doch gedacht, gleich am ersten Tag. Aber Sie waren nicht im Dienst, jedenfalls haben Sie sich nicht wie ein Polizist verhalten. Scheint, Sie haben es eher genossen, mit mir zusammen zu sein. Ist doch wahr, oder? Meinen Sie nicht auch?“

„Es ist sehr schwer, die Dörfler dazu zu bringen, etwas auszuspucken“, sagte Adhirath. „Sie haben gesagt, im Dorf bleibt nichts verborgen. Aber wen man auch anspricht, keiner weiß etwas.“

„Reden ist Silber, Schweigen ist Gold“, sagte Bharat. „Sehen Sie nur mich an. Sie haben sich verabschiedet, sind aber nicht weggefahren. Aber ich weiß, wo Sie waren und mit wem Sie geredet haben. Im Dorf gehört das Schweigen zum Leben. Zum Beispiel, der Ortsvorsteher macht irgendetwas. Du hast es sogar selbst gesehen, aber du tust so, als hättest du es nicht gesehen, sagst nichts. Alle haben den Mund wie zugenäht! Schließlich hat der den Dorfrat in der Tasche. Sagen Sie selbst, ist doch wahr, oder?“

„Aber kommen Sie, ein Mädchen wurde umgebracht, und auf dem Gutshof war angeblich niemand. Wie kann das möglich sein?“

„Muss wohl ein Geist gewesen sein“, spottete Bharat.

Adhirath schwieg. Ein Geist war es gewesen. Von ihm aus, war nicht sein Problem. Konnte seinethalben sonst wer gewesen sein. Jetzt hatte er diesem Mann auch gesagt, wer er war. Das ließ sich nicht mal damit erklären, dass er Alkohol getrunken hatte. Nein, das war es nicht gewesen. Doch nicht von zwei Bier! Sie hatten sogar zusammen ein Schläfchen gemacht. Und dann hatte er sich so ruhig gefühlt, nach den paar Tagen hier, so glücklich. Daher kam seine Offenherzigkeit. Die Welt schien so schlecht gar nicht zu sein. Es war geschehen, er hatte es gesagt. Jetzt war es wohl Zeit zu gehen.

„Kommen Sie doch morgen Abend vorbei! Dann können Sie mit allen reden. Sagen Sie aber nicht, dass Sie Polizist sind, okay? Bei der Polizei kriegt keiner den Mund auf, glauben Sie mir.“

Adhirath blieb kaum etwas anderes übrig, als ihm zu glauben.

„Sie haben doch nichts gesagt? Selbst wenn Sie was gesagt haben, kein Problem, das kriegen wir schon wieder hin. Sagen Sie einfach was anderes.“

„Nein, ich habe nichts gesagt. Sagen Sie bitte auch nirgends etwas davon, lieber Freund. Sie sind ja vom Dorf, gehören dazu.“

„Zu diesem Dorf gehöre ich nicht“, sagte Bharat.

Adhirath schwieg.

„Woran denken Sie?“ fragte Bharat.

„Ich habe gedacht, es wird Karnickelfleisch geben, dazu was Alkoholisches, fehlte halt nur noch eine ...“

„Sie sind schon ein lustiger Typ, was? Sie wurde ermordet, sonst hätte ich bei der mal angefragt.“ Bharat kicherte.

„Haben Sie ... jemals ihre Dienste anfragt? Für irgendjemand anders vielleicht?“

„Mit sowas habe ich nichts zu tun. Aber der Ortsvorsteher, ich habe gehört, der und dieser frühere Dorfratsvorsitzende, die sind beide untergetaucht. In der Holi-Nacht waren die nicht im Dorf. Sonu ist hingegangen, um den Ortsvorsteher zu massieren, da hat er gesehen, dass der an der Schulter eine Schramme hat. Einen Riss, wie wenn sich einer geschnitten hat. Und Kratzer. Er hat behauptet, er wäre gestürzt, betrunken in die Büsche gefallen. Aber Tatsache ist, dass in der bewussten Nacht beide sehr lange verschwunden waren. Als sie zurückkamen, waren sie beide abgekühlt. Abgekühlt verstehen Sie, oder? Wie wenn es sie nicht mehr juckt, wenn der Durst gestillt ist! Alle sagen, die Kratzer stammen von dem Mädchen, beim Liebesspiel. Sie verstehen schon!“

Adhirath verstand schon.

■

Er konnte kaum erwarten, dass es Abend wurde. An diesem Tag hatte er seinen Sohn auf dem Motorrad von der Schule abgeholt. Varuns Augen hatten geleuchtet, als er ihn mit der Maschine gesehen hatte. Er hatte eigens angehalten, um ein paar Freunden „Bye-bye“ zuzurufen. Adhirath war es schwer ums Herz geworden.

„Komm, jetzt hast du es allen gezeigt, reitest du jetzt auf dem Elefanten?“ Er hatte Varun vor sich auf den Sitz gehoben. „Wie wäre es mit einer Mandelmilch?“

In dem Laden in der Nähe, in dem Milch, Käse und Jogurt angeboten wurden, hatte er ihm eine Flasche Milch gekauft. Anschließend hatte er Varun vor dem Haus abgesetzt und sich aus dem Staub gemacht.

In der Sonne war es jetzt sehr warm. Unter dem Helm klebten ihm die Haare am Kopf, jetzt begann ihm auch der Schweiß zu fließen. Noch nicht in Strömen, wie sie einem einen Monat später neben den Ohren hinunterlaufen würden, aber es fühlte sich schon feucht an. Als er in die Straße zum Dorf einbog, setzte er den Helm ab. Wer würde das hier schon kontrollieren. Selbst in der Stadt fragte kaum einer danach, und falls ihn eine Streife anhielt, ließen sie ihn laufen, sobald er klargestellt hatte, dass er zur Truppe gehörte. Allerdings waren die Kontrollen in der letzten Zeit doch etwas schärfer geworden.

Von weitem schon sah er vier oder fünf Männer über das Feld laufen, in der Hand lange Stöcke. Bharat stand dabei und rief etwas. Sowie er das Motorrad anhielt, kam er zu ihm.

„Sie kommen gerade zur rechten Zeit. Sehen Sie, das ist die Jagd. So zehn, zwölf haben sie erwischt.“

Adhirath sah, dass an den Spitzen der Stöcke Messer befestigt waren. Bharat hob einen Klumpen Erde auf und warf ihn in Richtung eines Rohrdickichts. Ein graubraunes Kaninchen hoppelte heraus, kam auf Bharat zu, drehte ab und flüchtete in ausgerechnet die Richtung, wo ein Jäger stand. Der Jäger schleuderte seinen Stock hoch, der sauste wie ein richtiger Speer durch die Luft und bohrte sich in den Nacken des Kaninchens. Kaum einen Augenblick hatte es gedauert. Das kleine Tier, das der Speer mitten im Lauf erwischt hatte, rannte mit der Last noch ein Stück weiter und brach zusammen. Ungefähr so musste die Jagd wohl in früheren Zeiten gewesen sein. Heutzutage war Speerwerfen eine olympische Disziplin. An Adhiraths Schule hatten sie es auch gemacht, im Sportunterricht. Damals hatte er nicht gewusst, dass das ein Tribut an eine urtümliche Art zu jagen war.

„Es ist alles bereit für das Festessen“, sagte Bharat. Der Jäger zog mit der Speerspitze das still gewordene Karnickel zu sich heran und steckte es in eine Schultertasche, ähnlich dem schlaffen Beutel, wie Wanderasketen ihn tragen.

„Hol noch sechs, sieben mehr!“ rief Bharat ihm zu. „Wir sind viele!“

An Adhirath gewandt sagte er: „Sie haben ihn erkannt, oder? Nachattar. Ein hervorragender Jäger. Alles mit Erlaubnis des Ortsvorstehers. Der Ortsvorsteher bekommt auch immer Wildbret von ihm. Gehört dir das Dorf, gehören dir auch die Tiere darin. Meinen Sie nicht auch? Nur Leute aus dem Dorf dürfen hier auf die Jagd gehen. Die Hälfte von dem, was sie heute erlegen, geht an den Ortsvorsteher. Dazu eine Flasche Fusel. Gehen wir zum Laden, was holen?“ Als er Adhiraths Gesichtsausdruck sah, fragte er: „Was ist, ist Ihnen nicht gut?“

Adhirath lachte: „Bin heute früh raus und hab Hefefladen gegessen, die waren nicht gut.“

Bharat stimmte ihm zu: „Ghee und Öl, die sind heute nicht mal mehr im Dorf gut.“

Wenn ein Mann die Mannhaftigkeit eines anderen für bare Münze nahm und auch noch versuchte, ihn zu decken, wenn etwas faul war: Was anderes war wahre Freundschaft!

Der Inhaber saß vor seinem Laden auf einem Stuhl und döste. Auf dieser Seite der Straße war es schattig.

„Na, Meister, schläfrig?“ fragte Bharat. Er wandte sich an Adhirath: „Die Läden machen schon morgens um sechs auf. Und abends geht es bis zehn, was, Munnalal?“

„Bis acht“, sagte der Händler und erhob sich. „Da ist ja eine ordentliche Jagd im Gange. Und wie läuft das Geschäft?“

„Wie schon“, antwortete Bharat, „die Grundstückspreise steigen, da bleiben die Käufer weg. Das hier ist mein neuer Freund. Mal sehen, vielleicht kommen wir auch miteinander ins Geschäft. Ich habe gedacht, ich lade ihn zu unserem Essen ein. Jetzt ist es bekömmlich, später macht Kaninchenfleisch zu viel Wärme im Körper.“

„Letztes Jahr hat Tillu es in der warmen Jahreszeit gegessen“, sagte Munnalal, „hat Nasenbluten bekommen, das wollte gar nicht wieder aufhören. Seine Mutter hat gesagt, ich soll den Laden dichtmachen, das wäre alles nur deshalb, weil ich Alkohol verkaufe. Heute braucht ihr sicher eine ganze Flasche, oder?“

„Gib uns eine Flasche Rum. Wenn wir noch was brauchen, kommen wir wieder. An speziellen Tagen hast du doch bis neun oder zehn offen, oder? In der Stadt haben sie bis elf geöffnet.“

„Bis acht. Wenn ich später offen habe, macht Tillu mir die Hölle heiß.“ Damit wollte Munnalal in den Laden gehen.

„He, was sagt du da? An Holi ist doch bis spät ...“

„Ich hatte sogar die Fensterläden zugemacht“, sagte Munnalal, „aber wenn ein Ortsvorsteher kommt, weißt du ja, wie es ist, und wenn die das Schloss aufbrechen müssen. Von unserem Dorf der geht ja, aber der Ortsvorsteher vom Nachbardorf, das ist ein ganz Schlimmer. Nicht nur Ortsvorsteher, sondern auch noch überall ungeladener Gast.“

„An dem Tag hat der Ortsvorsteher eine Menge getrunken. Hat er mir selbst gesagt. Eine Flasche von demselben Zeug geben wir ihm. Was hat er genommen?“

„Whiskey. Gilbey’s.“

„Der macht mich noch arm“, sagte Bharat, während er die Hand in die Tasche steckte. „Gib schon her! Und zwei Flaschen von dem Rum.“

Die beachtliche Summe, die Bharat ausgab, löste in Adhirath Schuldgefühle aus, aber er war nicht in der Lage, sich an den Kosten zu beteiligen. Trotzdem nahm er seine Brieftasche heraus.

„Steck die nur wieder ein! Auch hier gibt es heutzutage Diebstähle“, sagte Bharat, und an Munnalal gewandt: „Heute wird der Ortsvorsteher hoffentlich nicht kommen, um Nachschub zu holen. Als Geschenk können wir ihm nur eine geben.“

Als sie an „Sonu Hair Stylist“ vorbeikamen, rief Bharat laut: „Wie sieht’s aus, Sonu? Alles ok? Mach meinem Freund auch mal eine ordentliche Frisur! Der hat die Haare schon so lang wie ein Mädchen. Und komm vorbei, bei Nachattar!“

Die Flaschen passten nicht alle in den Seitenkoffer des Motorrades. Bharat klemmte die Tasche mit den Getränken auf den Sitz zwischen sich und Adhirath. „Eins ist klar, an dem Tag muss der Ortsvorsteher hier langgekommen sein. Nach neun Uhr abends. Und wahrscheinlich nicht allein. Dieser frühere Dorfratsvorsitzende, die beiden klucken immer zusammen wie Zwillinge.“

Adhirath stieg ab. „Wie, hat der kein Auto?“

„Doch. Aber es ist nun mal so, ein alter Mann lernt das Reiten nicht mehr. Stimmt doch, meinst du nicht auch? Was sage ich, die Jungs sind sicher längst stocktrunken."

Adhirath schluckte die Information. Das war nur das Salz. Fleisch bekam er abends.

Ein Mann war dabei, auf dem Reibstein Chilis und Knoblauch zu zermahlen. Das trockene Holz in der aus einem Kreis von Steinen bestehenden Feuerstelle wurde angezündet. In einer Schüssel lagen Stücke von Kaninchenfleisch, schon abgehäutet, wer weiß, wo das Fell geblieben war. Als Adhirath sich anschickte, dem Getümmel zu entfliehen und einen Spaziergang durch die Felder zwischen den Gehöften zu machen, rief Bharat ihm nach: „Hier ist es doch gut, oder? Saubere Luft, sauberes Wasser. Aber Sie sind ja beruflich hier!"

Adhirath musste lachen. Was hatte er denn schon zu tun! Allenfalls könnte er Ramvati die Neuigkeiten bringen, die er von Nitesch hatte.

Als der Alkohol herumging, lösten sich die Zungen. Ihm und Bharat wurde zuerst in Gläser eingeschenkt. Sie saßen beide auf dem Charpai. Der Hof, auf dem Nachattar jetzt arbeitete, war relativ klein. Die Arbeiter, die in den vier Hütten zur Miete wohnten, hatten sich der Runde angeschlossen, dazu weitere Leute. Eine lebhafte Unterhaltung war im Gange.

„Mensch, Nachattar, was zieht dich hierher?", fragte Bharat. „Da drüben war es doch super."

„Was soll ich sagen, Sahib, muss halt", sagte Nachattar.

„Der Boss von ihm hier will das kaufen. Nachattar weiß alles darüber. Nicht wahr, alles gedeiht hier?"

„Ja", sagte Nachattar. „Die haben gesagt, gestern war der da. Der Chef."

„Hat die Chefin nicht nach dir gefragt?" fragte Bharat.

„Nein. Ich habe gehört, sie ist gar nicht mehr dagewesen. Seit über einem Jahr nicht."

Adhirath war erschüttert, wieviel diese Leute, die auf einem so großen Stück Land arbeiteten, die vielleicht niemals ein Gespräch ihrer Arbeitgeber mithören konnten und die niemals das Haus ihres Arbeitgebers gesehen hatten, über ihre Chefs wussten.

Nachattar hatte auf dem Landgut gearbeitet, seit die jetzigen Besitzer es erworben hatten. Es waren etwa sieben Hektar Land. Gut die Hälfte davon gehörte offiziell der Schwiegertochter. Warum auch nicht, schließlich hatte die Familie der Schwiegertochter das Grundstück gekauft. An dem Tag, an dem der Grundbucheintrag erfolgte, hatte im Grundbuchamt der Vasika-navis ...

„Wer ist dieser Vasika?“

Bharat lachte: „Derjenige, der die Dokumente vorbereitet, bei Grundstücksverkäufen, den nennt man Vasika-navis. Notar. Der kennt auch die aktuellen staatlich verordneten Preise für Grundbesitz, für den Stempel.“

„Der Notar kannte meinen Vater“, bemerkte Nachattar.

Der Notar war es, der ihm die Stelle verschafft hatte. Sein Vater arbeitete am Gericht, schenkte dort den Tee aus. Der Kastenzugehörigkeit nach war er ein Mali, ein Angehöriger der Gärtnerkaste. Nachattar war mit der traditionellen Tätigkeit seiner Kaste vertraut, er konnte Blumen pflanzen, Beete anlegen, jäten und hacken. Aber weiß der Himmel, die Chefin kannte sich selbst bestens mit Gartenarbeit aus. Wie viele fremdländische Blumen hatte sie angepflanzt! Sie war es, die alles gestaltet hatte, was zur Ausstattung des Gutshauses gehörte. Früher war sie öfter hier gewesen. Sie hatte immer gesagt, wenn das Haus erst fertig wäre, würde sie hier wohnen. Dann war das Haus fertig, aber inzwischen war das Kind zur Welt gekommen. Eingezogen war sie nie, aber sie war es, die die Bäume dort hatte pflanzen lassen. All das hatte sie mit großem Engagement getan. Senf und Weizen, alles Mögliche hatten sie angebaut. Hafer wuchs bei denen, auch Gerste und ausländischer Mais. Sogar Babymais. Und allerlei Gemüse.

„Für den Anbau von Babymais, wie heißt es, Zuckermais, dafür gibt es besondere Methoden. Die Chefin selbst hat den Leuten das beigebracht. Bei jeder einzelnen Pflanze muss man die Blüten entfernen. Wenn man es nicht tut, findet die Bestäubung statt, dann wird er nicht so zart, wie Babymais sein soll. Einmal haben wir auch versucht, Reis anzubauen. Sie meinte, man brauchte gar nicht das ganze Feld unter Wasser zu setzen, das kann auch so wachsen, wenn man es nur ausreichend bewässert. Der Reis ist aber verdorrt, kaum dass die Pflanzen gesetzt waren, in zwei Tagen war alles weg.“

Alle lachten. Einer sagte, es kann halt nicht jeder daherkommen und irgendwas anbauen, Geld allein nützt da nichts!

„Gut … erzählen Sie doch mal, was an Holi los war."

„Was gibt es da zu erzählen. Seit Bindals Schwiegertochter nicht mehr kommt, wird auch nicht mehr richtig gearbeitet. Als jetzt der Traktor defekt war, hat keiner ihn reparieren lassen. Dieses Jahr haben wir gerade mal sechs Morgen Senf geerntet. Der Rest liegt brach. Anderthalb Jahre ist es jetzt her, der junge Herr kam immer wieder vorbei, aber die Frau hat keinen Fuß mehr reingesetzt. Zuerst hat der Fahrer, Praduman Lal, damit begonnen, Halligalli zu machen. Er hat immer den Samen geholt, Gemüse weggebracht. Hat die Zimmer reinigen lassen. Er hatte auch einen Schlüssel. Dann fing das an, manchmal kam er nachts. Es wurde Alkohol konsumiert, es gab Essen. Dann ging das mit dem Mädchen los. Ich konnte da nicht mehr anständig leben. Unsereins macht sowas nicht. Einmal habe ich die Chefin angerufen. Abgenommen hat der Chef, ihr Mann. Er sagte, Okay, ich kümmere mich drum. Sag mir nur Bescheid, wenn sie kommt. Dann war es soweit, ich habe angerufen. Der Chef kam gleich am selben Tag. Und dann, Sahib, fragen Sie mich nicht, so ein Schweinkram war das."

„Was war?" Adhirath witterte Blut. Das Gesicht des Mörders nahm allmählich Gestalt an. Möglicherweise steckten Praduman und dieser Udayraj unter einer Decke.

„Ich habe gekündigt, Sahib. Wir sind anständige Leute. Ich habe selbst eine Schwiegertochter, im Dorf. Ich habe gekündigt und bin nicht mehr hingegangen, obwohl die Chefin mich mehrfach darum gebeten hat. Ein Jahr ist das jetzt her. Die haben dann verschiedene Leute angestellt. Der Junge, dem habe ich den Job besorgt. Der Ärmste, bei der Polizei haben sie ihm das Bein gebrochen. Bei Gott, Sahib, ich mache keine schmutzigen Sachen. Wo Sauereien im Spiel sind, da bleibe ich nicht. Ihn hier kenne ich auch. Grundanständiger Kerl. Würde nicht zulassen, dass auch nur eine Guave gestohlen wird."

„Wer weiß, wie dieses Unglück an Holi passiert ist. Soweit ich weiß, ist niemand dort gewesen, keiner hat sich dort aufgehalten, und dann taucht am frühen Morgen die Leiche dieses Mädchens auf. Was war da nur los?“ Bharat sprach wie mit sich selbst. Adhirath wusste, er machte das, um das Gespräch darauf zu bringen.

Aus welchem Grund auch immer, Adhirath hatte den Eindruck, dass niemand über die Holi-Nacht reden wollte. Es war, als würde, wenn man den Unglückstag nur erwähnte, irgendwie etwas Böses heraufbeschworen. Man redete über dies und das, und nachdem wieder einiges an Alkohol geflossen war, versuchte es Bharat noch einmal und fragte, was da für ein Unheil gewesen war, dass es ihnen die Sprache verschlagen hatte.

„Komm schon, wir gehören doch alle zu einer Familie, ich sage schon nichts weiter. Wenn die Polizei kommt und uns verprügelt, gibt es sowieso keine Diskussion mehr, ob es Unglück bringt oder Glück“, sagte Bharat. Er sprach wie im Rausch.

Nachattar ergriff wieder das Wort. „An dem Tag haben wir uns alle den Tika auf die Stirn malen lassen. Mittags ist Cheti gekommen, auch noch ein paar andere. Wir haben die Paste für Bhang vorbereitet, die Blätter zermahlen. Ich lüge nicht, Sahib. Die Sonne geht unter, es wäre eine große Sünde, um diese Zeit nicht die Wahrheit zu sagen. Cannabis wächst hier, wir ernten es und mahlen es.“

„Ich habe gehört …“, begann ein Mann und verstummte. Bharat versuchte mehrmals, ihn zu weiteren Aussagen zu bewegen.

„Hey, wenn der das hört … spinnst du“, warnte Nachattar den Mann.

„Misch du dich nur ein. Was einer hier hört, vergisst er doch eh. Hey, wir geben euch einen aus, weil wir denken, wir gehören zusammen, und ihr versteckt alles vor uns. Wir sind bei der Sache doch genau wie ihr außen vor. Sollten wir nicht zusammenhalten?“ beschwerte Bharat sich.

„Dieser Dorfratsvorsitzende, ihr wisst schon, der frühere Dorfratsvorsitzende, ist zum Haareschneiden gekommen“, sagte Sonu. Er saß auch bei ihnen auf dem Charpai. „Hat gemeint, Holi war super. In der Nacht auf dem Bindal-Hof, da wäre was los gewesen. Als er da langgegangen ist, hat er gesehen, dass da kein Auto stand. Aber im Haus war Licht an.“

„Genau, das habe ich nämlich auch gehört“, sagte der Mann von vorhin. „Der frühere Dorfratsvorsitzende soll beim Arzt gewesen sein, um sich die Hand verbinden zu lassen." Er zeigte mit der rechten Hand eine Stelle an seiner linken Hand unterhalb des kleinen Fingers, „Hier. Er hat gesagt, in der Holi-Nacht hat er einem Hund einen Knochen gegeben, da hat der ihn gebissen. Er hat sich aber keine Tetanusspritze geben lassen. Ich habe gesagt, das ist gefährlich, lass dir eine Spritze geben, da wurde er wütend, hat gesagt, ich soll mich um meinen eigenen Kram scheren. Die Leute haben gesagt ..." Er blies hörbar die Luft aus.

„Was?" fragte Adhirath.

„Los, sag's ihm", sagte Sonu.

„Okay, ich sage es. Im Dorf wird geredet, es war gar kein Hund, eine Hündin war es, die ihn gebissen hat, eine hellhäutige Hündin." Er kniff vielsagend ein Auge zu. Alle brachen in Gelächter aus.

„Er hat gesagt, dass im Herrenhaus Licht brannte? Dann …" versuchte Adhirath das Gespräch wieder in Richtung der unvollendet gelassenen Erzählung zu ziehen. Er hielt sein Glas in der Hand, aber hatte ganz vergessen, davon zu trinken.

„Ich habe gesagt, Sie hätten doch reingehen können, nachsehen. Schließlich sind Sie der Dorfratsvorsitzende, wer würde wagen, Sie daran zu hindern? Er hat gesagt, er ist hingegangen. Es war der Fahrer. Er hatte das Mädchen hingebracht. Ich hab gesagt, wir rufen gleich die Polizei, wir wollen keine Hurerei im Dorf."

„Dann sind die beiden nur hingegangen, um sie zu zur Ordnung zu rufen?" fragte Bharat. „Das nenne ich Führungsqualität!"

„Er hat gesagt, am nächsten Tag wollte er die Polizei benachrichtigen, aber die Polizei ist von allein gekommen. Die Hure hat auch ihren Denkzettel bekommen." Sonu war am Ende seiner Geschichte.

„Ist der Dorfratsvorsitzende jetzt so sittenrein? Und der Ortsvorsteher? Für Ordnung wollten die sorgen? Warum haben sie nicht die Polizei gerufen?" wandte Bharat ein.

„Sahib, die vom Gutshof wählen ja vielleicht auch den Ortsvorsteher und den Dorfrat?" vermutete Chetilal.

„Na hör mal. Was haben die denn mit dem Dorf zu tun?" Das war Nachattar. „Das sind Oberschichtleute. Die arbeiten da in ihrer Stadt. Und wir, wir sind von auswärts. Fremde. Die Dorfleute mögen uns nicht, die lassen uns nur hier bleiben, weil wir als Arbeiter unter dem Schutz der Chefs stehen. Sonst kannst du sicher sein, die würden uns fressen. Das ist es, wieso hier keiner seine Töchter und Schwiegertöchter bei sich behält. Die wären praktisch Freiwild für die vom Dorf."

Nachattar erzählte, dass anfangs Saroj auch den Sohn immer mitgebracht hatte. „Auf dem Feld lief er ihr hinterher. Immer draußen. Hatte vor nichts Angst. Kletterte auf die Bäume. Sie hat an Stricken Stühle aufgehängt, zum Schaukeln, und so ein Ding zum Schlafen, wie hieß das noch? Hängematte! Dann fing sie an, Saaten zu verschicken, Praduman hat das gemacht. Diese Gemüse, das war auch immer Praduman, der die weggebracht hat. Um die Arbeiten kümmerte sich der Verwalter. Aber dann, was soll ich sagen, der hat gekündigt, und wie das Schicksal so spielt, kurz darauf ist er ums Leben gekommen."

„Danach war der Fahrer nicht mehr zu bremsen", sagte Chetilal. „Zuerst blieb sie mit dem Chef über Nacht, an manchen Tagen brachte der Fahrer sie auch tagsüber her. Sie fing an, sich alles Mögliche einzubilden, dachte, sie könnte den Chef um den kleinen Finger wickeln."

„Wollte er sie heiraten? Der junge Herr?" fragte ein Mann.

„Ach Quatsch, was denkst du denn", wehrte Nachattar ab. Seine Stimme drückte Verachtung aus. „Wer will denn so eine heiraten? Vorher hatte der Fahrer sie schon zwischen den Beinen gehabt. Geld wollte sie. Und was hat sie bekommen? Seinen Schwanz."

■

Nitesch hatte zu Dalchand gesagt, er sollte sie direkt im Gericht treffen, und Adhirath hatte er unterwegs zuhause mit dem Jeep abgeholt. Eigentlich lag Adhiraths Wohnung nicht am Weg, von Laxmi Nagar musste er bei Mother Dairy abbiegen und nach Mandawali hineinfahren und auf demselben Weg zurück, um zum Gericht zu gelangen. Die ganze Fahrt über wiederholte Adhirath, sie hätten auch über Patparganj fahren können. Adhirath war sich sicher, wenn Nitesch nicht Dalchand daran erinnert hätte, wäre der bestimmt nicht am Gericht aufgetaucht. Vielleicht wäre nicht mal er selbst hingegangen. Er verspürte keinerlei

Lust, über den Fall zu reden, nicht mal, daran zu denken. In seiner derzeitigen Phase machte er sich vor, wenn man über eine Angelegenheit nicht sprach, würde sie unsichtbar werden, und solange sie nicht zu sehen war, hätte er Ruhe.

Der Termin beim Anwalt war nach vier Uhr nachmittags. Am Bezirksgericht Karkardooma Court war um diese Zeit nicht mehr so viel los, aber noch immer waren zahlreiche Leute da. Wie schnell das neue Gerichtsgebäude gealtert war, dachte Adhirath. An den Wänden waren zahlreiche rote Flecken von dem Saft, den die Leute nach dem Kauen der Betelpäckchen ausspuckten. Sie zeugten von der Vielzahl von Personen, die hierherkamen. Überall lagen Folien und Schachteln von Zigaretten verstreut. Das Einzige, was sich änderte, wenn das Gerichtsgebäude geschlossen wurde, war, dass dann die Menschen nicht ruhig gingen, sondern davonrannten. Als sie an dem angegebenen Raum ankamen, war weder der Anwalt da noch dessen Sekretär. Nach einer Weile kam der Sekretär, und als er Dalchand erkannte, bot er allen dreien Wasser an. Er erklärte, der Anwalt sei in einer Besprechung mit Kollegen.

Bis Aschok Verma, MA, LLB, eintraf, war Adhirath zu der festen Überzeugung gelangt, es werde ohnehin alles nichts nützen. Herr Verma hörte sich aufmerksam an, was er zu sagen hatte. Dann sah er Dalchand an: „Sehen Sie, diese beiden Angelegenheiten haben zunächst mal nichts miteinander zu tun."

„Doch, Sir", unterbrach ihn Adhirath. „Das alles habe ich doch nur für ihn getan. Um ihn zu retten. Verstehen Sie? Ich war nicht im Dienst. Aber als das geschehen ist, dachte ich, ich muss ihn da rausholen. Wie soll es da keine Verbindung geben?"

Verma hüllte sich in Schweigen. Auch als Adhirath aufhörte zu reden, blieb er eine volle Minute stumm. Dann sagte er: „Haben Sie noch etwas zu sagen? Dann sagen Sie es bitte."

„Entschuldigen Sie bitte, Sir. Sie verstehen, er steht stark unter Druck." Nitesch versuchte Adhirath zu vermitteln, dass er sich gefälligst beherrschen solle, indem er ihm auf den Fuß trat.

Herr Verma wiegte den Kopf. „Gegen Sie läuft in jedem Fall eine interne Ermittlung. Mein Klient ist des Mordes angeklagt. Ich habe eine bestimmte Verteidigungsstrategie entwickelt. Wenn er jetzt daherkommt und bezeugt, dass er bei Ihnen war, funktioniert meine Strategie nicht mehr. Und Sie haben nichts davon. Überhaupt nichts. Das ist keine gute Idee." Den letzten Satz sagte er auf Englisch. „Ich würde sagen, ziehen Sie Dalchand da nicht mit herein. Wenn Sie wollen, kann ich Sie an einen Kollegen vermitteln. Es gibt mehrere gute Anwälte. Sie können sich beraten lassen. Oder ich kann vor Gericht auch Ihren Fall übernehmen. Sehen Sie, der Fall von Dalchand ist schwerwiegender. Es geht um sein Leben. Es wäre besser, ihn da herauszuhalten."

„Bei der Anhörung muss er doch aber befragt werden", sagte Nitesch.

„Das ist richtig. Er wird sagen, wo er war. Was Sie getan haben, warum Sie es getan haben, wie soll er das wissen?"

Adhirath schien es, als würde Dalchand seinen bis jetzt angehaltenen Atem erleichtert loslassen. Dass sie überhaupt hier waren, war nur wegen Nitesch. Bis gestern hatte Wachtmeister Dalchand nach Adhiraths Pfeife getanzt. Heute war er in der Position, dass er ihm einen Gefallen tun könnte, und der Scheißkerl wollte es nicht. Es wäre ja etwas anderes, wenn er helfen wollte, aber der Anwalt ihm mit den Stricken des Gesetzes die Hände gebunden hätte. Dann hätte er selbst ihm geraten, sich besser an die Weisungen des Anwalts zu halten, aber er hätte sich nicht so gedemütigt gefühlt.

Adhirath war übelster Laune. Er lehnte ab, in Niteshs Jeep zu steigen: „Bring du Dalchand Yadav nach Hause" – zum ersten Mal verwendete er den vollen Namen des Wachtmeisters –, „ich habe noch etwas in Richtung Jafarabad zu erledigen." Dalchand sagte, er würde den Bus nehmen. Die drei gingen getrennte Wege!

Adhirath fuhr mit wer weiß wie vielen Umwegen und x-maligem Umsteigen nach Hause. Als er ankam, war es zehn Uhr abends. Es gab keinen Strom. Hier und da sah man in den Häusern Lichter. Um die Lebensdauer der Inverter zu verlängern, hatten sich die Familienmitglieder in den Häusern an einem Ort versammelt und begnügten sich mit ein oder zwei Glühlampen. Adhiraths Stimmung sank noch mehr. Wie sollte er es aushalten, heute mit allen in einem Zimmer zu sitzen? Unten brannte eine Glühlampe. Er vertrat sich eine Weile die Beine. Sobald die heiße Jahreszeit sich nahte, setzte sich das Elektrizitätswerk regelmäßig dafür ein, auf seine Weise den Zusammenhalt und das Miteinander der Familien zu stärken. Morgens, wenn es Zeit war sich zu waschen und das Frühstück zuzubereiten, und abends zur Schlafenszeit setzte unweigerlich der Strom aus. Als endlich unten die Lampe erlosch, ging er schnell die Treppe hoch. „Wenn das ein Mittel der Familienplanung ist, dann ist es ja wohl gescheitert", meinte Puschpa, während sie den Ventilator anstellte. Oben wie unten waren die Lichter aus, jeweils ein Ventilator lief. Vier Stunden würde er laufen, aber nach drei Stunden war auch der Strom zurück. Adhirath merkte es. Er hatte bis dahin wachgelegen.

6

Wozu war die Familie da, diese Frage beschäftigte Puschpa oft. Sie war mittlerweile zu der Überzeugung gelangt, dass die Familie eine raffinierte Mordwaffe für den Menschen war. Falls sie als Hort von Ruhe und Entspannung erfunden worden war, dann waren dieses Konzept und diese Familie längst begraben und selbst den Händen der Archäologen entglitten. Seit Adhirath vom Dienst suspendiert war, war es zu Hause noch unerträglicher geworden. Sie beklagte sich nicht über ihre Schwiegereltern, die waren nun einmal so, aber wie sehr hatte Adhirath sich verändert! Lachen, Scherzen, Spaziergänge, alles war verschwunden. Und das, obwohl sie sich freinehmen könnte, wenn sie wollte, und Adhirath konnte sowieso ausgehen, wann und wohin er Lust hatte. Aber es war so schwierig geworden, miteinander zu reden. Wenn man etwas sagte, war es jedes Mal, als ob man den Fuß auf eine Landmine setzte. Sie dachte, wenn erst die Anhörung stattfände, wäre sie das alles los. Aber seit sie erfahren hatten, dass es diese Anhörung endlich geben sollte, blieb er den ganzen Tag über verschwunden. Sicher, er brachte Varun zur Schule und holte ihn auch ab, pünktlich wie im Dienst, aber abends kam er jetzt immer so spät nach Hause. Wann sollten sie unter diesen Umständen miteinander reden? Wenn man während einer Mahlzeit etwas sagte, ließ er das Essen stehen und ging. Später legte er sich dann so mit dem Rücken zu ihr hin, dass es unmöglich schien, ihn anzusprechen.

Diese Nacht aber, hatte sie beschlossen, müssten sie miteinander reden, und wenn es bedeutete, dass sie die ganze Nacht nicht zum Schlafen kämen. Es kam, wie sie befürchtet hatte. Als Adhirath nach Hause kam, war es zehn Uhr. Daulatram brauchte keinen Anlass, um sich aufzublasen, aber wenn er die Gelegenheit erhielt, hielt er es für Torheit, sie ungenutzt zu lassen. Seit acht Uhr war er ständig dabei. Ein Teller Salat, zwei Schüsseln Salzgebäck und eine Flasche, die sich zunehmend leerte, waren der Maßstab für seine Sorgen. Kaum erschien Adhirath, fing sein Vater an zu schimpfen.

„Was für ein Benehmen du neuerdings an den Tag legst! Ruf wenigstens mal an! Denkst du überhaupt daran, dass zu Hause deine Mutter ist, dass deine Frau da ist? Vom Vater gar nicht zu reden ..."

Adhirath rannte nach oben. Puschpa machte ihm einen Teller mit kaltem Essen fertig und kam hoch. Nachdem er sich Hände und Gesicht gewaschen hatte, goss Puschpa Rum in zwei Gläser.

„Hast ja ordentlich was aufgetischt heute. Hast du es Papa gestohlen?"

„Ich habe es gekauft. Und gerade heute musstest du so spät kommen!"

Das erste Glas trank Adhirath wie Wasser hinunter.

„Bist du genervt?" Puschpa nahm seine Hand in ihre und streichelte sie.

„Weißt du doch. Keiner steht zu mir. Was meinst du, wie viele Jatavs es bei der Polizei gibt? Leute von meiner Kaste? Die paar, die es gibt, sind auch nicht bereit zu helfen, sie ziehen sich zurück."

„Hör mal, es gibt da einen Weg ..."

„Nämlich?"

„Ich habe viel darüber nachgedacht. Wir können jemand ..."

„Du kriegst alles hin, wie? Mensch, ich gehe ins Gefängnis! Varun wird es so peinlich sein."

„Sei still. So wird es nicht."

„Ein bisschen Zeit bleibt noch. Zeit ..." Adhirath schenkte sich großzügig nach und begann, in langen Zügen zu trinken. „Das hast du gut gemacht. Dass du das mitgebracht hast."

„Wo warst du denn so lange? Auf leeren Magen wirkt es stärker."

„Die Welt ist schlecht. Für eine alleinstehende Frau ist es sehr schwer", sagte Adhirath. „Die zwingen sie zur Prostitution. Du weißt es ja selbst am besten. Das sind doch genau solche Fälle bei der Helpline."

Das Essen aß Puschpa selbst. Etwas davon gelang ihr, ihrem Mann zu verabreichen. Zu dem, was sie sich vorgenommen hatte, kam es nicht. Am nächsten Morgen verabschiedete sie sich von Varun, indem sie seine Hand in die seines Großvaters legte. Sie rief im Büro an und sagte, sie habe Bauchschmerzen und werde später kommen. Als sie mit Tee nach oben kam, saß Adhirath reglos da. Als er Puschpa sah, sagte er: „Ich gehe gleich."

„Papa hat ihn hingebracht. Bleib sitzen. Wir müssen reden."

Adhirath sah seine Frau an. Vor ihm stand eine Polizistin. Ohne Uniform. Aber der Bullen-Jargon war irgendwie da, unterschwellig. So wie bei ihm, wenn er ohne Uniform losging. Wie geschickt sie sich bei ihren Ermittlungen angestellt hatte. Sie würde ihn anhören und ihm anerkennend auf den Rücken klopfen, diese Frau, die sehr bald die Uniform anziehen und zu etwas anderem werden würde. „Soll ich sagen, was ich herausgefunden habe? Muss mir alle Aussagen aufschreiben. Gleich haben wir den Schuldigen. Indizien gibt es."

Puschpa sagte: „Ich habe mir den halben Tag freigenommen. Inoffiziell. Danach kümmern wir uns auch um diesen Fall von dir. Zuerst reden wir über die Anhörung."

„Darin, mir Morgen für Morgen die Laune zu verderben, bist du echt unübertroffen. Hast du keine Zange oder Teigrolle, dass du mir ständig die Anhörung an den Kopf wirfst?"

„Wenn man flieht, kommt das Unglück mit, es bleibt nicht zurück."

Adhirath senkte den Kopf und faltete die Hände: „Nur weiter so! Sag's nur immer weiter!"

„So können wir nie vernünftig reden! Ach, mach doch, was du willst!" Puschpa überkam mit einem Mal die Wut. Sie ging hinunter. Als eine halbe Stunde später er hinunterkam, war sie fertig, um zur Arbeit zu gehen.

„Warte, ich bring dich auf dem Motorrad hin", bot er an. Sie verließ ohne ein Wort das Haus. Adhirath hatte immer noch dieselben Sachen an wie am Tag zuvor. Das Hemd war verknittert, die Hose zerknautscht. Dennoch startete er die Maschine. Puschpa war mit der Rikscha zur Bushaltestelle gefahren. Er fuhr ihr nach. Als sie an der Haltestelle aus der Rikscha stieg, hielt er direkt vor ihr. Unwillkürlich musste Puschpa lachen. Sie saß hinter ihm auf. Er wendete und fuhr zum Markt an der Kreuzung von Madhu Vihar. Bei Sweets Corner hielt er an und forderte sie auf: „Jetzt sag schon!“

„Was ist das Erste, was einer tut, den wir verhaften und auf die Wache bringen?“

„Er macht sich in die Hose“, sagte Adhirath.

Puschpa lachte. „Er streitet alles ab. Und später lassen sie ihn vor Gericht laufen, nicht wahr? Also mach du es doch auch so! Leugne einfach.“

„Ach nee!“

„Ich habe eine Menge darüber nachgedacht. Wenn du es bestreitest, dann liegt es an denen, das Gegenteil zu beweisen.“

„Du hältst dich wohl für besonders schlau. Noch bist du nicht Inspektor. Bleib auf dem Teppich, ja!“ Adhiraths Tonfall war so vollkommen kalt und unbeteiligt, dass einen Richter der Neid ankommen konnte.

Puschpa ließ ihr Glas Lassi halbvoll stehen und ging. Zum Glück hatte Adhirath noch etwas Geld in der Tasche. Er blieb lange sitzen und trank Lassi. Ein paarmal kam der Junge, der die Bedienung machte, und wischte über den Tisch, aber Adhirath schenkte seinem stillen Bemühen, ihn zum Aufstehen zu bewegen, keine Beachtung. Er hielt sein Glas fest und trank, langsam, Schluck für Schluck. Schließlich war es aber nicht zu vermeiden, dass das Glas geleert war.

Kaum war er wieder zu Hause, klingelte sein Handy. Es war Nitesch. Er wolle vorbeikommen, sei schon auf dem Weg. Er habe sich in der Rechtsabteilung erkundigt und die Adresse eines Anwalts, der mit allen Wassern gewaschen sei. Näheres werde er ihm gleich sagen. Das Essen war nicht fertig. Puschpa hatte geplant, später zum Dienst zu gehen, daher war das Kochen zuerst verschoben worden und hatte dann nicht stattgefunden. Adhiraths Mutter war aufgestanden und hatte Dal aufgesetzt.

„Heute machst du doch Gerstenbrot, ja? Soll ich zur Mühle, Mehl holen?“ fragte Daulatram.

Adhirath rief Nitesch auf dem Handy an, er ging nicht dran. Er ging nach oben und wechselte rasch die Kleidung, dann ging er auf der Hauptstraße hin und her. Sowie der Jeep sich näherte, hielt er ihn mit Handzeichen an und sagte, zu Hause herrsche gerade Chaos, er wolle mitkommen, sie könnten unterwegs reden. Nitesch meinte, es sei besser, wenn er nicht mitfahre, er sei offiziell unterwegs. In einer halben

Stunde oder einer Stunde sei er zurück. Frustriert ging Adhirath wieder nach oben und legte sich hin. Er bereute, dass er Puschpa so angeschnauzt hatte. Er ging ins Badezimmer und hielt sich lange mit dem Duschen auf. Als er herauskam, hielt er es im Haus nicht länger aus. Die Zeltleute waren wieder mal dabei, ihre Sachen zu verladen. Als er auf die Straße trat, hörte er das Geschepper der Rohre. Es klang ihm, als würden sie lautstark ihrem Unmut Ausdruck geben.

„Verdammt noch eins, Tag und Nacht dieser Lärm! Hier ist ein Wohnbezirk, kein Gewerbegebiet! Machen einem das Leben zur Hölle!“ Mit voller Kraft trat er gegen eins der Stahlrohre. Er bückte sich, hob eine kleine Stange auf und schleuderte sie gegen den Haufen Zeltwände. „Ich lass euch den Laden dichtmachen, habt ihr verstanden?“ schrie er. Sein Vater kam angelaufen. Mit Mühe gelang es ihm, Adhirath ins Haus zu ziehen. Seine Mutter stand mit bemehlten Händen auf der Schwelle der Trennwand.

„Beherrsch dich, vor den Nachbarn ...“, beschwor ihn seine Mutter. Er machte sich los, stapfte hinaus und mischte sich in das Getümmel. Bis er das Gespräch annahm, hatte sein Handy mindestens dreimal geklingelt. Nitesch war bei ihm zu Hause. Ein großer Teil seines Ärgers war inzwischen verflogen. Er nahm sich zusammen und ging zurück. Nitesch war dabei, mit dem Löffel ein Loch in frisch zubereitetes, beim Backen in der Pfanne aufgeblähtes Brot zu stechen. Vor ihm stand der Topf mit Ghee. Er strich sich geschmolzenes Ghee auf das Brot, die Butter floss durch die Öffnung ins Innere des warmen Brotes.

„Was für ein Dal“, sagte Nitesch, „da konnte ich mich nicht beherrschen.“ Er schien sich sehr wohlzufühlen. Es war Weizenbrot, vielleicht hatte es ja kein Gerstenmehl gegeben.

„Iss du auch was“, sagte seine Mutter. „Er macht sich noch verrückt.“ Das sagte sie zu Nitesch.

„Ich habe diesen Anwalt angerufen. Um drei haben wir einen Termin. Gehen wir hin“, sagte der, gebratene Chilis zwischen den Zähnen.

Adhirath brach sich lustlos ein Stück Brot ab. Erst als er es sich in den Mund schob, merkte er, dass er einen Bärenhunger hatte. Das Brot war tatsächlich köstlich. Es war eine Ewigkeit her, seit er Essen zu sich genommen hatte, das seine Mutter gemacht hatte. Mit feuchten Händen zubereitet, ohne den Teig auszurollen, dick, knusprig und weich zugleich. Solch ein Brot konnte man auch gut mit nichts als Chutney essen. Jetzt gab es dazu Dal, ein Linsenpüree, so gut, dass er einen ganzen Topf davon leeressen könnte, ohne etwas dazu. Seine Gereiztheit nahm etwas ab.

„Der Fall ist geknackt", sagte Nitesch, als sie in den Jeep stiegen. „Ich habe einen Durchsuchungsbefehl für das Gutshaus. Dieser Praduman, weißt du? Der hat es getan."

„Ja? Und Udayraj? Was ist mit dem?"

„Der war zu Hause. Wir haben seine Handydaten ausgewertet. Er war den ganzen Tag über dort. Die Nacht über ebenso. Er hat das Haus nicht verlassen."

„Habt ihr ihn festgenommen? Praduman?"

„Ist abgehauen, der Scheißkerl", sagte Nitesch. „Die Suche läuft noch."

Es konnte sein, dass er im Gutshaus war. Adhirath stellte sich das so vor: Chetilal erschrickt und läuft weg, er dagegen schleicht sich nachts ins Haus und bleibt dort. Tagsüber verriegelt er es von außen. Chetilal hatte die Wahrheit gesagt, dachte er. Praduman war an dem Tag auf das Gut gekommen.

Zu Nitesch sagte er es nicht.

■

Dass es in einem so ehrwürdigen Gebäude wie dem Gerichtshof derart kleine Zimmer gab, kam ihnen beiden seltsam vor. Offensichtlich war der Neubau so geplant worden. Warum für diejenigen, die täglich Millionen nach Hause brachten, solche Zellen gebaut wurden, ging über das Verständnis der beiden. Im zwei mal drei Fuß großen Wartesaal setzten sich die beiden auf die dicht an der Wand stehende gepolsterte Bank – in gehobener Sprache ein Kanapee. Irgendwie brachten sie ihre Beine unter. Die beengte Sitzposition war unbequem, aber aufzustehen und draußen im Gang auf und abzugehen war auch nicht möglich; wer weiß, wann der Anwalt sie hereinbitten würde. Der Gang war breiter als das Zimmer.

„Da draußen kannst du Kricket spielen, aber wenn hier jetzt noch einer reinkommt, hat er nicht mal Platz zum Stehen", bemerkte Nitesch. Sie warteten jetzt seit zwanzig Minuten.

„Hast du das richtig gehört? Um drei Uhr sollte der Termin sein?"

In diesem Moment öffnete sich die Glastür zum inneren Zimmer, eine Person trat heraus, öffnete die Tür, die auf den Gang hinausführte, und verschwand dahinter.

„Bitte treten Sie ein", sagte ein freundlicher Mann, indem er die Glastür offenhielt. Tarun Grover, Anwalt. Hatte noch nie einen Prozess verloren. Jedenfalls hatte Nitesch das gesagt. Im Zimmer nahm er hinter einem wuchtigen Tisch Platz. Über der Lehne seines Sessels hing ein schwarzer Umhang. Obwohl das Zimmer dreimal so groß wie der Warteraum war, war es immer noch klein.

Die beiden stellten sich vor, worauf der Anwalt ihnen beflissen die Hände schüttelte.

„Tut mir leid, dass Sie warten mussten. Es ist so, ich habe Sie nur mit Mühe dazwischenschieben können. Um halb vier kommt gleich wieder jemand. Aber wenn es um eine Angelegenheit von Herrn Tiwari geht, kann ich das natürlich nicht aufschieben. Jetzt arbeitet er ja bei Ihnen in der Rechtsabteilung, aber vorher war er mein Vorgesetzter. Also schön, worum geht es denn bitte?"

„Sir, es ist so, es ist schon über ein Jahr her, ich war stellvertretender Leiter der Polizeistation Mandawali", begann Adhirath. Wie oft hatte er das Wesentliche im Kopf wiederholt! Nitesch hatte gesagt, der Anwalt habe nur wenig Zeit, er müsse seine Sache zügig vorbringen.

Die glatte Hand des Advokaten hob sich. Drei tiefe Linien zeichneten sich deutlich auf der sich ihm entgegenstreckenden Handfläche ab. An ihrer gesunden Färbung konnte Adhirath den Wohlstand ablesen, der auch aus den goldenen Wangen des Anwalts sprach.

„Die Details werde ich in der Akte nachlesen", sagte der Anwalt. Seine braunen Augen lächelten.

Wie alt mochte er sein? Kein einziges weißes Haar, perfekte Frisur. Der feine Stoff des weißen Hemdes sah aus, als würde er es morgens mit Stärke behandelt und gebügelt anziehen. Vielleicht benutzte er auch gar keine Stärke. Wahrscheinlich wurde das Hemd täglich zur Reinigung gegeben und in der Maschine gepresst. Dieses Weiß hatte kein Wäscheblau nötig, das doch hier und da Flecken hinterließ. Der schmale runde Kragen schmeichelte dem Hals, stützte ihn wie einen Blumenstängel. Zwei krawattenähnliche weiß-gestärkte Stoffstreifen lagen ihm wie die Schleife an einem Blumenstrauß ruhig auf der Brust und bezeugten, dass der Träger Anwalt war. Und dieser hatte keinerlei Interesse daran, sich die Geschichte anzuhören.

„Sagen Sie nur, worum es im Moment geht. Ist es lediglich eine abteilungsinterne Anhörung? Das hat Herr Tiwari gesagt."

„Ja, momentan ist es das. Er sagte, Sie würden sich die Angelegenheit mit der Suspendierung ansehen", sagte Nitesch.

„Haben Sie die Akte dabei?"

„Die Akte? Es gibt doch gar keine", sagte Adhirath.

„Nicht? Sollte es aber. Sie werden doch eine Mitteilung erhalten haben. Den Bescheid über die Suspendierung. Irgendetwas Schriftliches muss es geben. Haben Sie die Zeitungsausschnitte von den betreffenden Tagen aufgehoben?"

„Das hat doch nichts damit zu tun, was die Zeitungen gedruckt haben ..."

„Theoretisch ist das richtig. Aber sehen Sie, alles zusammen ergibt ein Bild. Lassen wir das, kommen Sie mit der Akte wieder. Herr Tiwari wird Sie über die Vergütung unterrichtet haben?"

„Wozu brauchen Sie denn eine Akte? Ich sage Ihnen doch, was los ist. In zwei Minuten erkläre ich Ihnen die ganze Angelegenheit. In den Akten steht nichts – außer, dass es in unserer Gegend einen Kriminellen gab. Einen Kabelservice hat der betrieben. Gegen ihn gab es vier Anklagen wegen Mord."

Die Tür öffnete sich. Grovers blumenstängelgleicher Hals wandte sich dorthin. Zwei Personen betraten den Raum, ein Mann und eine Frau. Der Anwalt begrüßte sie per Handschlag, wie er es bei ihnen getan hatte, und hob zwei Finger, um anzuzeigen: zwei Minuten! Seine Augen verengten sich, die Lippen lächelten, dann drehte er sich zu Adhirath um: „Bringen Sie mir die Akte. Über die Gebühren sind Sie informiert. Diese Prozesse werden aus rein technischen Gründen geführt. Ich meine, Sie haben den Bescheid ja vor langer Zeit erhalten. Sie hatten also ausreichend Zeit, nicht wahr, um sich auf die Sache vorzubereiten. Auch für die Suspendierung vom Dienst gibt es ein Verfahren. Ist das abgeschlossen oder noch nicht?“

„Sir, nächsten Mittwoch ist die Anhörung. Heute ist schon Freitag.“

„Kommen Sie morgen wieder und bringen Sie die Akte mit. Unsereins braucht keine halbe Stunde, um sich eine Meinung zu bilden. Wenn ich selbst nicht da bin, macht es mein Schreiber. Heute hat er frei. Sonst hätte ich Ihnen einen Tee bringen lassen. Lassen Sie die Unterlagen einfach bei ihm. Und nehmen Sie auch gleich einen Scheck mit. 30.000 Rupien.“

Adhirath starrte einen Moment in das glänzende Gesicht des Anwalts.

„Sir, ich bin vom Dienst suspendiert. Wie soll ich mir das leisten können?“

„Es ist Ihr Leben, das hier auf dem Spiel steht. Geld sollte da keine Rolle spielen! Ich werde mich für Sie einsetzen, werde an Ihrer Seite sein. Herr Tiwari hat mich darum gebeten, sonst hätte ich einen dringenden Fall so kurzfristig gar nicht angenommen. Das ist das Honorar für eine anwaltliche Beratung, die normalen Gebühren. Ich bin bereit, Ihren gesamten Fall für so wenig zu übernehmen.“

„Sir, bei einer einzigen Anhörung wird die Entscheidung gefällt, welche Art von Verfahren gegen mich eingeleitet wird. Sie brauchen nicht dabei zu sein, nur Ihre Ansicht zu äußern. Sir, wenn Sie mit den Gebühren etwas heruntergehen würden ...“

„Gut, meinetwegen 25.000. Bringen Sie die und die Akte!“ Grover hatte sich erhoben. „Sie sehen ja, es warten Leute.“

Auch sie standen auf.

„25.000 Rupien. Das ist, was ich in einem ganzen Monat verdiene! Das heißt, was ich verdienen würde, wenn ich noch das volle Gehalt bekäme. Wo soll ich das hernehmen? Du weißt es ja selbst.“

„Das ist ein sehr bedeutender Anwalt. Hat Tiwari gesagt. Normalerweise muss man zwei Monate auf einen Termin bei ihm warten. Und wir haben so schnell einen bekommen ...“

„Der nimmt auch nicht schlecht Geld dafür. Selbst wenn ich mein Konto komplett plündere, reicht es nicht, um den Anwalt zu bezahlen. Ich muss für die Wohnung keine Miete bezahlen, sonst könnte ich mir nur noch trocken Brot leisten."

„Hör mal, ich habe auch ... was soll ich sagen ... meine Frau arbeitet nicht, und ich habe auch eine Tochter. Diese Mädchen kommen mit einem Blankoscheck zur Welt. Kaum ist die Kleine herangewachsen, kassiert sie ab. Aber ich kann dir trotzdem Fünf- oder Siebentausend leihen."

Der Jeep fuhr wieder los, es ging zum Haus von Udayraj. Adhirath war nicht klar, warum sie noch einmal dorthin fuhren. Nitesch erklärte, er habe Udayraj noch nicht getroffen. Er sei in Jhilmil gewesen, dann sei er auch bei einem Freund von Praduman vorbeigefahren, und die Angelegenheit von Prit Vihar habe sich verzögert, weil sie zu dem Anwalt mussten.

„Ich habe dir doch gesagt, ich bin auf dem Weg nach Jhilmil", sagte Nitesch. Adhirath hatte es vergessen.

Udayraj war hinten, er war damit beschäftigt, fernzusehen und Tee zu trinken. Es lief irgendein Film auf Englisch. Bei ihrem Anblick rötete sich sein Gesicht vor Zorn.

„Ich muss Sie etwas fragen", sagte Adhirath. „Das Mädchen, wo haben Sie sie zuerst getroffen?"

„Kann mich nicht erinnern", sagte Udayraj und stand auf. „Wie oft soll ich Ihnen denn noch Rede und Antwort stehen? Wieso schreiben Sie sich das nicht mal auf?"

„Bitte setzen Sie sich, Sir, wir haben noch einige Fragen an Sie", sagte Nitesch.

„Wieso?"

„Es ist ein Mordfall."

„Und? Sie verdächtigen mich, ja? Mich." Udayraj betonte stark das „mich". „Sind Sie eigentlich noch bei Trost?"

„Wir haben unsere Vorschriften, Sir. Wir sind dem Gericht Rechenschaft schuldig. Wenn wir nicht jedem Hinweis nachgehen, heißt es, wieso haben Sie hier nicht nachgefragt, warum haben Sie dort nicht weitergesucht. Wir stehen ständig unter Druck. Wir werden dafür bezahlt, dass wir es den Anwälten schwer machen. Bitte kooperieren Sie mit uns. Also, wo haben Sie das Mädchen getroffen?“

„Sie haben nicht gesagt, Sir, wie die erste Begegnung mit dem Mädchen verlaufen ist“, legte Adhirath nach. Beide standen noch immer. Udayraj wandte sich um und musterte in aller Ruhe Adhirath von oben bis unten. Von seinem glänzenden, relativ langen schwarzen Haar, den runden Augen, der fleischigen Nase, den dicken Lippen über den kleinen Bauchansatz abwärts bis zu der schlechtsitzenden Hose und den glanzlosen Schuhen. Alles in allem ein Durchschnittsmann, wie er in einer Menschenmenge nicht auffiele. Niemand würde sich nach so einem umdrehen. Eine Uniform hatte er auch nicht an. Der Juniorchef hatte ein ungutes Gefühl. Er war nicht gewohnt, sich mit Subtilitäten abzugeben. Er würde nicht einmal die Angestellten seiner eigenen Fabrik erkennen. Außer dem Vorarbeiter sah er sich niemanden genauer an, wie sollte er sie da wiedererkennen? Ob der hier wirklich ein Polizist war?

Udayraj gab an, eines Tages habe Praduman, der Chauffeur, das Mädchen zu ihnen nach Hause gebracht. Er hatte gesagt, sie sei eine entfernte Verwandte. Ein, zwei Mal war sie auf dem Gutshof gewesen. Weil es einmal spät geworden war, war sie auch über Nacht geblieben. Praduman hatte sie immer gebracht, er hatte ihm das aber untersagt. „All das habe ich Ihnen bereits gesagt. Andauernd stellen Sie immer die gleichen Fragen.“

„Was hat das Mädchen gesagt, wie es hieß?“

„Irgendwas mit M... Mohini.“

„Sir, wir haben einen Durchsuchungsbefehl für das Gutshaus“, sagte Nitesch. „Sie müssen mitkommen.“

Udayraj stutzte. Als sie eine halbe Stunde später abfuhren, fragte Nitesch an der Abbiegung nach Laxmi Nagar, ob er Adhirath nach Hause bringen sollte oder ob er noch etwas anderes vorhabe.

„Fahr nur weiter, ich sag dir unterwegs Bescheid.“

„Wie es aussieht, werde ich heute die Nacht auf dem Gutshof verbringen“, sagte Nitesch.

Adhirath blieb stumm. Nitesch hatte zu tun. Im Jeep lagen massenhaft Akten. Er selbst hatte nichts zu tun, aber zum Gut konnte er auch nicht mitgehen. So lange es ging, fuhr er im Jeep mit. Je weiter er sich von zu

Hause entfernte, desto mehr schien Puschpas Kritik an Härte zu verlieren. Eine seltsame Unruhe hatte ihn erfasst. Die fuhren mit ihrem tollen Wagen herum. Akten wurden erstellt, Telefone läuteten, Vorgänge wurden erfasst, Ermittlungen wurden durchgeführt. Wie ruhig alles dagegen bei ihm war. Eine Untersuchung, fertig. Akten brauchte er keine anzulegen, Formulare nicht auszufüllen. Brauchte sich nicht mit dem Staatsanwalt herumzuärgern. Eben deshalb hatte er so viel Freude daran gehabt, bis gestern. Heute vermochte ihn nicht einmal der Fall zu fesseln. Nein, er brauchte keine Ruhe! Was er brauchte, war das, was Nitesch hatte, was bis vor kurzem auch er hatte, ein Zimmer neben der Asservatenkammer, ein Tisch, ein Ventilator, hin und her laufende Wachtmeister. Die Leute fragten, wieviel er dafür bezahlt hatte, dass er auf eine Stelle in der Nähe seines Hauses versetzt worden war. Keine müde Rupie hatte er dafür gegeben. Eine Stelle in einer üblen Gegend, das war es, wo man ihn hingesetzt hatte. Die Ganoven waren die Milchkühe der Wache, aber er hatte gar nichts abgemolken. Sonst hätte er vermutlich die 25.000 Rupien gehabt für diesen Anwalt. Überhaupt, wenn er so einer gewesen wäre, würde er jetzt nicht in Schwierigkeiten stecken.

Bei Mehrauli stieg er aus. Er nahm den erstbesten Bus und fuhr nach Mehrauli hinein. Eine Weile durchstreifte er die Gassen des Marktes. Der Anblick des Kessels bei einem Imbiss machte ihn schwach. Er verspürte den Wunsch, sich eine Portion Korma einpacken zu lassen. Sein Vater würde schimpfen, die Gewürze wären nicht sauber, und sie würden das Fleisch von alten Ziegenböcken nehmen. Hier würden sie es wahrscheinlich gar nicht mit Ziege machen, sondern mit Rindfleisch. Das Fleisch stinkt, hörte er im Kopf seinen Vater tönen. Er musste lachen.

Als er nach Hause kam, war Puschpa dabei, Teigfladen für die Brote auszurollen. Er setzte sich auf das Charpai neben seine Mutter und sagte: „Der Anwalt will 25.000." Er sprach laut, damit Puschpa es auch hörte. Immer noch derselbe durchgedrückte Rücken. Kein bisschen geschmeidig. Puschpa legte das Ausrollbrett umgekehrt in die Metallschüssel, in der sie den Teig geknetet hatte, stellte sie beiseite, setzte den Deckel auf den Edelstahltopf und stellte ihn auf die warme Platte, dann ging sie nach oben. Adhirath hatte nicht den Mut, ihr zu folgen.

7

Als am Morgen Puschpa kam und Tee kochte, war er schon aufgestanden. Sie machte Varun für die Schule fertig und sagte: „Komm bitte gleich zurück, nachdem du ihn hingebracht hast. Wir müssen reden."

Puschpa sprach im unteren Zimmer normalerweise kaum. Wenn sie nicht gerade einen Gast hatten, redeten nur ihre Küchenutensilien. Daran, wie die Pfanne sich vom Gas erhob, wie der Kochlöffel sich im Topf bewegte, konnte man ihre Stimmung ablesen. Heute hatten die Kochutensilien nicht geredet. Puschpa hatte wie im Büro gesprochen, förmlich, offiziell. Kurz und klar. Adhirath ging wortlos hinaus. Er hatte nicht übel Lust, irgendwo anders hinzugehen. Was würde sie tun, wenn er nicht pünktlich zurück wäre? Würde sie sich freinehmen und warten? Er konnte sich kaum vorstellen, dass sie für ihn ihre freien Tage verschwenden würde. So schwer, wie die zu bekommen waren.

Als er zu Hause ankam, war die Spannung noch stärker geworden. „Ich hab ihr gesagt, dass der 25.000 verlangt", empfing ihn seine Mutter.

„Ich habe noch etwas auf der Bank. Irgendwie bekommen wir das hin", meldete sich Puschpa zu Wort, ohne auf die Worte ihrer Schwiegermutter zu achten. „Lass dich von jemand beraten. Versuch nicht, alles allein zu lösen."

Adhirath brauste sofort auf: „Klar, ich soll alles so machen, wie du es willst. Was denn, du hast doch gesagt, ich soll alles leugnen. Ist ja auch superleicht, oder."

„Die Schwiegertochter hat doch recht." Daulatram saß allein im Wohnzimmer, aber an der Diskussion konnte er auch von dort teilnehmen.

„Dadurch, dass du dein eigenes Hirn gebraucht hast, ist es überhaupt so weit gekommen", zischte Puschpa. „Wer hat denn gesagt, du sollst hingehen und dir Ärger einhandeln? Hast du keine Minute daran gedacht, dass du dich damit nur in Schwierigkeiten bringst? Wo du nun einmal in der Patsche sitzt, lass dir doch wenigstens von jemand einen Rat geben!“

Adhirath ging nach vorn ins Wohnzimmer.

„Sie sagt, ich soll es abstreiten.“

„Recht hat sie. Was bleibt dir auch sonst? Willst du Harishchandra sein, der um keinen Preis bereit war zu lügen? Kein Mensch gibt zu, wenn er was getan hat. Sogar Mörder sagen, ich war es nicht“, sagte Daulatram.

„Ist ja gut, lass es, rede einfach später mit ihm darüber“, sagte Schakuntala nebenan zu Puschpa. Die Familie hatte sich in einen Frauen- und einen Männerteil aufgespalten, aber Adhirath schien, alle ohne Ausnahme hätten sich gegen ihn verschworen.

„Lass sie doch sagen, was sie sagen will“, schrie Adhirath, „seit gestern geht sie mir damit auf die Nerven. Soll sie doch ausspucken, was ihr nicht passt! Sag schon, was willst du?“ Dabei kam er mit großen Schritten in den abgeteilten hinteren Raum.

Puschpa riss der Geduldsfaden: „Mach doch, was du willst! Es geht ja gar nicht um die 25.000. Es geht um deine Halsstarrigkeit. Ich sag dir was: Ich habe die Nase voll davon!“

„Was denn, was willst du tun?“ Adhirath schüttelte die Hand seiner Mutter ab und ging auf sie zu. Es sah ganz danach aus, als würde es heute zu dem kommen, was bisher nur Daulatram getan hatte: dass Adhirath die Hand gegen seine Frau erhob.

„Hör erstmal zu, wie es wird mit dir“, sagte Puschpa, den Kochlöffel gegen ihn ausgestreckt. „Du machst, was du willst, klar. Lässt den Job sausen. Gehst ins Gefängnis, in den Knast. Aber denk bloß nicht, dass ich hier sitzenbleibe, um deine Familie zu ernähren. Ich nehme meinen Sohn und gehe weg.“

„Oh Gott!“ Schakuntala schlug sich an die Stirn und ließ sich auf das Bett fallen. „Hast du das gehört? Hach! Aber bei denen ist das ja wohl üblich. Die nehmen sich einen anderen, leben mit einem anderen Mann zusammen. Ich habe ja gleich gesagt ...“

Draußen im Wohnzimmer hatte Daulatram entgeistert alles mit angehört. Er kam herein und sagte: „Du gehst – das hast du dir wohl so gedacht! Oh nein – wir werfen dich raus! Da gebe ich meiner Schwiegertochter recht, unterstütze sie, lobe sie für ihre Vernunft, und jetzt sieht man mal, was dabei herauskommt! War ja klar, bei der Kaste! Am Schopf pack ich die und setze sie vor die Tür ..."

„Seid still, alle beide!" ging Adhirath dazwischen. „Was mit mir ist, kümmert keinen. Ja, ich gehe ins Gefängnis. Und du, geh doch, wohin du willst", rief er Puschpa zu und stürmte ins obere Zimmer. Puschpa ließ den Herd stehen, auf dem das Gas brannte, und rannte ihm nach. Oben hörte man sie laut herumschreien. Schakuntala drehte das Gas ab. Zwei Stunden später ging Puschpa zur Arbeit. Darauf ging Daulatram nach oben, wo er Adhirath fand, der deprimiert auf dem Bett saß.

„Wenn in der Familie Unstimmigkeiten herrschen, verlieren alle den Kopf", sagte Daulatram. „Komm, iss was und beruhige dich. Danach überlegen wir, was zu tun ist."

„Ich gehe zu dem Anwalt. Falls du Geld hast, gib mir was", sagte Adhirath kalt.

„Ja, ja." Daulatram streichelte seinem Sohn über den Rücken. „Was ich habe, ist doch nur für dich da."

Am Spätnachmittag verabredete er sich telefonisch mit Nitesch. Wie er versprochen hatte, gab Nitesch ihm 5000 Rupien und hörte sich aufmerksam Adhiraths Bericht über den Streit mit Puschpa an.

„Mein Freund, das hat sie sicher im Zorn ausgesprochen. Sie ist einfach sehr freimütig mit allem, was sie sagt. Nimm es dir nicht zu Herzen! Und was sie dir geraten hat, war doch richtig."

„Du bist also auch auf ihrer Seite!" beklagte sich Adhirath. „Glaub mir, auch wenn sie wütend ist, da kommt genau das heraus, was ihr durch den Kopf geht."

„Nimm es ihr nicht übel. Für sie wird es nicht gerade leicht, weiter dort zu leben. Ständig diese Sticheleien."

„Hat sie deswegen etwas zu dir gesagt?" Adhirath warf ihm einen misstrauischen Blick zu.

„Der Onkel hat mir das zugetragen", sagte Nitesch. „Er sagt, ausgerechnet sie musste Ambedkars Programm umsetzen. Du weißt schon, sein Programm zur sozialen Integration durch Heirat von Angehörigen unterschiedlicher Kasten. Wirst schon noch erfahren, was dein Vater gesagt hat ... ach, lass es einfach!“

„Nein, jetzt hast du schon mal damit angefangen. Was hat er gesagt?“

„Mann, reg dich nicht auf. Es wird schon alles gut. Das kommt in allen Familien immer wieder vor.“

„Nein, sag, was hat er gesagt?“

Nitesch schwieg. Er ließ sich auch durch wiederholtes Fragen nicht dazu bewegen, mehr zu sagen. Adhirath ärgerte sich. Was mochte Daulatram bloß gesagt haben, was im Haus nicht schon hundert Mal ausgesprochen worden war, gegen Puschpa. Dass sie von niederer Kaste sei, von schlechter Herkunft. Aus einer Familie komme, die abgetragene Kleidung von anderen Leuten trug. Die Essensreste von anderen aß. Bei ihnen würde sie großen Wert auf eine gepflegte Sprache legen, aber bei denen zu Hause würde man sogar fluchen, wenn man nur nach den Kindern rief. Vielleicht ginge sie ja morgens immer noch mit ihren Eltern Müll sammeln. Zum Glück wohnten die weit weg in einem anderen Viertel, sonst würde man womöglich noch auf jemand stoßen, bei dessen Familie sie Abfall eingesammelt hatte, dann könnte sie nirgends mehr ihr Gesicht zeigen. „Die kommen doch überall hin, diese Müllsammler. Früher haben sie den ganzen Unrat auf dem Kopf getragen, igitt, aus deren Händen hätte niemand auch nur ein Glas Wasser angenommen. Ja, wenn einer von denen um Wasser gebeten hat, haben wir ihm Wasser aus dem Siphon der Latrine zu trinken gegeben. Wer weiß, ob der Latrinenputzer in unserem Viertel nicht ein Verwandter von denen ist. Wäre ja super. Kommt der frühmorgens den Abfall wegbringen, dann verbeugt sich unser Inspektor-Sohn tief vor ihm, lädt ihn ein, sich aufs Sofa zu setzen und bietet ihm Tee an.“

Lange hatte Adhiraths Mutter ihr Essen separat zubereitet. Ihre Schwiegertochter hatte sie angewiesen: „Mach das Bad sauber, nimm Säure zum Kloputzen, du bist das ja wohl gewohnt.“

Nitesch hatte schon recht, Puschpa hatte eine Menge aushalten müssen. Anfangs hatte sie es ihm gesagt. Hatte manchmal geweint. Nachdem sie mit den Gewohnheiten aller Familienmitglieder vertraut geworden war, hatte sie selbst angefangen zu streiten. Auch sie konnte störrisch sein. Sie hatte darauf bestanden, selbst für alle das Essen zu machen. Nach gut einem Jahr hatte nach und nach das Getue mit der Unberührbarkeit aufgehört. Aber noch immer musste sie sich Tag für Tag Sticheleien über ihre Kaste anhören. Was gab es denn noch, was der Onkel zu Nitesch gesagt hatte und was der nicht wiederholen konnte? Aber wenn Nitesch nicht wollte, dann wollte er nicht.

„Was ist mit deinem Fall?", fragte Adhirath, „ist jetzt sicher, wer den Mord begangen hat?"

Nitesch nahm die Gelegenheit zu einem Themenwechsel gern wahr: „Wie sollen wir denn so schnell die Beweise zusammenbringen? Ich bin sicher, es war dieser Chauffeur."

„Habt ihr ihn gefasst? Oder ist er noch flüchtig?"

Nitesch lachte. „Warum machen die Kriminellen das nur immer? Sie fliehen. Wenn sie vernünftig wären, würden sie nicht fliehen."

„Es wird doch sicher Hinweise geben. Der wird schon noch gefasst."

„Das hatten wir alles schon am nächsten Tag", Nitesch berichtete von seinen Ermittlungen, „auch mit dem habe ich da schon gesprochen. Hier. Alles haben wir da schon gefragt. Du erinnerst dich doch an den Onkel aus Hauz Khas? Den Praduman nach Hause gefahren hat? Also diesen Onkel haben wir ebenfalls befragt. Das hat ergeben, dass er von dort gegen sieben oder halb acht wieder losgefahren ist. Auf jeden Fall spätestens halb acht. Der alte Mann hat im Haus so eine Uhr aus Olims Zeiten. Als er ins Haus gegangen ist, hat er den Glockenschlag gehört. Einmal. Der Alte hat auf die Uhr geschaut, da war es halb acht. Deshalb ist Praduman zweifellos vor halb acht von dort weggefahren."

Er hatte eine Menge Mühe darauf verwenden müssen, um herauszubekommen, um wieviel Uhr Praduman wieder am Prit Vihar gewesen war. Unzählige Autos hatten dort geparkt. Niemand im Haus hatte darauf geachtet, wann der Wagen zurückkam. Die Bediensteten waren alle im Haus, und wenn sie nach draußen gingen, hatten sie keine Zeit, sich darum zu kümmern, ob Praduman zurück war oder nicht. Praduman selbst hatte ausgesagt, dass er auf direktem Weg zurückgekehrt und gegen halb neun angekommen sei. Weil so viele Autos dort standen, habe er den Wagen draußen auf der Straße geparkt.

„Ist er nicht hineingegangen, um zu fragen, ob er noch jemand fahren sollte? Musste er sich nicht bei seinem Arbeitgeber zurückmelden? Oder den Schlüssel zurückgeben?“

„Genau das habe ich auch gefragt. Er behauptet, er hat sich absichtlich nicht gemeldet. Sie hätten ihm das Holi-Fest verdorben. Alle hätten sich amüsiert, hätten Bhang und Alkohol getrunken, und er sollte da draußen im Auto sitzen. Mal würden ihn die Kinder beauftragen, eine Kiste Coca-Cola zu schleppen, mal würde ihn einer Milch holen lassen. Wenn er abends hingegangen wäre, wäre es womöglich dem einen oder anderen eingefallen, er sollte ihn irgendwo hinbringen. Daher habe er den Wagen auf der Hauptstraße geparkt und sei darin eingeschlafen. Er sagt, er habe nur ein Nickerchen machen wollen, aber als er aufgewacht ist, sei es schon sehr spät gewesen. Darauf hat er sich still aus dem Staub gemacht. Am nächsten Tag hat er sich freigenommen, sagt er. Er hat sein Telefon abgestellt und ist zu einem Freund gegangen.“

„Mit anderen Worten, er hat blaugemacht.“ Irgendetwas schien Adhirath in diesem Bericht zu stecken, was sich ihm entzog. Aber er hatte wegen der bevorstehenden Befragung den Kopf nicht frei. „Hatte das keine Folgen für ihn?“

„Kumpel, wir haben nichts gegen ihn gefunden. Siehst du, auf dem Hof hat keiner ausgesagt, dass an dem Tag Praduman da war. In der Nachbarschaft seiner Wohnung haben wir gefragt, da sagen sie, morgens war er zu Hause. Er lebt allein. Ist Junggeselle. Unter dem Vorwand, mit den Mädchen der Gasse Holi zu feiern, hat er sich auch eine kleine Szene geleistet. Du weißt schon. Ein Mädchen war da, die hat ihn immer wieder abgewiesen, trotzdem hat er sie gepackt und angefangen, sie am Hals und darunter mit Farbpulver zu beschmieren. Es kam zu geringfügigen Tätlichkeiten. Am Nachmittag ist er weggefahren. Der springende Punkt ist, was in der Nacht war. Es kann sein, dass er sich vor der Arbeit drücken wollte. Seinen Freund haben wir auch befragt. Der lebt gleichfalls dort, Richtung Jhilmil, in der, wie heißt die gleich ... liegt mir auf der Zunge ... richtig, Wäschergasse. Er sagte,

Praduman wäre frühmorgens zu ihm gekommen. Wirkte erschöpft. Die Kleider waren verknittert. Er hat gesagt, er fühle sich nicht gut, und hat sich gleich schlafen gelegt."

„Sag mir eins. Wenn du dich nicht wohl fühlst, fährst du dann nach Hause oder kommst du zu mir, in aller Frühe?"

„Ja, das hat mich auch stutzig gemacht. Er sagte, früher sei er ein, zwei Mal spät abends nach dem Dienst nach Hause gekommen, da habe er aber keine Ruhe gehabt. Er habe das Telefon abgestellt, aber dann habe sein Chef einen Bediensteten nach ihm geschickt und ihn holen lassen. Seitdem würde er, wenn er verschwinden wollte, zu jemand anders nach Hause gehen. Das scheint zu stimmen."

„Sowieso, selbst wenn einer was gesehen hat, ist keiner bereit, eine Aussage zu machen", sagte Adhirath. „Die Leute wollen, dass die Polizei ihre Arbeit macht, aber wenn man sie als Zeugen braucht, ist keiner da."

„So ist es, mein Lieber. Wenn es anders wäre, hätte es auch nicht diesen Fall mit dem Sechs-Nuller gegeben." Den Fall, in den Adhirath verwickelt war. „Hat der eigentlich wirklich sechzig Morde begangen?"

„Ach wo. Wie soll er denn so viele Morde begangen haben. Aber das hat er halt behauptet. In aller Öffentlichkeit."

8

Der Sechs-Nuller!

Das ganze Viertel zitterte vor ihm. Woher er kam, wusste niemand. Der eine sagte, aus Amroha, der andere, aus Bihar, es war nicht auszumachen. Nicht nur in Mandawali, auch an anderen Orten der Umgebung gingen Gerüchte über ihn um.

In aller Öffentlichkeit prahlte er, ihm könne keiner etwas anhaben. Er habe sechzig Morde verübt, daher sei er der „Sechs-Nuller".

Offiziell war er im Kabelgeschäft. Mit oder ohne Kabel, Einkünfte hatte er genug. Er beschäftigte mehrere Helfer. Von mittlerer Statur, schlank, vielmehr dünn wie ein Gerippe, trug er am Hemd immer die drei obersten Knöpfe offen. Als Adhirath seine Stelle antrat, hatte er im Register der Gewohnheitsverbrecher als erstes das Foto dieses Mannes gesehen. Vom Aussehen her war er nicht sonderlich auffällig. Aber er hatte eine lange Vorgeschichte schwerer krimineller Taten aller Art, Messerstechereien, Totschlag, Drogen. Es sah aus, als wollte er beweisen, dass er zu jedem erdenklichen Verbrechen imstande war. Wenn die Leute ihm nicht Platz gemacht hätten, wo immer er durch die Straßen stolzierte, hätte man schwerlich vermutet, dass dieser Mann in der schmuddeligen Hose das Viertel beherrschte. Ob es die Straßenhändler im Som Bazar waren oder diejenigen, die täglich am Rande des Kanals saßen und Fische verkauften, kein Gewerbe lief ohne Schutzzahlungen an ihn. Da, wo die Angestellten lebten, in kleinen Wohnsiedlungen, wo irgendwo hinter einer engen Kurve Höfe waren, drei mal sechs Meter groß, wo oben und unten in den Gebäudeblöcken ganze Familien in Einzimmerwohnungen wohnten, schnappte er sich immer mal ein Mädchen oder brachte mal eins zurück. Es hieß, auch Jungen seien vor ihm nicht sicher. Während Adhiraths Amtszeit, das heißt, während er die Leitung der Wache innehatte, waren drei Morde geschehen. Die Verbrechen in der Gegend hatten stark zugenommen, aber es war unmöglich, Beweise an die Hand zu bekommen. Die einzige verbleibende Möglichkeit, die Statistik zu verbessern, war, Anzeigen von Verbrechen gar nicht erst schriftlich aufzunehmen. Und selbst das funktionierte nicht. Es war ja unmöglich, dass alles auf das Konto des Sechs-Nullers ging, ob von ihm selbst verübt oder auf seine Weisung. Aber es schadete anderen Verdächtigen auch nicht, ihn zu beschuldigen.

Nach dem ersten Mord hatte Adhirath ihn festnehmen lassen. Inoffiziell, ohne schriftlichen Eintrag, unter der Hand. Die ganze Nacht hatten sie ihn verhört. Kein Gedanke daran, dass der den Mund aufmachte. Die Wachtmeister trauten sich nicht, ihn anzufassen, obwohl die Sache eigentlich klar war. Vielleicht zwanzig oder fünfundzwanzig Personen mussten ihn an dem Imbiss gesehen haben. Etwas Linsenbrei war auf dem Tisch verschüttet worden. Der Sechs-Nuller verlangte von dem jungen Mann, der das Essen gebracht hatte, er sollte ihn auflecken. Der war auch bereit dazu gewesen, hatte mit zusammengelegten Händen um Vergebung gebeten. Dann war der Betreiber des Imbisses gekommen und hatte den Jungen gezwungen, sich dem Sechs-Nuller zu Füßen zu werfen. Je mehr der Wirt ihn anflehte, desto gereizter war der geworden. Er hatte reichlich Schleim im Mund gesammelt und auf die Linsen gespuckt: „Los, leck das auf!" Der Junge hatte weglaufen wollen. Er hatte ihn von hinten gepackt und ihm vor allen Leuten das Messer in den Hals gestoßen. Der junge Mann stammte von irgendwo außerhalb. Er war von zu Hause fortgelaufen und verdiente sich den Lebensunterhalt mit Jobs in der Stadt. Angehörige hatte er hier nicht. Wer würde schon sein Leben riskieren, nur weil so einer tot war.

„Wo kommst du her?" hatte Adhirath den Gangster gefragt.

„Das weiß nicht mal meine Mutter, wo ich herstamme, was soll ich da sagen?" hatte der unverfroren geantwortet.

Es hat keinen Zweck, hatten ihm seine Leute gesagt. Ein hoher Politiker in einem Nachbarstaat hielt die Hand über ihn, Mitglied der gesetzgebenden Versammlung. Den versorgte er mit Lieferungen; wie es hieß, hatte der Politiker eine Schwäche für minderjährige Mädchen. Hinter dem Politiker wiederum stand der Minister. Über dessen Vorlieben sprach niemand direkt, aber man deutete mit einem Augenzwinkern etwas an. Nur um Jungen ging es jedenfalls nicht. Wer weiß, was der Sechs-Nuller sonst noch alles besorgte. Als ihm in jenem Land der Boden unter den Füßen zu heiß geworden war, hatte er sich abgesetzt und war nach Delhi gekommen, um den Bewohnern hier das Leben schwer zu machen.

„Wird schon klappen. Irgendwas lässt sich bestimmt machen. Das hier ist Delhi, nicht irgendein Staat, wo wir einen Verdächtigen laufen lassen, nur weil ein Politiker es will", hatte Adhirath auf dem Recht beharrt.

Aber nicht ein Zeuge war aufzutreiben gewesen. Die Leiche des Jungen war in der Leichenhalle liegengeblieben, ohne dass jemand Anspruch darauf erhob. Die Polizei war es, welche die Rolle von Vater und Mutter übernommen hatte. Adhirath selbst hatte den Scheiterhaufen in Brand gesetzt.

Bis zum zweiten Mord war Adhirath mit dem Sechs-Nuller bestens vertraut. Diesmal hatte er den Besitzer eines Ladens umgebracht, und wieder war es dieselbe Geschichte, es gab weder Zeugen noch Beweise. Der Ladeninhaber, hieß es, hätte sich der Erpressung widersetzt und geweigert, Zahlungen zu leisten, obwohl er gewarnt worden war.

Auf Schritt und Tritt war er ihm begegnet. Mal auf einem Schemel, den er quer über den Kanal gestellt hatte bei dem Mann, der im Licht einer batteriebetriebenen Lampe Fische ausnahm, mal an dem Stand, wo Kartoffelplätzchen verkauft wurden, mal auf dem Som-Bazar, wo er auf dem Motorrad saß und anzügliche Bemerkungen über die Mädchen machte.

Nach dem dritten Mord hatte Adhirath ihn aufs Revier einbestellt. Diesmal war es eine Frau mittleren Alters, vielleicht hatte sie Schulden gemacht. Sie hatte eine Tochter, ein junges Mädchen. Eines Tages hatte der Sechs-Nuller sie verschleppt. Am nächsten Morgen hatte er sie zurückgebracht. Er hatte gesagt, er werde wiederkommen, wann immer er Lust hätte. Als er drei Tage später hinging, stellte sich heraus, dass die Frau ihre Tochter ins Dorf geschickt hatte. Der Sohn lebte schon länger anderswo. Die Leiche der Frau wurde in ihrer eigenen Wohnung gefunden, sie lag auf dem Bauch, der Sari war hochgezogen, im Hals steckte ein kurzes Messer, und die Zunge hing blutgetränkt heraus. Beim Anblick der Frau in diesem Zustand zogen auch Polizisten, die täglich mit Mord und Totschlag zu tun hatten, scharf die Luft ein.

Adhirath selbst hatte ihn mit Fußtritten traktiert.

„Wenn du es warst, dann sag es“, hatte er gesagt, „wir kriegen es sowieso heraus.“

„Wie das letzte Mal?“ hatte der Sechs-Nuller gehöhnt. Wieder schlug Adhirath zu. „Pass auf, eines Tages wirst du so sterben, wie du andere zu Tode bringst“, hatte er ihm prophezeit.

„Wie, gefällt Ihnen Ihre Haut nicht?“, hatte der Verbrecher geantwortet. „Irgendwann ziehe ich Ihnen die ab.“ An dem Tag war er beinahe verrückt geworden. Er hatte ihn verflucht. In seiner Wut hatte er nicht gemerkt, mit was für Schimpfworten er den Gangster bedachte, Schimpfworte, die von seinem Vater stammten, von dem er sie gehört und in seinem Unterbewusstsein abgespeichert hatte. Auch seine Untergebenen waren schockiert. So einen Wutausbruch hatten sie bei ihm noch nie erlebt. Es schien, als würde mit einem Mal ein echter Polizist aus ihm. Zwei Unterinspektoren hatten ihn von dem Mann weggezogen. Volle zehn Minuten lang hatte Adhirath danach am ganzen Körper gezittert. Auch nachts noch hatte ihn im Schlaf mehrmals ein Zittern überkommen. „Eines Tages bringe ich den um“, hatte er damals gesagt. Der Leiter des Reviers hatte eine halbe Stunde lang mit ihm geredet. Es sei unmöglich, hatte er versucht, ihm klarzumachen. Als er sich etwas beruhigt hatte, sah auch Adhirath ein, dass es nicht ging. Reden war leicht. Bis jetzt hatte man ja nicht mal die Tatwaffe finden können, die der Sechs-Nuller benutzte. Ganz einfach, er trug sie bei sich. Schnitt er jemand die Kehle durch, reinigte er das Messer mit Wasser aus irgendeinem Krug und steckte es wieder ein. Das Messer, das man unter dem Hals der ermordeten Frau gefunden hatte, gehörte der Frau selbst, vielleicht war der Mord auch gar nicht damit verübt worden. Adhiraths Aufgabe war die Ermittlung, die Bestrafung lag beim Gericht. Gab es vielleicht eine Untersuchung, wo der Verdächtige das Messer vorlegte und sagte: „Ja, das hier ist das Messer, nehmen Sie es nur und sehen Sie selbst“? Und keiner war bereit zuzugeben, dass er das Messer gesehen hatte, beobachtet hatte, wie es benutzt wurde, das Blut aufspritzen sehen hatte, den Schrei des Ermordeten gehört hatte! Der Imbissbetreiber war am Holzofen gewesen, hatte Brot gemacht, er hatte gebeugt gestanden und in den Ofen geschaut. Als er den Schrei gehört hatte, hatte er aufgesehen, hatte den Jungen sich am Boden wälzen sehen. Wer ihn getötet hatte, wusste er nicht. Alle Essensgäste waren geflohen. Keiner hatte die Rechnung beglichen, für ihn war es ein großer Verlust gewesen. Der Sechs-Nuller würde kein Erbarmen kennen; auch wenn er von der Gewinneinbuße hörte, er würde die Steuern in voller Höhe einziehen. Erst kein Einkommen, dann auch noch die Zahlung an den Gangster, wozu war eigentlich die Polizei da?

In der Tat, wozu war die Polizei da? Nie rief jemand auf dem Revier an, um die Freilassung des Massenmörders zu verlangen, und doch blieb der Sechs-Nuller nie länger als ein paar Tage hinter Gittern. Vom Gericht gab es Vorwürfe, die Polizeiarbeit sei schlecht, sie würden keinen Fall abschließen, hätten nie die Anklage rechtzeitig parat. Dies machten sie nicht, jenes machten sie nicht. Der Sechs-Nuller war auf Kaution frei, permanent auf Kaution.

Dann wurde Adhirath alles klar. Wieso er hierher versetzt worden war, ohne die mindeste Bestechung. Zwei Revierführer wurden für diese Wache benötigt. Einer für den Sechs-Nuller, und einer für alles andere. Alle auf dem Revier ließen sich schmieren, wurden dick und fett dabei. Doch wenn die Polizei wollte, konnte sie durchaus eine Menge tun, aber sie musste es eben wollen. Hier gab es einen Vorwand dafür, dass man es nicht wollte, auch eine Grundlage. Indem sie auf die Angst der Leute setzten, trieben sie von allen Schutzgelder ein, auch vom Sechs-Nuller. Wenn dem irgendwann Gefahr drohte, sperrte man ihn eben mal ein. Ein hervorragendes System war es, lief wie geschmiert. Aber der Sechs-Nuller schien sich weiter zu einem Tees Mar Khan zu entwickeln, einem Verbrecher, der immer davonkam. Welchen Grund konnte es sonst geben, dass sie mit ihrer Geduld allmählich zu Ende waren?

Adhirath war im Urlaub. Puschpa hatte aus irgendeinem Grund Fieber bekommen. Zwei Tage hatte sie im Krankenhaus verbracht, jetzt war sie den zweiten Tag wieder zu Hause. Adhirath hatte sich die ganze Woche freigenommen. Es war nachmittags. Er hatte an diesem Tag die Klimaanlage gesäubert und neue Filtermatten eingesetzt. Er hatte die Anlage angestellt, und das Wasser, das über das trockene Gras lief, verbreitete einen angenehmen Duft im Zimmer. Puschpas Kleid hatte sich über ihre Schenkel hochgeschoben. Zögernd bewegten sich seine Finger dorthin, fragten vorsichtig an, drückten eine zarte Einladung aus. Auf der Haut von Puschpa, die sich gerade erst von dem doppelten Angriff von Medikamenten und Bakterien erholte, hatte er noch die Mattigkeit gespürt, die von dem unterbrochenen Schlaf geblieben war. Er verstärkte den Druck seiner Finger, Puschpa wälzte sich herum und schmiegte sich an ihn. Es war, als hätte seine Hände und Füße ein Rausch ergriffen. Wann konnten sie schon mal so eine ungestörte Zweisamkeit genießen? Die Nächte verbrachte er mit Verbrechern. Oder in der Befürchtung, dass sein Sohn aufwachen könnte. Wo gab es die Freiheit zur Ekstase? Man redete von der Freiheit des Ausdrucks. Für ihn gab es nicht mal die Freiheit des Ausdrucks in der Form, dass er einmal alles vergaß und sich mit seiner Frau vereinte. An jenem Tag war sein Körper nicht bereit, zwischen ihnen auch nur die flirrende Luft zu ertragen. Sie waren ineinandergeflossen – und da hatte das Telefon geklingelt.

Wäre er doch nicht drangegangen! Aber er hatte es getan. Der Zauber des fantastischen Verschmelzens überkochender Körper und Gefühle war gebrochen. Der Geschmack von salzigem Schweiß hinter den Zähnen war verschwunden. Er wusste, dass Puschpa ihm diesen Betrug bis heute nicht verziehen hatte.

■

Früh am Morgen hatte Bharat angerufen. Heute würde es schwierig sein, so weit zu fahren. Am Nachmittag musste er auch Grover treffen. Das Geld hatte er zusammen. 25.000 Rupien! Sein Vater hatte volle zehntausend beigesteuert. Er hatte es für irgendeinen Zweck von seiner Rente gespart. Puschpa hatte ihm 15.000 gegeben. Jetzt war wohl auch ihr Konto leer. Obwohl er es eigentlich nicht wollte, hatte er außerdem das Geld von Nitesch genommen. Aber Puschpa hatte recht. Wer wusste, was für Ausgaben noch auf sie zukamen. Wenn nicht, würden sie Nitesch nächste Woche das Geld zurückgeben.

Bharat hatte gesagt, Praduman war doch dagewesen in jener Nacht. Er hatte das im Dorf erfahren. Vier, fünf Leute hatten ihn gesehen! Zuerst dachte er daran, Nitesch zu benachrichtigen, dann beschloss er, dass es ja dessen Fall war, sollte er sich selbst darum kümmern. Was ging es ihn an. Er hätte nichts davon, wenn er den Mörder erwischte. Dann dachte er an das treuherzige Gesicht von Bharat. Bharat war ein Außenstehender, er würde in Schwierigkeiten geraten. Er gab Varun zehn Rupien, um sich etwas Süßes zu kaufen. „Kauf dir, was du magst, Sohn!" Varun war anzusehen, dass er sich freute. Obwohl es so nun auch wieder nicht war, dass er plötzlich Millionär geworden wäre und sich alles kaufen könnte, worauf er Lust hatte. Varun wusste besser als sein Vater, was zehn Rupien wert waren, oder vielmehr, was sie nicht wert waren.

Eile war angesagt. Am Abend war zu Hause nur von der Arbeit gesprochen worden, die Spannung hatte etwas nachgelassen, war aber nicht verschwunden. Die Situation ist unter Kontrolle, aber angespannt: Unwillkürlich hörte er im Geist den Polizeisprecher die Worte sagen und musste lachen. Die Spannung war unter Kontrolle. Lange würde es nicht dauern, bis sie nicht mehr zu kontrollieren war.

Als er bei Bharat war, sagte der sofort: „Ich habe Nachrichten, das wird dich umhauen. Der Ortsvorsteher und sein früherer Dorfratsvorsitzender, beide haben Praduman gesehen. Aber abgesehen von den beiden, es gibt noch welche, die ihn gesehen haben. Leute aus einem anderen Dorf."

„Wirklich? Das ist allerdings eine Neuigkeit. Mensch, du bist ja ein echter Spion! Ich würde sagen, lass das Immobiliengeschäft und geh zur Polizei!"

Bharat strahlte. „Warte, ich habe dir noch nicht alles gesagt. Los, ich zeige dir was."

Bharat ließ ihn am Bahnhof halten und stieg vom Motorrad: „Komm!" Hinter der Bahnhofstür konnte man eine Bank sehen. Hier hatte Ramvati ihm die Geschichte ihrer missratenen Tochter erzählt. So vielen war die Ärmste zu Diensten gewesen, so vielen hatte sie Freude bereitet, aber selbst von der Mutter, die sie geboren hatte, empfing sie nichts als Tadel. Sie hatte der Enge des Dorfes entfliehen wollen, und was passierte? Sie starb, bei den Dörflern, von ihnen ausgebeutet und von ihnen beschimpft. Bharat ging zielstrebig auf den Bahnsteig. Adhirath folgte ihm. Vom Bahnsteig stieg Bharat hinunter und machte sich daran, die Gleise zu überqueren. Dahinter lag ein Stück unbebautes Land, staubig und uneben. Auf einer Seite, dort, wo man über einen breiten Pfad auf die Straße gelangte, die zum Bahnübergang führte, stand eine Gruppe von vier schattenspendenden Bäumen. Daneben führte eine unbefestigte Straße zur Rückseite des Dorfes. Das Dorf lag in ziemlicher Entfernung, von der anderen Seite des Bahnhofs und vom Bahnhof selbst aus war es nicht zu sehen. Vom Bahnhof aus sah man hinter den Gleisen vereinzelt stehende Bäume, altes Buschwerk und herumliegende kaputte Ziegel. Bharat ging auf die vier Bäume zu.

„Hier hat er den Wagen geparkt“, sagte er. „Niemand war hier, der Bahnwärter war wohl schlafen gegangen. Aus dem Dorf war keiner da. Jedenfalls dachte er das vermutlich. Aber ich habe es ja gesagt: Im Dorf bleibt nichts verborgen. Drei Leute haben ihn gesehen.“

Adhiraths Hand klopfte ohne sein Zutun Bharat auf den Rücken.

„Super Arbeit, Boss, absolut super!“

„Meinst du nicht auch? Jetzt erzähle ich dir, wie ich es herausbekommen habe.“

Am Tag zuvor, sagte Bharat, war am Nachmittag Chetilal zu ihm gekommen. Bharat hatte ihm an dem Abend nach der Party angeboten, ihn gelegentlich zu besuchen. Der Arme war hier ganz allein. Alle anderen waren weit weg. Er selbst dagegen war in der Nähe, sein Laden war weniger als 500 Meter vom Tor entfernt. Chetilal war gekommen, hatte eine Bidi geraucht und ihm sein Herz ausgeschüttet. Sie hätten den Senf geerntet, der liege jetzt da. Man müsse das Öl pressen lassen, um es auf dem Markt zu verkaufen, aber keiner sei da und kümmere sich darum. Irgendwo hier aus dem Dorf hatte er Kürbissamen genommen und ausgesät, das gäbe mindestens etwas Gemüse zum Essen. „Er fürchtet sich. Nachts glaubt er aus dem Maulbeerbaum ein Gespenst springen zu sehen, eine Geisterfrau. Er hört etwas wie Fußtritte, als ginge da jemand hin und her. Ihm kommt es so vor, als würde jemand im Haus herumgehen. Man hört Wasser rauschen, Geschirr klappern. Einmal hat er auch ein Licht brennen sehen, aber es ist gleich wieder ausgegangen. Er hat mich gebeten herauszufinden, ob die Leiche ordnungsgemäß verbrannt wurde. Wenn nicht, fände die Seele keine Ruhe, und dann wäre es für ihn kaum möglich, hier zu bleiben. Er hat mir gesagt, ich soll ihm Bescheid geben, wenn ich von einer anderen freien Stelle höre, hier will er weggehen."

Über all das hätten sie gesprochen, sagte Bharat, als drei Männer aus Jhandapur vorbeigekommen waren. Sie hatten nach Praduman gefragt.

„Cheti hat denen gesagt, der sei schon seit Tagen nicht mehr gekommen. Weißt du, hat der eine von denen darauf gesagt, was mit dir passiert, wenn du uns anlügst? Ruhig Blut, Meister, habe ich gesagt, was bedroht ihr den Armen hier, der ist eh so eingeschüchtert, dass er Gespenster sieht."

„Ein Angsthase ist er", sagte Adhirath.

„Es bleibt ihm nichts anderes übrig als Angst zu haben vor den Einheimischen, hier bekommt er ja von niemand Unterstützung. Ich habe gesagt: Wollt ihr die Nummer von Praduman, ich habe sie, was macht ihr dem armen Kerl Angst! Er ist ja schon halbtot, weil er sich vor dem Geist des toten Mädchens fürchtet. Sie haben sich über Cheti lustig gemacht. Halbstarke sind das. Kommen an und machen sich hier breit. Die haben nichts zu tun, ziehen abends Hemd und Hose an und streifen über den Basar, treiben sich hier und dort herum. Ich habe gesagt: Kann sein, dass er an Holi da war. Chetilal war ja nicht da, um das Tor aufzumachen, also musste er den Wagen draußen parken, der Scheißkerl, Praduman, das hat ihm vielleicht mal einen Dämpfer versetzt. Und es ist wahr. Der Chef hat seinen Mann gekannt. Deswegen hat auch der Verwalter gekündigt. Diese Typen haben höhnisch gelacht. Einem ist rausgerutscht, der Fahrer hat den Wagen unter den Vier Säulen geparkt. Der schwarze Wagen, der immer hier war. Der ist ausgestiegen und wie ein Dieb zum Bahnhof gerannt. Wir haben ihn am Gang erkannt, das war Praduman, hat er gesagt. Er hat die beiden anderen angesehen. Mit einem Mal sah die Sache anders aus. Sie sagten: Da war irgendein Auto, muss ja nicht das von Praduman gewesen sein. Ich habe nicht weiter nachgehakt. Zu viel Herumbohren ist auch nicht gut. Habe ich doch richtig gemacht, oder?“ Adhirath lobte ihn, nur erfahrene Kriminalbeamte leisteten sonst so gute Arbeit.

„Als sie gehen wollten, bin ich hinterher. Habe gesagt, Meister, dass Praduman an Holi da war, das habe ich mir auch schon gedacht, aber es fragt sich: War er allein, oder war bei ihm auch der hellhäutige Chef? Schlau sind die, haben gesagt: Woher sollen wir das wissen? Wir haben nur unter den Vier Säulen einen Wagen gesehen, sonst nichts. Tolle Agentenarbeit, was? Meinst du nicht auch?“

Adhirath war etwas frustriert. Es war eine Spur und auch wieder nicht. „Diese Vier Säulen, was ist das?“

„Genau hier, wo wir stehen. Die vier Ullu-Niembäume hier. Die heißen Vier Säulen.“ Ullu-Niem, also Eulen-Niem. Adhirath sah sich die Blätter an. Sie waren denen von gewöhnlichen Niembäumen sehr ähnlich, aber sie waren länger, hingen von den Zweigen herab, breiteten sich über den Stamm aus. „Eulen nisten oft auf denen, deshalb heißen die so“, erklärte Bharat.

„Ein Wagen war hier, und er wurde hier abgestellt. Gut, soviel ist klar. Aber Bharat, das beweist doch noch nicht, dass Praduman da war. Das konnte der Wagen von sonst wem sein. Das muss noch untersucht werden.“ Die beiden kehrten zurück. Adhirath hatte den Eindruck, dass Bharat etwas enttäuscht war.

„Du hast hervorragende Arbeit geleistet. Jetzt müssen wir herausfinden, ob es wirklich Praduman war oder jemand anders“, versuchte Adhirath ihn aufzumuntern. Die beiden überquerten die Schienen und gingen zum Dorfmarkt. Adhiraths Gesicht war hier mittlerweile bekannt. Die Leute grüßten ihn und fragten nach seinem Befinden. Die beiden gingen einen Tee trinken.

„Wir rufen Praduman an. Wir sagen, wir hätten seinen Wagen gesehen. Wir hätten auch ihn gesehen. Wir verlangen Geld dafür, dass wir den Mund nicht aufmachen“, sagte Adhirath. „Ruf du ihn an. Aber nicht von deinem Telefon. Hier gibt es bestimmt irgendwo eine öffentliche Telefonzelle, ruf ihn von da an."

Im Zentrum von Jhandapur gab es vier öffentliche Telefone, alle wurden mit Münzen betrieben. Aber dort mit jemand zu reden war so gut, wie wenn man Lautsprecher benutzen würde. Der Ladenbesitzer hörte mit, weitere zwei Leute blieben stehen. Die beiden bestiegen das Motorrad und fuhren zurück in Richtung Chattarpur. Dort rief von einem Laden aus Adhirath an, denn Bharat meinte, Praduman würde womöglich seine Stimme erkennen. Bharat verwickelte inzwischen den Ladenbesitzer in ein Gespräch, um dessen Aufmerksamkeit von dem Telefonat abzulenken.

Als Praduman das Gespräch annahm, sagte Adhirath: „Du warst gestern auf dem Hof. Ich will Zehntausend."

„Wer spricht da?" Praduman klang nervös.

„Dein Vater. Der Wagen stand bei den Vier Säulen, und du bist über die Gleise rüber. Haben dich gesehen. Das Mädel ist danach auch ausgestiegen. Sollen wir zur Polizei gehen?"

Keine Antwort.

„Du hast mich verstanden, oder?" sagte Adhirath.

„Sag deinen Namen, wie soll ich dir sonst das Geld geben?" Entweder war er schlau, oder er wollte wirklich wissen, wer er war. Vermutlich hatten die Jungs aus Jhandapur auch schon Geld verlangt. Zehntausend war doch nicht ein zu geringer Betrag?

„Mehrere Leute haben dich gesehen. Die drei Jungs waren auch da. Deswegen wollen wir jetzt Zehntausend. Wenn du die morgen bringst, erfährst du auch die Namen. Morgen um zwölf", damit brach Adhirath das Gespräch ab. Damit die Umstehenden nicht mitbekamen, was er sagte, hatte er mit der Hand den Hörer abgeschirmt, während er seine Botschaft in die Sprechmuschel knurrte. Es machte ihm Spaß. Er könnte ein erstklassiger Schauspieler werden. Wie sehr er sich in diese Sache verstrickt hatte!

Zurück in Jhandapur, tranken sie noch einen Tee. Bharat hätte auch nichts gegen ein Bier einzuwenden: „Wie wär's?"

„Heute muss ich weg", sagte Adhirath, „morgen, morgen trinken wir einen! Schau mal, könnte es sein, dass jemand heimlich auf dem Gut wohnt? Praduman vielleicht?“

„Das Tor ist verriegelt. Wenn er da wohnt, muss er für Essen und Trinken raus. Dann würde er auf dem Markt auftauchen. Ich denke, das alles bildet sich Cheti nur ein.“

Bei Sonu Hair Stylist ließ er sich die Haare schneiden. Ganz kurz, denn zur Anhörung würde er mit Haaren wie ein Polizist gehen müssen. Sonu befeuchtete ihm das Haar mit Wasser und massierte ihm den Kopf oberhalb der Schläfen. Adhirath wurde müde. Zehn Rupien kostete ihn alles zusammen. Danach hätte er gern noch ein Bier getrunken. Aber es war nicht die Zeit dafür, gleich musste er sich schließlich um 25.000 Rupien erleichtern lassen.

■

Grover nahm ihm das Bündel Banknoten aus der Hand und zählte nach. Das war es, warum er nicht gern solche Fälle von kleinen Angestellten übernahm. Wenn diese Leute das Geld brachten, waren es immer in der Hosentasche zusammengeknüllte, verkrumpelte Scheine. Sie brachten 25.000 Rupien, aber einen Briefumschlag für 25 Paisa kauften sie nicht, um das Geld hineinzulegen.

Nachdem er das Geld fertig gezählt hatte, schob Adhirath ihm einen Ordner hin. Sehr dick war er nicht. Die Akte enthielt die Meldung über seine Suspendierung, die Mitteilung zur Anhörung sowie neben ein paar Zeitungsausschnitten Fotokopien von zwei Seiten aus dem Polizeitagebuch, außerdem die Kopie einer Seite aus der Anwesenheitsliste. Die Ausschnitte stammten aus vier Zeitungen, die über den Tod des Sechs-Nullers berichtet hatten. Darunter war auch der Leitartikel einer Zeitung, der die zunehmende Willkür und Gewalt der Polizei anprangerte und die Hoffnung ausdrückte, dass die Regierung der Polizei Zügel anlegte.

„Ein derart schamloser Mord wirkt als Wetzstein an der Wurzel der Verfassungsordnung. Wie groß auch das Verbrechen sein mag, das jemand begangen hat, der Polizei darf nicht das Recht zugestanden werden, ihm das Leben zu nehmen“, stand in dem Artikel.

Unter Schlagzeilen wie „Mord an Wehrlosem am helllichten Tage“

wurde berichtet, dass am Nachmittag ein unbewaffneter einzelner Mann erschossen worden war. Zuverlässigen Quellen zufolge sei der Mörder ein Polizist gewesen, der in einem lokalen Polizeirevier arbeitete. Es hieß auch, das Opfer sei ein in der Gegend bekannter Gangster.

Grover warf einen Blick auf die Akte, sah sich kurz die Tagebuchseiten an und vertiefte sich in die Anwesenheitsliste. Er öffnete eine Schublade, schloss sie wieder und sagte: „Was war da los? Sagen Sie mir die Wahrheit. Sie haben doch sicher gehört, dass man vor seinem Anwalt nichts verbergen darf."

So war es mit den Schwarzfräcken. Als er an jenem Tag hier war, bereit, alles in Kürze darzustellen, hatte er gesagt, die Sache werde auf rein technischer Basis ausgefochten. Heute wollte er plötzlich die ganze Geschichte hören, weil er einen Stapel Notizen in der Schublade hatte. Adhirath seufzte, blickte zur Tür und fuhr sich mit der Zunge über die Lippen.

„Ja, ja, wir haben Zeit", sagte Grover. Er kam auf seine Seite des Tisches herüber, öffnete die Tür einen Spalt und rief nach dem Schreiber, er sollte ihnen Wasser bringen. Als das Wasser kam, wies er ihn an, niemand hereinzulassen, solange der Klient bei ihm war.

„Sir, was soll ich sagen, es war der Verbrecher, der unter dem Namen Sechs-Nuller bekannt ist", begann Adhirath. „Ein hundsgemeiner Kerl. Hat Mädchen geraubt, auch Jungs. Erpressung, Drogenhandel, unter anderem Smack. Heroin. Kleinkriminalität. Hat Schutzgelder von den Händlern eingetrieben. Offiziell betrieb er ein Geschäft, Kabel-Service. Er hatte Rückendeckung von Lokalpolitikern hier. Bei der Polizei wissen sie das alles. Zweimal habe ich ihn erwischt, aber es ist mir nicht gelungen, ihn hinter Gitter zu bringen. Es gab einfach keine Beweise." Ihm war bewusst, dass er sich wiederholte. Er leerte das Glas.

Grover verschränkte die Finger beider Hände und ließ sie miteinander spielen. „Deshalb habt ihr ihn umbringen lassen, ja?"

„Wenn wir ihn hätten umbringen wollen, hätten wir das doch längst getan, Sir! Als er den Jungen vom Imbiss erstochen hat, da haben sie nichts geschrieben in den Zeitungen ..."

„Was für ein Junge?"

„Ein junger Mann, Sir, vielleicht neunzehn, zwanzig Jahre alt. Wegen einer Lappalie hat er ihm die Kehle durchgeschnitten, wie einem Stück Federvieh. Man sticht zu und wirft es weg, und es krepiert. Genauso ist der Junge gestorben. Der Betreiber des Imbisses stand daneben, behauptet aber, nichts gesehen zu haben. Er hatte solche Angst, dass er nicht mal die Leiche abgeholt hat. Sie wissen schon, Sir. Kommt eine Leiche, kostet es den Ermittlungsbeamten leicht mal einen Tausender. Für den Leichentransport, dann auch eine halbe Flasche Fusel für die Hilfskraft im Leichenschauhaus. Die Ärzte nehmen zwar offiziell kein Bargeld, aber irgendwas verlangen sie immer. Ein Guthaben von 500 Rupien für ihr Mobiltelefon, oder ein Paar Schuhe, sowas. Dann die Suche nach den Eltern des Jungen. Übernimmt dafür vielleicht der Staat die Kosten? Wir selbst müssen dafür aufkommen. Die Kosten für die Freigabe aus dem Leichenschauhaus habe ich getragen. Und die Verbrennungszeremonie, die hat mich Fünf- oder Sechshundert gekostet."

„Es gibt so viel Korruption." Grover hatte die Hände gesenkt.

„Wenn niemand Anspruch auf eine Leiche erhebt, kostet es uns 2500 Rupien", fuhr Adhirath fort.

„Wo kommen Sie bei dem Vorfall ins Spiel? Bei dem Mord?"

„Ich hatte ihn erwischt. Aber kein Mensch war bereit auszusagen. Ich musste ihn unverrichteter Dinge laufenlassen. Tag für Tag hat er mich dann provoziert und mir gedroht. Damals hätte ich ihn gern umgelegt. Aber uns sind die Hände gebunden. Der Dienst mit Gürtel und Abzeichen, Sir, das ist kein Zuckerschlecken. Die Leute denken, wir sind unwahrscheinlich mächtig, aber im Innern sind wir hohl."

„Bleiben Sie bei dem Fall, bitte." Grover blickte auf die Uhr.

„Von dem Fall spreche ich ja", sagte Adhirath. „Wir sind keine Mörder bei der Polizei. Anscheinend gab es einen Zwist mit dem Politiker. Er hat ihn vermutlich erpresst. Ehrlich gesagt, ich weiß es nicht. Aber damals war meine Frau erkrankt. Ich hatte mir deshalb eine Woche freigenommen. Sie war frisch aus dem Krankenhaus entlassen worden. Ich war zu Hause. Der stellvertretende Unterinspektor hat mich angerufen, er sagte, Dalchand hat den Sechs-Nuller umgebracht. Er wusste, dass ich den auf dem Kieker habe. Ich bin auf der Stelle losgerannt. Hab mich in die Anwesenheitsliste eingetragen. Hab im Tagebuch vermerkt, dass Dalchand mit mir auf Streife war, weit entfernt von dem Ort, wo der Mord passiert ist. Der Revierleiter war nicht da. Und dann? Medienrummel. Reporter kamen. Ich habe denen gesagt, wenn Dalchand zur Tatzeit in der Pipal-Gasse mit mir auf Streife war, wie kann er dann den Sechs-Nuller erschossen haben? Als einfacher Wachtmeister hat er ja nicht einmal eine Schusswaffe. Keine Dienstwaffe, Wachtmeister haben keine."

„Interessant. Mit wessen Revolver ist er dann aber erschossen worden?"

„Mit einer illegalen Knarre aus einheimischer Produktion. Die war auf dem Revier eingegangen."

„Aus der Asservatenkammer?"

„Nein! Wenn sie aus der Asservatenkammer wäre, hätte man uns das nicht nachgewiesen? Es war eine neue Pistole, die Art, die sie jemand schicken, der für die den Job erledigen soll. Für Politiker ist sowas eine leichte Sache. Auch ein Gangster muss seine Grenzen kennen. Dalchand war auch in Zivil."

Grover wiegte den Kopf. Solche Geschichten hatte er zu Dutzenden gehört und in den meisten Fällen gedacht, wie unterschiedlich ein und dieselbe Geschichte doch sein kann.

„Sie sind also dorthin gekommen, um Dalchand zu retten."

„Das war mein einziger Fehler. Ich habe das im Affekt getan. Später wurde mir klar, dass, wenn wir es nur richtig geplant hätten, Dalchands Erzählung anders hätte aussehen müssen. Der Leiter des Reviers war an dem Tag bei einer Gerichtsverhandlung. Er hat gesagt, Dalchand sei bei ihm gewesen. Nachdem er geschossen hatte, ist Dalchand tatsächlich direkt zum Gericht gegangen und hat sich dort die Uniform angezogen. Er trat an dem Tag zusammen mit dem Chef vor Gericht auf, hat die Akte mitgebracht. Der Protokollführer hat ihn gesehen. Der Staatsanwalt hat ihn gesehen. Und ich stehe als Lügner da. Unter öffentlichem Druck findet in solchen Fällen eine Untersuchung statt. Sonst wäre die ganze Angelegenheit ohne weiteres beigelegt worden. Den Vorfall, also den Mord am Sechs-Nuller, habe ich selbst erfasst. Die Waffe habe ich aber nicht gefunden. Die ist an den Ort zurückgegangen, von wo sie gekommen war. Vermutlich haben sie auch den Lauf ausgewechselt. Schluss mit Beweisen. Auf Revierebene ist so etwas sehr schwierig zu bewerkstelligen. Da waren garantiert Leute von oben beteiligt."

„Hmm." Grover verstand jetzt die ganze Angelegenheit. Wenn der Ziegenbock aus eigenem Antrieb zum Opferplatz ging, wären die Verantwortlichen ja verrückt, wenn sie ihn daran hindern wollten, sein Blut zu vergießen. Der Vorfall wurde untersucht. Es stellte sich heraus, dass selbst der Revierleiter seinen eigenen Mitarbeiter verdächtigte, den Mord begangen zu haben. Der Mitarbeiter hatte die Unterlagen gefälscht. Solch ein Mann war gefährlich, er konnte noch sonst etwas anstellen, gegen ihn mussten interne Ermittlungen angestellt werden. Und so geschah es.

Grover blickte auf die Kopien. In der Anwesenheitsliste hatte Adhirath zwischen zwei Namen in winzigen Buchstaben seinen Namen gequetscht und damit seine Anwesenheit in der Dienststelle bestätigt. Unter der Nummer Vier. Die Zahl Vier war zu einer Fünf gemacht worden, das war klar zu erkennen. Auch die nachfolgenden Zahlen waren entsprechend korrigiert worden. Auf der Rückseite war bis Acht durchnummeriert, das war so verändert worden, dass es jetzt bis Neun ging. Auf der Folgeseite fing es wieder mit Neun an. Man konnte es als Versehen beim Durchnummerieren betrachten. An der Neun und an den Zahlen, die darauf folgten, war nichts manipuliert worden, nichts war darübergeschrieben worden.

„Waren Sie das, der die Zahlen über die ursprünglichen Zahlen geschrieben hat? Der aus der Fünf eine Sechs, aus der Sechs eine Sieben gemacht hat, waren Sie das?"

Adhirath nickte. Im Tagebuch gab es im Gegensatz zur Anwesenheitsliste keine Korrekturen oder Überschreibungen, aber es enthielt einen kurzen Vermerk von ihm, dass sie auf Streife gingen. In der Spalte mit der Uhrzeit gab es etwas Merkwürdiges. Der Vorgesetzte hatte als Zeit für seine eigene Tätigkeit 12.35 Uhr eingetragen. Darunter hatte Adhirath für sich eingetragen: 12.10. Als Uhrzeit für seine Rückkehr stand da 14.37, aber das war nach mehreren Einträgen anderer Tätigkeiten.

„Es gibt eine Menge, was gegen Sie spricht", sagte Grover. Adhirath sank der Mut. Neu war das ja gerade nicht. Der Anwalt sollte ihm lieber einen Weg zeigen, wie er da herauskam.

„Wenn Sie meine Meinung wissen wollen: Sagen Sie, Sie waren in Urlaub. Sie wüssten nicht, wer da ihren Namen eingesetzt hat. Dass Sie sich freigenommen hatten, ist ja offiziell vermerkt, der Antrag samt Genehmigung der Beurlaubung."

„Ich habe den Urlaubsantrag aus der Akte herausgenommen."

„Wieso das denn?"

„Um nachzuweisen, dass ich nur drei Tage weg war. An dem Tag bin ich zum Dienst gegangen."

„Das konnten Sie doch auch, ohne den Antrag herauszunehmen. Sie konnten zeigen, dass Sie früher wieder zurück waren."

„Das würde doch erst recht den Verdacht untermauern, dass ich absichtlich zugunsten von Dalchand Beweise produziert habe."

Grover sah Adhirath verwundert an.

„Na gut, macht nichts. Wir bekommen den Antrag schon wieder hinein."

„Die Akten wurden gleich am nächsten Tag beschlagnahmt, Sir. Ich habe den Urlaubsantrag zerrissen und weggeworfen."

„Sagen Sie mir eins: Wieso haben Sie das getan?"

„Sir, es ist unsere Pflicht, unsere Untergebenen zu schützen. Ich dachte, Dalchand wäre mit ihm in Streit geraten, und er hätte ihn im Zorn umgebracht. Ich habe gar nicht daran gedacht, dass das alles geplant sein könnte. War mein Fehler, Sir."

„Jetzt gibt es nur eine Möglichkeit. Sagen Sie, es wäre nicht Ihre Handschrift. Lassen Sie das untersuchen. Dabei vergeht weiter Zeit. Ein graphologisches Gutachten wird angefordert, es wird in der Gerichtsverhandlung gegen Sie vorgelegt werden. Sagen Sie, Sie waren zu Hause, haben Ihre Frau gepflegt."

„Dalchand wird nicht zu meinen Gunsten aussagen ..."

„Er wird sich bei dem, was er sagt, an den Plan halten. Was soll er auch machen? Als Zeuge gegen Sie wird er doch nicht auftreten? Er wird sagen, er weiß nicht, wer was in die Anwesenheitsliste geschrieben hat."

Es war genau das, was Puschpa gesagt hatte. Diejenige, die gratis ihre Meinung gesagt hatte, war danach beschimpft worden. Für dasselbe Urteil, das er von seiner Frau geringgeschätzt hatte, hatte er diesem Mann 25.000 Rupien gegeben. Adhirath fühlte sich wie betrogen, als er das Zimmer des Anwalts verließ.

9

Es war schon nach halb eins. Er hatte Bharat auf dem Markt getroffen. Am Ausschank.

„Ich sollte lieber nicht dorthin gehen“, sagte er, während er eine halbe Flasche Rum in der Tasche verschwinden ließ.

„Das Bier, erstens ist es sehr teuer geworden, zweitens macht es einen nicht richtig berauscht.“

„War er da?“

„Scheint so. Das Auto war nicht da. Chetilal war gestern Abend wieder bei mir. Er will die Stelle aufgeben. Hat nachts auch nicht auf dem Gutshof geschlafen, sondern ist zu Nachattar gegangen. Praduman habe ich gerade gesehen, er war auf dem Grundstück. Vor einer Stunde.“

„Der ist nicht dahin gekommen, er war die ganze Zeit dort! Muss er eigentlich gar nicht arbeiten?“ Adhirath sagte es vor allem zu sich selbst. Er setzte Bharat ein Stück weit hinter der Bahnstation ab. Das Tor des Gutshofs stand halb offen. Er stieß es mit dem Fuß auf, schob das Motorrad hinein und stellte es ab.

Auch das Gutshaus war heute unverschlossen. Beim Hineingehen blieb er stehen, erstaunt über die Schlichtheit der Ausstattung. Kein schweres handgeschnitztes Mobiliar. Alles schien aus rohem Holz zu sein, nicht einmal lackiert war es. Der Tisch war eine große unregelmäßige Steinplatte, die über zwei krummen Baumstämmen als Fuß lag. Adhirath dachte zuerst, dass Blätter auf dem Tisch lagen, aber im nächsten Moment erkannte er seinen Irrtum. Die Tischplatte bestand aus einem besonderen Stein. Kein Marmor. Vielmehr waren in den Stein an verschiedenen Stellen Blattskelette eingeschlossen. Überhaupt, das war kein Wohnzimmer, das war ein Museum solcher Steine. Steine waren auch im Boden eingelassen, und an den Wänden gab es ebenfalls einige.

„Das sind Fossilien“, hörte er jemand sagen. In der Tür am Ende des

Wohnzimmers stand Praduman, im Gesicht ein spöttisches Lächeln über Adhiraths Unkenntnis. „Fossilien, kennen Sie ja wohl."

Fossilien. Reste von Leben, eingeschlossen in die Oberfläche von Steinen. Sarojs Geschmack hatte sich allem hier aufgeprägt. Er äußerte sich in dem Vorratskorb aus Metalldrähten, in dem kupfernen Wasserkrug, im Messinggefäß, in den Bronzestatuen und mehr als alles andere in diesen schmucklosen Wänden, die nirgends nach Zement aussahen und die auch nicht vollkommen glatt waren. Rau waren sie wie die unverputzten Wände einer Hütte. Alle möglichen Dinge standen herum, und doch wirkte es aus irgendeinem Grund nicht unordentlich.

„Aus dem Dorf sind Sie nicht", sagte Praduman.

In Adhirath erwachte mit einem Mal seine Autorität.

„Die Fragen stelle hier ich, verstanden! Bist du Praduman?" Erschrocken über seinen Ton nickte der Mann.

„Setz dich!" ordnete Adhirath an und nahm selbst auf einer Bank Platz, die die Form einer Vina hatte.

„Also, du hast geglaubt, du wirst nicht geschnappt, ja? Du hast sie umgebracht. Warum hast du es getan?"

Praduman schwieg eine Weile. Er sah Adhirath an. „Wer sind Sie? Sind Sie von der Polizei?"

„Du sollst keine Fragen stellen, verdammt. Ich hau dir gleich eine rein", sagte Adhirath. „Du hast einen Anruf von Leuten aus Jhandapur erhalten. Stimmt's?"

„Sahib, ich habe nichts getan. Da will mir einer was anhängen ..."

„Hast du das Geld gebracht?"

„Was für Geld?"

„Zehntausend Rupien! Hast du sie? Du solltest sie doch bringen?"

„Hier sind sie. Bitte sehr, Sahib, nehmen Sie sie. Hat er Sie geschickt? Inspektor Nitesch? Dort hätte ich sie hingebracht."

Adhirath sagte: „Du Dreckskerl, antworte auf das, was ich frage! War der Wagen in der Mordnacht hier? Hattest du ihn unter den Vier Säulen abgestellt?"

Praduman war kräftig gebaut. Breite Brust, Arme, die auf harte körperliche Arbeit schließen ließen. Er trug nicht seine Chauffeuruniform, sondern ein blaues T-Shirt und eine schwarze Hose.

„Für Zehntausend soll dich der Inspektor laufen lassen, wie? Und das auch noch bei Verdacht auf Mord? Los, spuck aus, was du zu sagen hast!"

Praduman spuckte alles aus. Seit zehn Jahren arbeitete er als Fahrer für Udayraj und Saroj. Anfangs hatte er immer Saroj hergefahren. Drei-, viermal pro Woche hatten sie die Runde gemacht. Nicht nur hierher, er hatte sie auch nach Agra, Shivpuri und sonst wohin gebracht. Jeden einzelnen Stein hatte die Chefin eigenhändig ausgewählt. Dadurch, dass er immer mit ihr unterwegs war, hatte er selbst auch einen Sinn für gutes Essen und schöne Kleidung entwickelt. Was für Gemüse er von hier gegessen hatte! Zufällig hatte er eines Tages auf dem Markt Basanti getroffen. Er war Milch kaufen gefahren, hatte sie ein Stück mitgenommen.

„Sie wohnte doch in Amirpur", sagte Adhirath.

„Genau, dort habe ich sie abgesetzt." Basantis wirklicher Name war Suryabala, das hatten die Polizisten ihm gesagt. Sie selbst hatte sich als Basanti vorgestellt. Wenn er Kontakt zu den Dorfleuten gehabt hätte, hätte er sicher viel früher von ihr gehört, von diesem Flittchen. In ihr Haar hatte sie als Schmuck zusätzliche Zöpfe aus Wollfäden eingeflochten. Später hörte sie damit auf und trug keine Zöpfe mehr. Fing an, sich alle möglichen Knoten ins Haar zu machen. Im Winter ließ sie es offen. Mal war es glatt, mal wellig. Als er sie traf, hatte sie sich Locken hineingedreht, und es breitete sich über ihren Kopf aus wie eine Wolke. Praduman hatte sie für eine Auswärtige gehalten. Für jemand aus der Stadt. Möglicherweise besaß sie hier irgendwo einen Hof, hatte er gedacht. Als er sie das erste Mal sah, war sie dabei gewesen, sich Samosas zu kaufen. Er sagte Hallo. Als sie gehen wollte, bot er ihr an, sie im Auto mitzunehmen, denn ein anderer Wagen war nirgends zu sehen. Er hatte gedacht, sie sei von ihrem Hof gekommen, hätte einen Spaziergang gemacht, um sich Samosas zu holen. Als sie dann im Wagen den Mund aufmachte, wurde schnell klar, dass sie vom Dorf war. Auch nicht vornehmer als er selbst. Sie hatte sich nach vorn auf den Beifahrersitz gesetzt. Jemand, der einen eigenen Wagen besaß, würde sich doch nur dann nach vorne zum Fahrer setzen, wenn der Rücksitz besetzt war. In einem leeren Wagen würde er sich unweigerlich nach hinten setzen. Sie hatte nicht mal das gewusst. Aber schön war sie, sehr schön! Praduman ließ sich ihre Telefonnummer geben. Er erfuhr, dass sie nur ab und zu ins Dorf kam, wohnen tat sie in einem Zimmer bei Chattarpur. Die Betreiberin des Schönheitssalons hatte eine Art Abstellraum, sie erlaubte ihr, dort zu schlafen. Wer würde auf dem Dorf oder in einer Kleinstadt auch ein Zimmer an eine alleinstehende unverheiratete Frau vermieten?

Schon eine Woche später hatte er sie zum Gutshaus gebracht. Danach hatte er sie immer mitgebracht, wenn er hier zu tun hatte. Sie ernteten Gemüse, und sie benutzten die zwei Schlafzimmer im Haus. Praduman verdiente gut. Er brachte dem Mädchen Sachen mit. Sie kam im Auto her und fuhr ebenso luxuriös wieder fort. Aber sie wollte mehr. Mehr Geld. Kleider. Schmuck. Lippenstift. Jede Menge teure Dinge. Sogar die Unterwäsche sollte teuer sein.

„Sahib, sagen Sie doch, sind Sie bei der Polizei oder ... Wer sind Sie?“

Adhirath betrachtete ihn von Kopf bis Fuß.

„Mach weiter“, befahl er.

„Dann ging es weiter mit unseren Treffen. Ich hatte einen Schlüssel zum Gutshaus. War ja für alles dort zuständig, musste dafür sorgen, dass es sauber gehalten wurde, und die Wände, da ist sowohl Kuhmist als auch Zement drin, ich musste mich darum kümmern, dass sie richtig verputzt wurden. Die sind in Delhi, Taimoor Nagar, die Ecke, Rajastanis sind das. Die kennen sich damit aus. Ich musste sie herbringen und ihnen die Arbeiten zuweisen.“

„Es gab doch auch einen Verwalter.“

„Der Form nach, Sahib, nur der Form nach. Samen waren vom Indira-Markt zu holen, wer hat die geholt? Praduman. Der Rohrbrunnen musste gewartet werden, wer hat dafür gesorgt? Praduman. Ein volles Jahr lang war ich der Einzige, der herkam. Das Gemüse, das Obst, alles habe ich ausgefahren. Der Verwalter hat nur danach gesehen, wann ein Traktor gebraucht wurde und wann die Zeit für die Aussaat war. Zur Erntezeit müssen immer auch zusätzliche Arbeitskräfte angestellt werden. Er ist nur gekommen, um zu sehen, ob alles in Ordnung ist.“

„Du hast also damit angefangen, das Leben ordentlich zu genießen?“

„Genießen, wie denn, Sahib? Wenn ich kam, hatte ich manchmal auch sie dabei. Der Chef, Udayraj, der hatte null Interesse an dem Landgut. Er ging zur Fabrik, ging shoppen, ging in seinen Klub. Hier ist der nicht hergekommen. Nur zur Einweihungszeremonie war er hier. Das Gut war das Ding der Chefin. Seins nicht.“ Er schwieg eine Weile.

„Ich weiß nicht, Sahib, wie es kam, eines Nachmittags erschien plötzlich der Chef, Udayraj. Damals arbeitete Nachattar noch hier. Das war ein Schurke, der Kerl. Hat mir kein Wort gesagt. Plötzlich kam der Chef ins Schlafzimmer. Sehen Sie, wir, also wir lagen da, auf dem Bett. Ich dachte, das war's mit dem Job. Aber wegen Basanti habe ich den Job behalten. Am nächsten Tag hat mich der Chef zu sich bestellt und gesagt: Lass sie zum Gutshaus kommen. Na, und danach fingen Udayrajs Besuche auf dem Hof an. Die Fabrik stand eh kurz vor der Schließung. Später wurde sie auch zugemacht. Der Chef hat die Schlösser vom Gutshaus auswechseln lassen. Das wurde dann der Treffpunkt für die. Einmal habe ich sie zum Chef nach Hause gebracht. Sie wollte unbedingt, dass ich ihr das Haus zeige. Ich habe der Chefin gesagt, dass sie einen Lehrgang für Schönheitsbehandlung gemacht hat, ob sie Arbeit für sie hätte. Habe angegeben, sie wäre eine Verwandte von mir. Sie wollte sie aber nicht. Ein paarmal war Basanti dort, ich hab sie hingefahren. Dem Chef gefiel das aber überhaupt nicht, es hat ihn wütend gemacht. Er hat sie hergebracht und ihr ein paar heruntergehauen. Hat gesagt: Bilde dir bloß nichts ein! Wehe, wenn du noch einmal zu meinem Haus kommst! Mich hat er auch verwarnt: Wenn du sie noch einmal herbringst, werfe ich dich raus!“

Praduman hatte sich immer mit einem dünnen Läufer als Unterlage hinten auf Chetilals Charpai gelegt, während das Mädchen mit dem Chef hineinging. Dass Udayraj mit ihr war, störte ihn nicht. Seine Arbeit war prima, die Bezahlung gut. Einer von den drei schicken Wagen, die sie besaßen, stand ihm zur Verfügung. Und das Mädchen, nun gut, es war schließlich nicht seine Frau. Außerdem kam Udayraj ja nicht jeden Tag. Die übrigen Tage stand sie ihm zur Verfügung. Der Chef wusste das, sagte aber nie etwas. Nach einer Weile fing sie jedoch an, sich wer weiß was anzumaßen und Praduman als Bediensteten zu betrachten. Im Wagen setzte sie sich jetzt nach hinten. Trug eine Sonnenbrille wie eine Lady, sogar im Haus, wenn sie mit Praduman sprach. Udayraj hatte ihr allerdings nicht seine Telefonnummer gegeben. Wenn sie ihn anrufen wollte, konnte sie das nur über Pradumans Handy. Einmal hatte Praduman ihr am Telefon gesagt, der Chef hätte nach ihr verlangt. Er hatte sie hergebracht, auf dem Rücksitz wie gewohnt. Aber der Chef war nicht dagewesen. Praduman hatte sie für sich selbst geholt. An dem Tag hatte es schlimmen Streit gegeben. Sie hatte gesagt, er sollte sie nie wieder betrügen. Sie würde nur noch ins Auto steigen, wenn der Chef darin wäre. Verflucht, er hatte sie nicht schlecht verprügelt. Seit dem Tag hatte er eine Wut auf sie. Hätte der Schnepfe am liebsten alle Knochen gebrochen.

Sie hatte allen Ernstes geglaubt, Udayraj würde sie heiraten. Dämliches Mädchen. Genau deshalb hatte er sie zwei- oder dreimal nach Prit Vihar gebracht. Um sie von ihrem hohen Ross herunterzubringen. Niemand dort hielt es für nötig, auch nur ein Wort an sie zu richten. Auf der Rückfahrt hatte sie einmal gemeint: „Was für eine hässliche schwarze Frau sich an den gehängt hat. Die verlässt er bestimmt bald!“ Am nächsten Tag hatte Praduman dem Chef berichtet, was sie gesagt hatte. Mit Pradumans Handy rief Udayraj sie an und drohte, wenn sie sich noch einmal in der Nähe des Hauses zeigte, würde er sie seinen sämtlichen Freunden servieren.

„Servieren, genau dieses Wort hat er gebraucht. Bei uns kommen keine Prostituierten ins Haus. Ja, das hat der Chef gesagt. Ich habe es genau gehört.“

Danach war sie vor Praduman in bittere Tränen ausgebrochen. Sie sann auf Rache. Sie fing auch wieder an, ihn zu befriedigen. Praduman ging zu ihr in ihr Zimmer, denn er besaß jetzt keinen Schlüssel mehr zum Gutshaus. Ein paar Tage später stahl sie selbst den Schlüssel für ihn, und er ließ sich eine Kopie machen. „In der Nacht waren die beiden hier, währenddessen habe ich mir drüben in einem Laden den Nachschlüssel machen lassen.“

Als sie schwanger wurde, hatte Praduman sie selbst darauf gebracht, jetzt sei die Gelegenheit, etwas herauszuschlagen. Er hatte zu Basanti gesagt, wenn sie Geld bekämen, würde er sie heiraten und mit ihr irgendwo anders hinziehen. Sie hofften auf eine ordentliche Summe, zwei, drei Millionen vielleicht. Basanti wollte aber noch höher hinaus. Wenn das Kind von Udayraj war, müsse es am Erbe beteiligt werden. Sie hatte im Schönheitssalon etwas in der Richtung gehört, ein Kind habe ein gesetzliches Recht, den zu beerben, der es gezeugt hatte.

„Stimmt das, Sahib?"

„Bleib du bei deiner Erzählung!" Adhirath duldete keine Ablenkung.

Dass das Kind von Udayraj war, dafür gab es keinen Beweis, denn Praduman war ja auch wieder ihr Liebhaber geworden. Udayraj aber war um seinen guten Ruf besorgt. Es konnte auch Pradumans Kind sein, sicher war das jedoch ebenfalls nicht. Ein Kind von einem anderen und so eine Frau wollte Praduman keineswegs auf dem Hals haben. Was er vorhatte, sah daher etwas anders aus. Sobald das Geld da war, wollte er Basanti aus dem Weg räumen. Würde es wie einen Unfall aussehen lassen. Aber dann war Udayraj ihm zuvorgekommen. Er hatte von sich aus gesagt, er sollte sie ihm vom Hals schaffen. Sie hatte ihm einen Diamantknopf gestohlen, hatte ihm der Chef gesagt. Nachdem Udayraj diesen Wunsch geäußert hatte, hatte Praduman seinen ursprünglichen Plan fallenlassen. Stattdessen hatte er für seine Dienste als Killer 500.000 Rupien verlangt.

Udayraj hatte ihm nur 200.000 gegeben. Nach getaner Arbeit sollte er weitere 200.000 bekommen. Praduman plante, Basanti im Gutshaus umzubringen und bei der Leiche irgendetwas von Udayraj zu hinterlassen, um den Verdacht auf ihn zu lenken. Aber auch dieser Plan wurde nie verwirklicht.

„An dem Tag, in der Holi-Nacht, hat er nach dem Mädchen geschickt. Er ist selbst hergekommen. Ich war nicht da. Der Mann, den die Leute gesehen haben, das war er."

Adhirath stand auf und stellte sich an den Stuhl, auf dem Praduman saß. Während er sich auf beide Armlehnen gestützt vorbeugte, sagte er: „Hast du mal überlegt, wie groß du bist? Udayraj ist zwei Handbreit größer als du. Und die sollen dich mit ihm verwechselt haben?"

In diesem Moment läutete Adhiraths Telefon. Er nahm es heraus, blieb dabei über Praduman gebeugt. Der Fahrer konnte leicht Niteschs Namen auf dem Display aufleuchten sehen. Adhirath sagte Hallo und hörte dann zu. Nitesch wollte wissen, ob er mit dem Anwalt gesprochen hatte. Adhirath sagte: „Ja, Kumpel. Läuft."

Nitesch wollte Genaueres wissen, fragte, ob der Anwalt irgendetwas zu seinen Gunsten herausgeholt hatte.

„Wir sind noch am Sammeln von Beweisen. Ansonsten ist die Sache klar. Okay, Kumpel, ich sag dir später mehr." Er fügte abschließend hinzu: „Steckt eine Menge Geld in der Sache. Er hat auch genug eingesackt, sollen wir ihn das etwa einfach so verbrauchen lassen?" Er stellte das Telefon aus und steckte es in die Tasche, sah Praduman an: „Auf, wir gehen auf die Wache, da kannst du den Rest erzählen."

Praduman machte große Augen. Er wirkte verängstigt. „Sahib, es ist die Wahrheit, wirklich, Sahib ..."

„Und der, den der Ortsvorsteher gesehen hat, war wohl einer, der genauso aussah wie du, ja? Und was ist mit dem, he, dem früheren Dorfratsvorsitzenden? Der lügt wohl, was?"

Plötzlich rutschte Praduman vom Stuhl. Dass ein so stämmiger Mann mit einem Mal das Rückgrat verlor, hatte Adhirath während seiner Dienstzeit mehrmals erlebt. Dennoch verschaffte es ihm immer wieder Genugtuung, das anzusehen. Die Bestätigung seiner Macht und seiner Autorität machte die vielen Leiden des Dienstes wett.

„Er war da, Sahib, wirklich. Ich hatte das Mädchen hergebracht und mich hinten in Chetilals Zimmer schlafen gelegt. Und da ist der Ortsvorsteher aufgetaucht."

„Warum hast du den Wagen nicht hergebracht?"

„Sahib ... der Chef, Udayraj, hat mir das befohlen."

„Sag die Wahrheit. Du bist von Hauz Khas abgefahren, und dann ...?"

Praduman sagte, irgendwann während des Tages hatte er Basanti angerufen. Er hatte gesagt, sie sollte zum Gutshof kommen. Sie hatte ein Getue gemacht. Hatte gesagt, es sei Holi, er solle sie hinbringen. Meistens, wenn er zusammen mit dem Chef kam, holte er sie an dem Schönheitssalon ab. An dem Tag war der Salon aber geschlossen. Er hatte in Udayrajs eigenem Wagen den Onkel nach Hause gebracht, danach war er direkt hergekommen.

„Ich habe sie im Zentrum aufgesammelt. Als wir dann hier waren, habe ich behauptet, der Wagen ist defekt. Ich bin die Böschung hinuntergefahren und habe ihn dort zwischen den Bäumen abgestellt. Zu ihr habe ich gesagt, steig aus, ich fahre weiter. Wenn ich irgendeinen Laden finde, der offen hat, komme ich zurück. Wenn nicht, muss ich weiterfahren. Bleib du hier. Es ist Holi, ich will nicht, dass die Dorfleute dir was tun. Sie hat das so akzeptiert. Die Dorfleute haben ihr immer das Leben schwer gemacht. Fünfzehn Minuten später war ich auch hier. Es ist ja nur etwas mehr als ein Kilometer Entfernung. Chetilal war nicht da. Jedenfalls, sie ist erst kurz dagewesen, da kam der Ortsvorsteher. Der frühere Dorfratsvorsitzende war auch dabei. Sie hatten das Licht im Haus bemerkt. Der Wagen war nicht da, sonst hätten sie nie gewagt, hereinzukommen."

„Und dann?"

Praduman redete nicht weiter. Dann stand er auf: „Ich gehe Wasser holen."

Sofort packte Adhirath ihn am Arm und stieß ihn gegen die Wand. „Du gehst, wenn ich es sage. Also was war dann?"

„Was sollte ich denn machen, Sahib? Ich habe nichts Unrechtes getan. Die beiden haben vor mir ... ich bin weggegangen, hab das Zimmer verlassen. Hab Geschrei gehört, aber anscheinend haben die ihr den Mund zugehalten. Eine halbe Stunde waren die beiden mit ihr zugange. Vielleicht auch länger. Dann sind sie weggegangen."

„Und du bist ein Heiliger, ja? Drei Leute haben Beweise gegen dich."

„Ich gebe es ja zu, Sahib, als wir angekommen sind, habe zuerst ich sie rangenommen. Die Schlampe hat sich angestellt. Dachte immer, sie wäre was Besseres, seit sie Udayraj zwischen den Beinen hatte. Einmal hat sie zu dem Verwalter gesagt: Ich werde hier die Chefin. Das ist so, Sahib, wenn die Frauen einen Mann haben, dann werden sie süchtig nach dem, die lassen nicht mehr ab von ihm. Sie hatte sich in ihn verguckt. Mit mir war sie gegen ihren Willen, das habe ich gemerkt, sie hat mich nicht mehr richtig befriedigt. Das hat mich gewurmt. An dem Tag auch, gleich als wir angekommen sind, hat sie gesagt: Ich habe keine Lust mehr auf das schäbige Zimmer da, lass nur erst das Kind zur Welt kommen, dann bleibe ich hier, oder er soll hier irgendwo ein Stück Land für mich kaufen! Und du kannst mich ab und zu herumfahren. Ich hab sie aufs Bett geworfen. Hab ihr gezeigt, was in mir steckt. Als wir fertig waren, standen da der Ortsvorsteher und dieser Dorfratsvorsitzende in der Tür. Die haben sich gratis amüsiert."

Adhiraths Hand schoss wie von selbst zu Pradumans Wange und verpasste ihm eine saftige Ohrfeige. Der Fahrer war stark, wenn er gewollt hätte, hätte er ihm den Arm brechen können. Aber in diesem Moment war Adhirath ihm überlegen, weil Praduman glaubte, er sei ein Polizist in Zivil und autorisiert, ihn zu verhören. Und das war nicht einmal ganz falsch.

„Du sagst, Udayraj war da. Wann ist er denn gekommen?"

„Die beiden waren gerade weg, Sir, gerade eben. Ich wollte rein, da ist die Schlampe herausgekommen. Fing an, wie am Spieß zu schreien. In dem Moment kam Udayraj. Er hat sie an ihrem Dupatta gepackt und daran gezerrt. Ich habe mich aus dem Staub gemacht, Sir."

„Mit welchem Auto bist du gefahren? Mit dem, das du hergefahren hast, oder in dem von Udayraj?"

„Er ist nicht im Auto gekommen. Ich wollte das Tor schließen, da stand er davor. Er sagte: Ich habe gewusst, dass du dir einen Nachschlüssel machen lassen hast, wollte mich nur vergewissern. Ich bin zu Fuß zum Wagen gegangen, Sir, der stand da unter einem Baum. Ich weiß nicht, was geschehen ist, nachdem ich gegangen bin, Sir, das ist die Wahrheit." Praduman saß auf dem Fußboden, bedeckte das Gesicht mit den Händen und war drauf und dran zu weinen.

„Jetzt hör mir mal zu", sagte Adhirath, das Gesicht nah an das von Praduman, „weißt du, warum ich dich nicht auf der Wache verhöre? Ich will Geld von dir. Hast du verstanden?" Praduman nickte. „Wir wissen, dass du sie erstochen hast. Wenn du die Wahrheit sagst, dann verrate ich dir auch, wie du da rauskommst. Wir wissen genau, dass du all die Tage hier warst. An dem Tag hat Chetilal dich gesehen, und ich auch. Ich habe nichts gesagt, aber du warst da, hinter den Bäumen, oder? Also heraus jetzt mit der Sprache, wieviel hast du von Udayraj bekommen, und warum hast du sie erstochen? Du sagst, Udayraj hat sie gewürgt. Aber niedergestochen hat er sie nicht, soviel ist sicher. Jetzt spuck's aus, das ist deine einzige Chance."

„Aber ich habe doch gesagt, Sahib ... Sie sind doch von der Polizei ..."

„Wirst du reden, oder sollen wir aufs Revier?"

„Sahib! Als der Ortsvorsteher und der Dorfratsvorsitzende aufgetaucht sind, habe ich den geplanten Mord verschoben. Das waren zwei Zeugen, dass wir da waren. Als die beiden fertig waren, wollte ich mit ihr zurückfahren. Aber in dem Moment kam Udayraj. Basanti kam nach draußen gerannt, sie kreischte: Ich bin keine Hure. Udayraj war stinksauer. Er hatte wahrscheinlich noch mitbekommen, dass zwei Personen von hier weggegangen sind. Zwei Männer aus dem Dorf, und das auf seinem vornehmen Landgut, bei der Frau, die er sich als Geliebte hielt! Ob er darüber wütend war oder darüber, dass ich mir den Schlüssel nachmachen lassen habe, keine Ahnung. Er hat mich angeschnauzt: Du Mistkerl, hast du hier einen Puff aufgemacht? Währenddessen schrie Basanti weiter: Ich sag es allen, den beiden mach ich das Leben zur Hölle, und was weiß ich noch alles. Um sie zum Schweigen zu bringen, packte Udayraj ihren Schal an beiden Enden und zog daran, würgte sie, stark. Es gab ein kleines Handgemenge, hier am Fenster. Sie ist weggelaufen, kam bis zu den Bäumen. Da ist sie hingefallen. Kann sein, dass sie noch nicht tot war, nur bewusstlos."

Bei dem Gerangel war wohl der Dupatta gerissen und das Ende mit der Borte zu Boden gefallen. Und dabei mochte sich auch der Knopf gelöst haben. Aber der Knopf war doch schon vorher gestohlen worden. Wenn er im Besitz von Basanti war, wo befand er sich? Sie war sicher nicht mit ihrer Handtasche hinausgelaufen. Dieses Rätsel konnte er noch nicht lösen, aber wie dem auch war, Udayraj hatte sie gewürgt. Und danach hatte wahrscheinlich Praduman sie erstochen.

„Du warst es doch, der sie erstochen hat?"

Praduman schwieg.

„Sag schon, wo war das Messer?"

„Das Messer, das lag da neben dem Jäteisen. So eine Art großes Küchenmesser. Unter dem Erkerfenster, das Fenster, über dem das Dach so etwas hervorragt, darunter haben sie immer Jäteisen, Sicheln und solche Gerätschaften abgelegt. Dabei war auch ein ziemlich langes Messer, zum Ausweiden von Wild und zum Abhäuten", erklärte Praduman. „Der Chef war wahnsinnig wütend, hat gebrüllt: Schneid der Fotze das Balg raus und wirf es weg! Hier stand er, hat zugesehen."

Adhirath verfiel in Schweigen. Er hatte nicht mehr die Kraft, weitere Fragen zu stellen. Was er von seiner Frau hatte, war sein Sohn, aber was sich im Bauch dieser Frau befand, war „das Balg". Auch wenn es von ihm selbst gezeugt war, wurde der Wert der Frucht vom Wert des Mutterleibs bestimmt. Wie konnte die Verachtung für den Mutterleib zu Verachtung für den eigenen Nachwuchs werden? Das eigene Vergnügen, die eigene Lust, alles war rechtmäßig, aber die Frau war es nicht. Was sie gewollt hatte, war Unrecht, und das Kind, das sie zur Welt brachte, war unerwünscht. Und zwar deshalb, weil der Erzeuger für seine Geliebte Verachtung empfand.

Praduman erzählte weiter, dass Udayraj selbst im Gutshaus das Laken abgezogen und das Bett frisch bezogen hatte. Das abgezogene Laken hatte er Praduman an den Kopf geworfen und war gegangen. Praduman hatte noch ein paar Sachen von sich im Gutshaus gehabt. Er hatte die Kleidung gewechselt und das Messer und die alten Kleider zu einem Bündel zusammengeschnürt. Vorher hatte er Basantis Handtasche durchsucht, ob der Diamantknopf darin war. War er aber nicht.

„Der Diamantknopf?" fragte Adhirath.

„Der gehörte dem Chef, sie hatte ihn ihm entwendet und hatte ihn in der Handtasche. Aber ich schwöre bei meiner Mutter, Sahib, ich habe ihn nicht gefunden."

Er hatte aus der Tasche das Geld genommen und die Tasche selbst mit in das Bündel gesteckt. Inzwischen war er ziemlich nervös geworden. An seinen Plan, ein Kleidungsstück oder etwas anderes von Udayraj bei der Leiche abzulegen, hatte er nicht mehr gedacht. Oder er war nicht dazu gekommen, es zu tun. Erst spät, gegen Mitternacht, hatte er das Haus verlassen. Danach hatte er eine ganze Weile unter den Bäumen gesessen. Bis er den Wagen startete, war es vielleicht schon nach zwei, selbst die Hunde schliefen schon.

„An der Straße ist doch der Graben, da, wo man von Jhandapur aus nach Chattarpur abbiegen muss. Mit einer kleinen Brücke darüber. Da habe ich das Bündel hineingeworfen."

„Und die Schuhe?"

„Schuhe?"

„Kommst du barfuß her oder was? Sind da keine Blutflecken dran, an den Schuhen?"

„Die Schuhe hatte ich ausgezogen, Sahib. Als der Ortsvorsteher kam, bin ich schnell barfuß hinausgegangen. Sie verstehen ... Die Hose habe ich auch erst draußen ... erst danach wieder richtig angezogen, beim Rausgehen ..."

Adhirath brach der Schweiß aus. Hatten diese Dorfleute solch eine Macht? Einfach so ins Haus eines derart reichen Mannes einzudringen und sich da aufzuführen, als wäre es ihres? Wohin hätte das Mädchen fliehen können? Sie hatte nichts und niemand, worauf sie sich verlassen konnte, außer den eigenen Verstand, und was sie verdiente, tat sie mit ihrem Körper und mit ihrer Klugheit. Dieser Kerl, Millionen Rupien sollte man aus dem herauspressen. Udayraj hatte sie als bloßes Mittel zur Befriedigung seiner Lust gesehen. Er hatte damit gedroht, sie an seine Freunde weiterzugeben, sie ihnen „zu servieren". Nur um ein paar Hunderttausend Rupien zu sparen. Dem Anwalt gab er wahrscheinlich Millionen, und im Klub verprasste er bedenkenlos Geld, aber eine kleine Wohnung für das Mädchen war nicht drin! Aber seine Gier war keine Gier; wenn er sich unmoralisch verhielt, lag darüber der Schleier von Reichtum und großem Haus, von Gewohnheiten und Traditionen, die Leute wie er selbst geschaffen hatten. Und der Mann hier vor ihm? Er hatte ihr nicht zur Seite gestanden und den Ortsvorsteher und den Dorfratsvorsitzenden hinausgeworfen, er hatte sie ihnen ausgeliefert. Wenn dieser kräftige Mann ihnen entgegengetreten wäre, hätten sie vielleicht Reißaus genommen. Vielleicht hatte er sich ja gefürchtet, weil er allein erwischt worden war. Wer weiß, ob sie womöglich das ganze Dorf hergebracht hätten? Dann wäre es ihm wohl übel ergangen. Nein, vermutlich stand gar keine rationale Überlegung dahinter. Zusammen weglaufen konnten sie auch nicht, der Wagen stand zwar nicht weit weg, aber es wäre nicht leicht gewesen zu fliehen. Trotzdem, was bedeutete ihm das Mädchen? Doch nichts als ein Stück Fleisch!

Die einzige Person, die Widerstand geleistet hatte, war das Mädchen. Sie kratzte, biss, wurde verprügelt, schrie, aber da war niemand, der sie hörte. Das Mädchen hatte rebelliert, deshalb musste sie sterben.

„Auf den Füßen mussten doch aber Blutspritzer sein."

„Die habe ich mir hier im Teich gründlich gewaschen."

Ob es in dem Teich, unter den Blättern der blauen Seerosen, noch Blutstropfen von ihr gab? Die darauf warteten, im Labor analysiert zu werden? Die es nicht erwarten konnten, Auskunft über den Mörder zu geben?

„Wie oft wird das Wasser ausgewechselt?"

„Täglich. Wahrscheinlich sind die Weinstöcke damit bewässert worden, die Trauben werden dann besonders gut. Wenn sie hier Wild gegessen haben, haben sie das Blut immer an die Weinstöcke gegossen. Das ist für die sehr gut!"

Adhirath schlug ihm fest mit der Faust auf den Bauch. Praduman krümmte sich zusammen, aber gab keinen Laut von sich. Adhirath hätte ihn am liebsten zu Boden geschmettert und ihn so verprügelt, dass ihm das Rückgrat brach. Aber es war wahr, was Praduman sagte. Sie tranken ihr Blut, sie tränkten den Garten damit, um sich selbst das Leben angenehm zu machen.

Was war sie für diese Leute? Nicht viel anderes als die Trauben, jemand, der ihnen einen Rausch verschaffen konnte, so wie es der Saft des Weinstocks tat. Man konnte sich daran gewöhnen! Süchtig werden nach ihr! Das hatten ja beide gesagt. Ein seltsames Gefühl erwachte in ihm, der Wunsch nach Vergeltung. Ein Gefühl wie Mitleid. Das Mädchen war so allein gewesen, vollkommen allein. Er wollte Praduman am Arm packen, ihn hinten am Motorrad anbinden und losfahren. Er stand auf, drehte zwei Runden durchs Zimmer. Als er sich etwas beruhigt hatte, setzte er sich wieder. Praduman sah ihm zu, wachsam, ängstlich, wie eine Maus, die weiß, dass die Katze wiederkommen und plötzlich angreifen wird, um mit ihrem Leben zu spielen.

„Sag erstmal, wovon hast du dich all die Tage ernährt? Du warst doch hier?“

Praduman gab zu, dass er die ganze Zeit hier gewesen war. Es war einfach gewesen. Er war in der Nacht hergekommen, als alle an der Jagd teilgenommen hatten. Chetilal war nicht dagewesen, aber kaum war er selbst auf dem Grundstück, war Cheti zurückgekehrt. Er hatte ihn gesehen. Auch Adhirath war kurz dagewesen, aber als er mit Chetilal weggefahren war, war es für Praduman noch einfacher gewesen.

Er hatte das Gutshaus aufgeschlossen und war durch die Hintertür hinausgegangen. Dann hatte er an der Vordertür von außen das Schloss angebracht, war hinten zurück ins Haus gegangen und hatte von innen den Riegel vorgelegt. Zum Essen hatte er sich etwas Brot mitgebracht. Als Chetilal in der Nacht weggelaufen war, hatte er Kerzen angezündet und sich etwas gekocht. Gemüse war da, Linsen und Reis sowieso. Einmal hatte er auch ein Kaninchen getötet.

„Wo warst du, als das Gutshaus durchsucht wurde?“, fragte Adhirath.

Praduman zögerte einen Moment. Er schien nahe daran, sich über die Dummheit der Polizei lustig zu machen. Vielleicht hätte er sogar gelacht, wenn Adhirath ihm nicht Angst eingeflößt hätte. Seine Lippen verzogen sich leicht.

„Ich war hier“, sagte er. „Ich habe gehört, wie der Wagen kam, da bin ich weggerannt und habe mich hinten in den Bäumen versteckt.

Dennoch, als sie gesehen hatten, dass die Hintertür unverschlossen war, war da niemand ein Verdacht gekommen? Oder hatte Nitesch es nicht bemerkt? Hatte Udayraj es bemerkt, aber niemand etwas gesagt?

„Wieviel hat Udayraj dir bezahlt? Sag die Wahrheit!“

„Vier, Vierhunderttausend“, stammelte Praduman.

„Und wieviel hast du den Leuten aus Jhandapur gegeben?“

„Bisher Fünfzigtausend“, sagte Praduman. „Sie verlangen mehr, wollen volle 200.000.“

„Letzte Frage. Was hatte Udayraj an?“

„Eine Kurta, eigentlich wohl weiß, sie war mit Farbe beschmiert. Elegante Pajama-Hose. Er hat sich hier umgezogen, danach hatte er ein anderes Oberteil an.“

„Das Geld hier, steck es wieder ein", sagte Adhirath.

„Soll ich mehr geben, Sahib? Ich habe es hier, unter dem Baum habe ich es versteckt."

„Ich rate dir, geh zur Polizei und sag denen alles, dann kannst du mit Strafminderung rechnen. Vor Gericht werden sie dich milde behandeln."

Der Fahrer schwieg.

Praduman hatte wohl den Kopf verloren. Die Dörfler hatten ihm klargemacht, dass er nicht dazugehörte, hatten ihn nicht einmal an Holi am traditionellen Spiel mit Farben teilnehmen lassen. Sie hatten ihn vor die Tür gesetzt und sich an der Frau vergangen. Auf der anderen Seite hatte Udayraj ihm vorgeworfen, das Gutshaus in ein Bordell verwandelt zu haben. Mit seiner Anstellung würde es damit wohl vorbei sein. Aus Wut und Verzweiflung hatte er Basanti erstochen. Seine Kleider mussten blutbefleckt gewesen sein. Udayraj hatte von weitem zugesehen, er hatte wahrscheinlich nichts abbekommen, und wenn, dann hatte er auch Kleider genug.

■

Tagsüber Rum zu trinken war nicht Adhiraths Sache. Aber ein Gläschen mit Bharat musste sein.

„Sag mir eins: Wie kommen die Leute hierher, wenn sie kein Auto haben?"

„Mit dem Zug", sagte Bharat.

„Aber der fährt doch nicht immer."

„Schon. Es gibt den Regionalzug, in dem regelmäßig die Milch transportiert wird. Zwischen sechs und neun Uhr morgens fahren mehrere Züge. Danach fahren sie in großen Abständen, aber sie fahren, bis spät abends. Willst du vom Markt von Jhandapur irgendwohin ein, zwei Kilometer weiter, gibt es Autorikschas. Busse gibt es auch. Die Autorikschas sind schon vor sechs Uhr morgens in Betrieb."

Er konnte also nachts mit dem Zug gekommen sein, das Gesicht hinter einem Tuch versteckt. Aber dass Udayraj sich so viel Mühe gemacht hätte, um herzukommen, war kaum wahrscheinlich.

10

„Wenn mich mal jemand anhören wollte. In all den Jahren hat er nie auf mich gehört. Zumindest jetzt, wo es um das Leben seines Sohnes geht, sollte er mir mal zuhören. Als der Anruf kam, hätte er doch einmal fragen können.“ Schakuntala saß in dem hinteren Zimmer auf dem Bett und zerteilte den Blumenkohl, dabei redete sie unentwegt mit sich selbst.

Daulatram hielt es nicht länger aus. Er blaffte sie an: „Du weißt ja auch alles besser, was? Ich habe es ja gesagt. Dem geht es nicht um deinen Sohn, sondern um seine Nichte.“

„Papa“, sagte Puschpa, während sie die Kleider, die sie zusammengefaltet hatte, zur Seite räumte, „ich habe es meinem Onkel gesagt. Er hat mit dem gesprochen. Aber der sagt, dass viel davon abhängt, was Adhirath bei der Anhörung sagt. Wäre prima, wenn ihr ihm gut zureden könntet, dass er tut, was der Anwalt ihm geraten hat.“

Am Anfang hatte ihre Schwiegermutter immer ein Geschrei veranstaltet, wenn Puschpa vor ihren Schwiegereltern den Namen ihres Mannes aussprach, hatte sämtliche Ahnen aufgezählt und sie ermahnt, von solch ungehörigem Verhalten abzulassen. Man sagte „er“, oder „Vater von Varun“. Adhirath hatte dann klipp und klar gesagt, wenn sie zusammenlebten, dann würden sie nicht nach ihrer Pfeife tanzen. Er könnte auch eine Dienstwohnung bekommen, wie wäre das, die Miete würde eben vom Gehalt abgezogen, kein Problem. Vielleicht war es nur eine leere Drohung, aber seine Eltern hatten nicht den Mut, es auf die Probe zu stellen. Inzwischen waren bestimmte Gewohnheiten etabliert. Nachdem die Schwiegertochter ins Haus gekommen war, hatte Daulatram sogar damit begonnen, etwas Rücksicht auf seine Frau zu nehmen. Gemeinsam bildeten sie eine Front gegen die Schwiegertochter, was Schakuntala ein Stück weit davon entlastete, jederzeit ihrem Gatten zu Willen sein zu müssen. Jetzt vermied Daulatram, ins hintere

Zimmer zu gehen, wenn seine Schwiegertochter dort war. Er schickte vom vorderen Zimmer verbale Giftpfeile nach hinten.

Seit drei Tagen war im Haus von nichts als der Anhörung die Rede. Adhirath hatte weder Puschpa zu seinem Termin mit dem Anwalt mitgenommen, noch seinen Vater, und er hatte danach auch niemand gesagt, wie das Gespräch verlaufen war.

Den Ordner hatte Puschpa für ihn zusammengestellt. Adhirath hatte zu seinem Erstaunen festgestellt, dass sich in seiner Akte auch eine Fotokopie des Tagebuches befand.

„Ich wusste gar nicht mehr, dass ich das nach der Suspendierung hergebracht habe."

„Ich habe mir das besorgt. Du erinnerst dich an Sunita? Sie war mit mir bei der Helpline. Jetzt arbeitet sie auf dem Revier. Sie habe ich gebeten, mir die Kopie zu machen. Dir hätte sie es auch gegeben, wenn du zu ihr gegangen wärst." Adhirath gab keine Antwort.

Aber von drüben ließ Daulatram sich vernehmen: „Na bravo!" Nachdem neulich Puschpa gedroht hatte, mitsamt dem Sohn wegzuziehen, hatte Daulatram seinen Ton etwas gemäßigt. Aber heute hatte Bhikulal angerufen und gesagt, dass Puschpa mit größter Wahrscheinlichkeit befördert wurde. Darauf hatte er sich nicht mehr beherrschen können.

„Was das noch werden soll, weiß Gott. Mein Sohn erweist sich für seine Frau als echter Glücksbringer. Wer weiß, wie sie es geschafft hat, eine Stelle zu bekommen, auf die ein Mann gehört."

„Die Frau hält das Schicksal des Gatten in der Hand", musste auch Schakuntala ihren Senf dazu geben. „Manche sind kaum da, da fangen sie auch schon an, alles Glück hinunterzuschlingen."

„Das stimmt. Die Frauen heutzutage gehen arbeiten, haben eigene Bankkonten und nichts im Kopf außer ihr eigenes Fortkommen. Es ist nicht mehr wie früher. Da war die Frau stolz darauf, wenn der Mann irgendeine Stelle hatte, wenn er etwas geworden war. Genau."

„So ist es", setzte Schakuntala noch eins drauf, „wenn früher einer Doktor war, so wurde seine Frau die Frau Doktor genannt, und die Frau des Inspektors war die Frau Inspektor. Jetzt werden wir noch erleben, dass die Schwiegertochter selbst Polizeiinspektor wird."

Beide sprachen im vorderen Zimmer laut genug, dass Puschpa, die hinten Wäsche zusammenlegte, es hören konnte. Dann hielt draußen eine Autorikscha, und die Gerätschaften der Zeltbauer wurden abgeladen. Schakuntala kam ins hintere Zimmer und machte sich daran, Blumenkohl klein zu schneiden. In diesem Moment kam erneut ein Anruf von Bhikulal, deshalb rief sie nach Daulatram, er sollte mit ihm über Adhirath sprechen.

Jetzt meldete sich auch Puschpa zu Wort. Sie sagte, das sei schon erledigt, und alles hänge jetzt von Adhirath ab. Schakuntala war verstimmt.

„Hat er dir was gesagt, was der Anwalt geraten hat?“ fragte Daulatram.

„Nein“, sagte Puschpa.

„Ach, was wird er der denn sagen? Wegen dieser Unglücksperson lässt er sich die Tage ja kaum noch zu Hause blicken. Wer weiß, wo er sich herumtreibt. Kein freundliches Wort kommt von ihr. Stattdessen Drohungen, ihn zu verlassen. Wer kann es mit so einer aushalten, oder wer würde ihr irgendwas sagen ...“ Schakuntala wedelte mit dem Küchenmesser in Richtung ihrer Schwiegertochter, während sie ihre Meinung kundtat. Sie wurde immer lauter. Plötzlich versetzte Daulatram ihr eine Ohrfeige. In diesem Moment kam von draußen Varun mit seinem Kricketschläger herein und blieb erschrocken an der Tür stehen. Puschpa lief zu ihm, nahm ihn in den Arm und küsste ihn. Unten ging der Lärm weiter. Auch an diesem Abend kam Adhirath spät nach Hause, aber nicht so spät. Seine Mutter lag auf dem Bett, das Gesicht bedeckt. Sein Vater hatte sich im vorderen Zimmer auf dem Sofa ausgestreckt, die Tür stand offen. Puschpa war offenbar oben. Er legte sich das kalte Essen auf einen Teller und ging damit hoch. Puschpa sprach nicht mit ihm.

Bevor sie am nächsten Morgen ins Büro ging, gab Puschpa ihrer Schwiegermutter 200 Rupien. Daulatram saß im Wohnzimmer, als wäre nichts geschehen, aber Schakuntalas Augen waren gerötet, und sie ließ den Kopf hängen. Puschpa legte ihrer Schwiegermutter die Hand auf die Schulter.

„Mama, ich mische mich nicht bei euch beiden ein. Bitte redet ihr auch nicht über mich. Aber ehrlich, besser, als Ohrfeigen einzustecken, wäre es ..." Sie verstummte. Was hatte es auch für einen Sinn, ihr in ihrem Alter den Rat zu geben, sich zu trennen. Die Schwiegermutter schüttelte die Hand der jungen Frau ab. Dieser Trost von ihrer Schwiegertochter hatte etwas Kränkendes, es verletzte ihre Eitelkeit.

Adhirath kam herunter. Daulatram rief: „Mach Tee! Und zwar ordentlichen!"

„Was höre ich da?" fragte Adhirath. „Du hast sie wieder geschlagen?"

„Meiner Frau habe ich ein paar gelangt, na und? Hättest du auch gelernt, ein Mann zu sein, gäbe es hier nicht so ein Getuschel. Droht damit, wegzugehen! Den Mann unterstützen ..."

„Du weißt, dass Varun es gesehen hat. Was meinst du, was das bei ihm auslöst. Dir ist überhaupt niemand recht, hier im Haus, oder? Mama nicht. Puschpa nicht. Und ich bin kein echter Mann. Los, geh doch weg von hier! Wer hält dich zurück?"

„Das hast du ihm ja prima beigebracht!" stichelte im hinteren Zimmer die Mutter und warf Puschpa die 200 Rupien hin. Puschpa hob sie auf, steckte sie in die Tasche ihrer Kurta und verließ das Haus.

„Ihr streitet euch, aber denkt ihr auch mal daran, was mit mir passiert?" Adhirath hatte die Stimme erhoben. Von draußen hörte man das Hupen der Autorikscha. Adhirath stieß die Tür auf und stürmte hinaus. Er riss die Tür der Autorikscha auf, zerrte den Fahrer heraus und versetzte ihm zwei Ohrfeigen. „Verdammter Dreckskerl, musst du hier stehen und hupen. Ist das vielleicht ein Harmonium? Treibst hier im Wohngebiet deine illegalen Geschäfte, und dann machst du auch noch anderen das Leben sauer. Deine Erlaubnis lass ich einkassieren."

Der Fahrer war auch keiner, der sich einfach so einschüchtern ließ. Nicht umsonst lieferte man schließlich jeden Monat Schmiergelder ans Polizeirevier. Jeder in der Umgebung wusste, dass der Inspektor im Haus gegenüber suspendiert war. Solange er im Dienst war, hatte man ihn gegrüßt, sobald er herauskam, manchmal hatte man auch seinen Sohn ein Stück in der Autorikscha spazieren gefahren. Aber jetzt ...

„Mach doch, nur zu! Wollen wir mal sehen! Wag ja nicht, noch mal die Hand gegen mich zu erheben ..."

Statt mit dem Verladen der Gerätschaften vergnügten sich die Arbeiter inzwischen lieber damit, dem Streit zuzuschauen.

Jetzt kam auch die Chefin heraus. „Hey, was ist denn, Mann! Hör mir zu und beruhig dich gefälligst!“ Damit packte sie Adhirath am Arm und lotste ihn zurück ins Haus. Daulatram saß unbewegt auf dem Sofa. Seine Frau kam mit zwei Tassen Tee herbei. Als die Nachbarin ihre geröteten und geschwollenen Augen sah, erkundigte sie sich nach ihrem Befinden, bot an, Essen herüberzuschicken, und empfahl Eukalyptusöl gegen Kopfschmerzen. Adhirath entwand sich ihrem Griff und rannte nach oben. Er musste einfach hier weg. Was hatte er bloß die ganze letzte Woche getan? Wieviel Geld er für Benzin verschwendet hatte. Er hatte keinen Arbeitsplatz. Irgendwann sollten seine Familienmitglieder doch auch mal ein Einsehen haben! Weder hörte Puschpa mit ihrem Starrsinn auf noch sein Vater. Am liebsten würde er abhauen, irgendwohin. Sich in Safrangewänder hüllen. In die Berge gehen, sich mit Marihuana und Bhang zudröhnen und alles vergessen. Allerdings gab es auch keine Garantie, dass er auf diese Weise von allem Trug der Welt frei wäre. Die heiligen Männer, die man im Fernsehen sah, schienen jedenfalls bis zum Hals darin zu stecken.

Eine halbe Stunde später hatte er das Haus verlassen, mit leerem Magen und beinahe leeren Taschen. Seine Mutter hatte nicht einmal versucht, ihn zurückzuhalten. Jeder kümmerte sich um seine eigenen Sorgen.

■

Es musste Zufall sein, dass er an der roten Ampel gleichzeitig mit Saroj stand. Sie winkte ihm von weitem zu und lächelte. Herzlich lächelte sie, auch mit den Augen. Er drehte die Handflächen nach oben: „Wo?“ Warum nicht bei ihr unter der Kuppel? Er lenkte sein Motorrad hinter ihr Auto. Als sie ausstieg, sah er, dass sie eine weiße Hose und ein passendes Hemd mit feiner Stickerei trug. Dazu dasselbe Armband wie beim letzten Mal. Um den Hals wand sich heute eine breite weißliche Kette wie eine Schlange, sie schimmerte wie altes Silber, aber ohne schwarze Flecken. Also war es wohl kein Silber, vermutete Adhirath.

„Nehmen Sie es mir nicht übel, bitte“, konnte er nicht an sich halten, „was Sie da tragen, ist das Silber?“

Saroj lachte. „Platin. Kommen Sie herein, wollen Sie wieder unser Schlafzimmer inspizieren?“

„Da wird sich wohl nichts verändert haben“, sagte Adhirath. „Aber ein Rätsel bleibt doch.“

„Sollen wir das nach dem Frühstück lösen?“ fragte Saroj. „Heute habe ich wirklich Hunger. Ich war eben in Hauz Khas. Meinem Onkel geht es nicht gut. Über Nacht war ich dort, und weil es bei ihm gerade etwas schwierig ist, frühstücke ich, wenn ich wieder zu Hause bin.“

Heute waren sie im Esszimmer, das hinter der Kuppel lag. Sie saßen an einem langen Glastisch auf mit blauem Samt gepolsterten Stühlen. Adhirath langte tüchtig zu: Kartoffeln in würziger Soße, Kürbisgemüse verfeinert mit gerösteten Bockshornkleesamen, Puri-Fladenbrote, eingelegte Mangoschnitze, gebratene grüne Chilis und Jogurt.

„Wollten Sie sowieso herkommen, oder ist es nur, weil ich Sie dazu aufgefordert habe?“ fragte Saroj.

Wohin er hatte fahren wollen, Adhirath wusste es selbst nicht.

„Warum wollten Sie, dass ich komme?“ fragte er.

Auf Saroj‘ Lippen erschien ein Lächeln, so flüchtig, dass es schon gleich wieder verschwunden war.

„Ich dachte, Sie wären auf dem Weg zu uns. Gestern haben Sie Untersuchungen auf dem Gut durchgeführt, da dachte ich, heute nehmen Sie sich wahrscheinlich wieder das Haus vor.“

„Hat Praduman Ihnen Bescheid gesagt, bevor er weggefahren ist? Zum Hof? Er ist dort, oder?“

„Er ist nach Holi nicht mehr hier gewesen. Angerufen hat er. Er sagte, irgendein Polizist hätte zwei Millionen Rupien Bestechung verlangt, andernfalls würde er dafür sorgen, dass Udayraj einen Prozess am Hals hätte. Mit dem ist er zum Hof gefahren, und dort ist er immer noch.“

Zwei Millionen!

„Und? Haben Sie sie ihm gegeben?“

„Wieso? Dazu hatte ich keinen Grund“, lachte Saroj. Sie waren hinüber in das kleine Wohnzimmer gegangen. Tee wurde serviert. Saroj fragte ihn nach seinem Sohn.

„Was ist mit dem Onkel Ihres Mannes?“ fragte Adhirath.

„Was halt so ist im Alter“, sagte Saroj. „Er lebt allein. Hat fünf Kinder, Töchter und Söhne, und zehn oder elf Enkelkinder, aber keiner in der Nähe. Es ist ein großes altes Haus. Die meisten Zimmer sind verschlossen. Er ist Diabetiker, hält sich aber nicht an die Diätvorschriften. Süßigkeiten liebt er über alles. Und dem Alkohol spricht er auch nicht schlecht zu, immer mal wieder. Wenn es ihm danach schlecht geht, ruft sein Diener bei uns an. Gestern bin ich hingefahren. Der Onkel saß auf der Veranda. Als er mich gesehen hat, hat er nur die alte Leier wiederholt: Praduman ist ein schlechter Kerl, fährt den ganzen Tag mit meinem Auto herum, wer weiß, wo er es hingebracht hat. Sieh dir mal den Kilometerzähler an, dann siehst du, wieviel er gefahren ist, und so weiter. Wenn der Wagen nicht vor ihrer Nase steht, werden alte Leute eben leicht unruhig.“

„Was war denn? Hat er es irgendwo anders geparkt?“

„In Hauz Khas? Woanders parken? Die Leute da markieren mit Blumenkübeln, wo sie Parkplätze für sich selbst beanspruchen. Wenn er kommt, räumt der Diener die Blumentöpfe herein, und wenn er wegfährt, stellt er sie wieder hin.“

„Was dann?“ Adhirath hatte die Vermutung, dass Saroj etwas auf dem Herzen hatte.

„An Holi ist der Onkel doch hier gewesen. Und nach Hause zurückgekehrt ist er in unserem Auto. Sein eigener Chauffeur hat ihn hergebracht, hat das Auto hier abgestellt und ist gegangen. Angerufen hat ihn auch niemand.“

„Dann hat Praduman das Auto genommen?“

„Das ist eben nicht klar. Aber am nächsten Tag war das Auto nicht am Platz. Erst den Tag darauf am Nachmittag ist es wieder dagewesen. Der Fahrer von der Fabrik hat es dort hingefahren. Vermutlich war es hier. Wenn alte Leute sich etwas in den Kopf gesetzt haben, beharren sie darauf. Aber lassen wir das. Müssen Sie beruflich irgendwohin?“

Adhirath sah Saroj unverwandt an. Warum hatte er vorher nicht daran gedacht, sie zu fragen, mit welchem Auto der Onkel gekommen war?

„Was ist es für ein Auto?“

„Wessen Auto? Das vom Onkel? Das ist ein altes Modell, Esteem. Ein schwarzer Esteem. Er würde sich kein neues kaufen. Er sagt, solche Wagen klaut keiner.“

„Wo ist Udayraj?“ fragte Adhirath.

„Oben, wahrscheinlich schläft er. Er hatte nach der Holi-Party ein paar Tage lang einen Kater. Liegt ständig auf dem Bett. Einmal musste er zur Polizei, eine Aussage auf dem Revier machen, seither geht er auch nicht mehr oft in den Klub. Gestern ist er natürlich den Onkel besuchen gekommen, die beiden mögen sich sehr. Aber am Abend ist er wieder zurückgefahren.“

„An dem Tag, an Holi, was hatte Ihr Mann da an? Welche Farbe hatte seine Kleidung?“

„Eine weiße Kurta. Das zieht er immer an Holi an. Eine neue Kurta. Ich habe Ihnen das doch gesagt, als Sie das erste Mal hier waren. Auf dem Weiß machen sich eben die Holifarben gut.“ Saroj sah Adhirath nachdenklich an.

„Und am Morgen? Was hatte er an, als er die Tür aufgemacht hat?“

„Auch eine Kurta, eine gelbe. Und dazu eine weiße Hose.“

„Obwohl er sturzbetrunken war, hat er daran gedacht, sich umzuziehen?“

Saroj antwortete nicht.

„Hatte er dieselben Knöpfe daran?“

Sie sagte nichts, schüttelte nur den Kopf.

„Ihr Gutshaus ist sehr schön. Praduman hat erzählt, wieviel Mühe Sie in die Einrichtung gesteckt haben“, sagte Adhirath.

„Für nichts. Ich konnte nicht mal einen Tag dort wohnen. Die Männer tun, was sie wollen. Die Frau hat vor allem die Aufgabe, alle Bedürfnisse des Mannes erfüllen.“ Saroj erhob sich.

„Könnte ich wohl auch mit Udayraj sprechen?“

Saroj ging nach oben, um nachzusehen, ob ihr Mann wach war. Während sie weg war, kam Udayraj von irgendwo hintenherum herein, und als er Adhirath erblickte, wollte er erschrocken umkehren.

„Bitte nehmen Sie Platz! Gerade mit Ihnen wollte ich reden“, sagte

Adhirath. Eben erschien auch Saroj an der Tür, sie trat zu ihnen ins Zimmer.

„Wie geht es dir?“ fragte sie ihren Mann.

In ihrer Frage lag weniger Liebe, schien Adhirath, auch keine Förmlichkeit, es lag etwas wie eine versteckte Botschaft darin. Gleich darauf wandte sie sich an Adhirath: „Er ist so unzugänglich dieser Tage. Ist das Gespräch wirklich notwendig? Ich fürchte, ich muss ihn zum Arzt bringen.“

Udayrajs Miene nahm einen gereizten Ausdruck an. Er setzte sich auf einen Stuhl und legte die Beine auf den Tisch. Die glänzenden rosa Nägel an seinen weißen Zehen schienen mit großer Sorgfalt geschnitten worden zu sein. Er bewegte langsam und rhythmisch die großen Zehen.

„Fragen Sie“, sagte Udayraj.

„Um wieviel Uhr ist Praduman in der Holi-Nacht zurückgekommen?“

„Was weiß ich. Ich habe geschlafen. Als ich morgens aufgestanden bin, war der Wagen da.“

„Er hat zweimal seine Aussage verändert.“

„Fragen Sie ihn halt selbst.“ Udayraj zuckte mit den Schultern.

„Er hat ausgesagt, dass er in der fraglichen Nacht mit dem Mädchen zum Gutshof gefahren ist. Sie waren auch dort. Wir haben dort sogar einen Knopf von Ihnen gefunden.“

Udayraj lachte auf. „Das Gut gehört uns. Den Knopf habe ich wohl irgendwann mal dort verloren.“

„Dass er irgendwo lag, habe ich gar nicht gesagt.“

„Und warum sollten Sie sonst danach fragen? Wenn er in einer Schublade im Haus gewesen wäre, würden Sie mich deshalb wohl kaum verhören.“

Der Kerl war wirklich schlau. Oder gut vorbereitet.

„Aber Sie waren in der Nacht auf dem Hof. Wo hatten Sie den Esteem geparkt? An der Ecke beim Markt von Chattarpur?“

Udayraj starrte ihn an. Dann warf er Saroj einen Blick zu.

„Von dem Esteem haben Sie also gehört, ja? Ist eine echte Geheimagentin, meine Frau. Am besten machen Sie sie zu Ihrer Assistentin!“

Er blickte Adhirath starr an. Jetzt bemerkte er Adhiraths neuen Haarschnitt. Die Haare waren so kurz, wie es bei der Polizei üblich war.

„Hat Praduman Ihnen nicht berichtet, was er mir gestern gesagt hat?“ fragte Adhirath. Udayrajs Antwort setzte Adhirath in Erstaunen.

„Wollen Sie die Wahrheit wissen? Ich sage sie Ihnen. Sowieso liegt mir die ganze Sache inzwischen wie ein Stein im Magen. Raubt mir den Schlaf.“ Auf Englisch wandte er sich an seine Frau: „Saroj, hol mir was zu trinken, bitte.“

Saroj erhob sich, überrascht. Als sie zurückkam, hatte sie ein hohes Glas in der Hand. Udayraj nahm einen Schluck und fragte: „Ist der Wodka alle, oder was? Das ist ja reines Wasser. Okay, lass es.“

„Ja, ich war da“, fuhr er fort. „Basanti, oder wie sie heißt. Ich war mit der.“ Er seufzte. „Die hat sich wer weiß was vorgestellt. Diamanten und Juwelen sollten es sein. Dass ich sie heirate, kann sie ja wohl nicht gedacht haben. Aber sie war verrückt nach Luxus. Ich habe ihr ein paar Schmuckstücke gegeben. Hab ihr Geld gegeben. Aber sie konnte einfach den Hals nicht vollkriegen. Wollte, dass ich ihr eine Wohnung kaufe. Hätte ich sogar gemacht. Was sind schon zwei, drei Millionen für mich. Aber die Fabrik musste schließen. Die Arbeiter hatten Forderungen, sind vor Gericht gegangen. Ich musste denen die Gehälter auszahlen. Seit vier Monaten hatten sie keinen Lohn mehr bekommen. Wofür sollte ich sie auch bezahlen, wenn es keine Arbeit gab? Aber die verlangten auch noch Lohnausgleich. Wenn das Gericht ihnen den zuspricht, bitte, aber bis dahin haben die Anwälte mich bis aufs Blut ausgesaugt. Ich war ernsthaft in Schwierigkeiten. Und genau in dieser Situation fing sie an, immer mehr zu verlangen. Ich habe zu Praduman gesagt, du hast sie angeschleppt, sieh zu, dass du sie mir vom Hals schaffst. Aber der war nur darauf aus, sein eigenes Schäfchen ins Trockene zu bringen.“

Eine Weile herrschte Stille. „Sie“, er wies mit dem Finger auf Saroj, „hat ihm ganz schön einen Floh ins Ohr gesetzt. Sie hat ihn mit in die Ehe gebracht. Sein Vater war Hausdiener bei irgendeiner Tante von ihr. Sie hat ihn zum Chauffeur gemacht. Fahren konnte er gut. Und sie konnte ihn durchaus gebrauchen. Wenn Steine besorgt werden sollten, tat er es. Musste sie zum Frisör, wusste Praduman, wo der war. Waren Blusen vom Schneider abzuholen, Praduman erledigte es. Okay, Geld für Benzin, wo ist der Fahrer, der da nicht was abzwackt. Schickt man einen mit dem Wagen zur Werkstatt, steckt jeder ein paar Rupien in die eigene Tasche. Aber der, ob es Düngemittel waren, Pestizide oder sonst was, überall hat er abgesahnt. Gut, zuerst habe ich mich nicht weiter darum gekümmert. Aber als sich einheimische Fernseher nicht mehr verkaufen ließen und ausländische Firmen den Markt besetzt haben, wurde es für uns brenzlig. Ich dachte daran, das Landgut zu verkaufen. Deshalb bin ich an einem Nachmittag hingefahren."

„Wirklich?" Adhiraths Ton war spöttisch.

„Okay, aus welchem Grund auch immer, jedenfalls kam ich da an, und siehe da, in unserem Schlafzimmer war er mit ihr zugange. Ich hätte ihn auf der Stelle feuern sollen, aber was er da bei sich hatte, war sehr attraktiv. Sie war jung. Und ehrlich gesagt hatte sie ziemlich viel Erfahrung darin, Männer zu verwöhnen. Sie kannte jede Menge Methoden. Nur reden tat sie zu viel. Solange sie still war, hätte niemand sie für ein Dorfmädchen gehalten. Sie hatte wirklich Klasse. Später habe ich ihr auch alle möglichen Kleider geschenkt. Sobald sie allerdings den Mund aufmachte, war die Katze aus dem Sack. Dieser Dialekt! Englisch sprach sie nur gebrochen, trotzdem bestand sie darauf, wollte unbedingt Englisch sprechen. Gestohlen hat sie auch. Einmal war ich nachts dort, hatte die vier Knöpfe von meiner Kurta abgemacht und auf den Nachttisch gelegt. Morgens waren nur noch drei da. Ein Goldknopf war es, darin gefasst ein Diamant. Ich habe lange gesucht, unter dem Bett, hinter dem Tisch, er war nicht zu finden. Sie ließ mich ihre Handtasche inspizieren, um zu beweisen, dass sie ihn nicht gestohlen hatte. Ich habe nichts gesagt. Zu ihm habe ich gesagt, zu Praduman, bring sie zur Raison, ich habe die Nase voll. Aber der ist selbst ein Erzhalunke. Ist ja so, wenn Bedienstete lange bei derselben Familie sind, wissen die einfach alles. Obendrein nahm er sich auch noch bei meiner Frau Frechheiten heraus. Das muss man sich mal vorstellen, bringt sie hierher! Bietet sie einmal meinem Vater an, schlägt ein anderes Mal ihr hier vor, sich von dem Mädchen das Makeup machen zu lassen. Hat sie unter anderem Namen hier eingeführt, was war es noch? Na schön, habe ich gesagt, wenn du es Saroj sagen willst, sag's ihr doch. Soll ich mich etwa davor fürchten? Ich bin ein Mann. Überall schwärmen Frauen um mich herum. Was soll schon passieren? Wird sie sich scheiden lassen? Meinethalben, bitte sehr."

Saroj zeigte sich bemerkenswert unbeeindruckt. Ihr Gesichtsausdruck verriet weder Abneigung noch Zorn. Nicht einmal ein Flackern der Augenlider. Udayraj hatte sein Glas geleert. Er stand auf und ging, vermutlich, um sich einen neuen Drink zuzubereiten. Adhirath hatte den Eindruck, dass er selbst von seinem Bekenntnis der Untreue stärker erschüttert war als Saroj. War es womöglich so, dass hier eine Frau, die über Jahre eine entwürdigende Behandlung von ihrem Mann ertragen hatte, endlich die Gelegenheit sah, sich zu rächen und ihm mit einer Anklage wegen Mordes das Genick zu brechen? Polizeiarbeit war nicht gut. Um die Wärme einer Beziehung zu erhalten, musste man ständig mit der Eiseskälte kämpfen, welche die Berührung der Wahrheit mit sich brachte. Puschpa hatte recht: Wenn der Druck eine bestimmte Grenze überschritt, halfen weder Diamantarmbänder noch Landbesitz.

Udayraj kam zurück. Er stellte sein Glas auf den Tisch und fragte, ob er Adhirath auch etwas zu trinken bringen lassen sollte. Adhirath schüttelte unwillkürlich den Kopf. Udayraj nahm einen Schluck und warf einen Blick auf seine Frau.

„Dann haben die ihre Taktik geändert. Sie behauptete, sie wäre schwanger, und ich wäre der Vater. Jetzt kannte sie kein Pardon mehr. Sie wollte eine Wohnung haben. Wie sollte ich wissen, ob sie tatsächlich schwanger war oder es nur vorschob. Ich konnte ja schlecht mit ihr zum Arzt gehen. Mindestens sechs Monate müsste ich sie weiter aushalten, bis sich von allein zeigen würde, ob sie die Wahrheit gesagt hatte. Ich dachte, dann kann ich ja wenigstens noch ein paar Tage Spaß haben. Danach sehen wir mal, ob sie wirklich schwanger ist. Ich sagte ihr, sie sollte lieber das Leben genießen. Wollte, dass sie das Kind abtreibt. Aber nein. Sie fing an, auf Mother India zu machen. Das Kind hätte doch keine Schuld, Mord an einem Ungeborenen wäre Sünde ... Sie hatte es mit Gott weiß wie vielen getrieben, aber egal, sie versteifte sich darauf, mit der Abtreibung würde sie eine Sünde begehen. Ich habe Praduman kommen lassen, habe ihm gesagt, was soll das Theater, sieh zu, dass du dem ein Ende setzt. Ich meinte damit, dass er sie zur Vernunft bringen sollte. Er hat wohl was anderes verstanden. Kam eines Tages an und sagte, es kostet 500.000 Rupien. Ich habe gesagt, was? Ist das der Preis dafür, dass ich sie loswerde? Er: Ja, die kommt nicht wieder, um Schwierigkeiten zu machen. Ich habe ein bisschen mit ihm gehandelt. Er sagte, ich sollte ein paar Tage lang nett zu ihr sein, danach würde er sich darum kümmern, und alles käme in Ordnung. Tatsächlich habe ich sie bei Laune gehalten. Sie meinte, das geht doch nicht, dass dein zweiter Sohn in einer Bruchbude aufwächst und eine Staatsschule besucht. Ich sagte ihr, ironisch natürlich, wieso soll er in einer staatlichen Klinik zur Welt kommen und in Armut leben, sie sollte doch hier auf dem Landgut bleiben, ich würde in der Nähe Land für sie kaufen. Und sie? Geht schnurstracks zum Verwalter und prahlt, demnächst wäre sie die Herrin hier, und bald hätte sie noch ein eigenes Gehöft. Sie wollte einfach nicht einsehen, dass sie nun einmal zu einer anderen Gesellschaftsschicht gehört. So schön eine Sandale auch sein mag, man hängt sie sich nicht als Kette um den Hals.

Ich habe also mit Praduman gehandelt, schließlich haben wir uns auf 400.000 geeinigt. Er sagte, an Holi wäre es soweit, dann würde sie aus dem Ort verschwinden. An dem Tag hatten wir hier eine große Party. Ich stand oben auf dem Balkon. Wollte irgendetwas von dort holen. Er kam gerade mit einer Kiste Coca-Cola. Wollte sie ins Untergeschoss bringen, für die Kinder. Anscheinend klingelte sein Handy. Er stellte die Kiste ab und nahm das Gespräch an. Unten war es laut, die Musik dröhnte, daher sprach er so laut, dass ich es hören konnte. Er sagte: Komm zum Landgut, bald ist es ja auch deins! Dann sagte er: Gut, treffen wir uns am Markt, am selben Platz wie immer. Mir schwante nichts Gutes. Er hatte doch gesagt, sie würde von hier verschwinden, und jetzt ließ er sie auf den Hof kommen? Ich hätte ihn mir gleich schnappen und ihn zur Rede stellen können, aber ich dachte, am besten erwische ich ihn auf frischer Tat."

„Damit, dass er ‚dem ein Ende setzen' sollte, meinten Sie, er sollte sie aus der Gegend vertreiben? Sonst nichts?“ Adhirath hatte nicht übel Lust, sich Udayrajs Glas zu schnappen und es auszutrinken.

„Was denn sonst? In der Fabrik reden wir immer so. Wenn ein Arbeiter frech wird, sagen wir, wasch dem mal ordentlich den Kopf, setz dem ein Ende! Das heißt ja wohl kaum, dass man ihn umbringen lässt.“

Adhirath verneigte sich im Stillen vor Udayraj. Er hatte zunehmend den Eindruck, dass für die Führung des Landes Folterkammern notwendig waren, Folterkammern, die entlang den Wänden mit Polstern ausgestattet waren. So, wie die Befragung hier verlief, bei einem zivilisierten Gespräch beim Wodka, würde so einer nicht mal in betrunkenem Zustand mit der Wahrheit herausrücken. Abgesehen von der gelblichen Verfärbung im Weiß der Augen, die von der Wirkung des Alkohols auf seine Leber zeugte, war Udayraj nichts, nicht einmal die Spur eines Zögerns, anzumerken.

„Ich habe mich entschuldigt, habe behauptet, dass ich mich nicht wohlfühle, und mich im Zimmer eingeschlossen. Nachdem mein Onkel abgefahren war, habe auch ich das Haus verlassen. Das Zimmer ist mit einer automatischen Verriegelung versehen. Wenn man hinausgeht und den Schlüssel abzieht, rastet automatisch das Schloss ein, und ohne Schlüssel geht die Tür nicht auf. Mein Handy habe ich hiergelassen. Im Nebenzimmer gibt es eine separate Treppe nach unten. Wenn wir mal abends spät nach Hause kommen, brauchen wir uns nicht unten aufmachen zu lassen, sondern können direkt in unser Zimmer gehen. Den Autoschlüssel hatte ich, den hatte ich dem Onkel entwendet, als wir zusammengesessen haben. Meine Kleider waren über und über mit Farbe beschmiert, aber die brauchte ich nicht zu wechseln. Wenn jemand mir über den Weg lief, würde er halt denken, dass ich betrunken war und nach dem Feiern noch nicht gebadet hatte. Ich habe mir also nur den Hut aufgesetzt und bin im Auto des Onkels abgehauen. Überall hier lagen Leute herum. Die Kinder waren unten, im Untergeschoss. Die Bediensteten waren müde und hatten sich ins Haus zurückgezogen. Trotzdem hätte mich natürlich jemand sehen können, aber ich hatte eben Glück.“

Udayraj war verstummt. Saroj blickte Adhirath an. Dieses unbeteiligte, ausdruckslose Gesicht. So unbewegt, dass nicht einmal die Platinschlange an ihrem Hals sich regte.

„Warum sind Sie dann nicht mit dem Auto bis zum Gutshof gefahren?"

„Unterwegs ist mir eingefallen, die Scheinwerfer würden die beiden aufschrecken. Deshalb habe ich den Wagen an der Abbiegung abgestellt, wo die Straße nach Jhandapur von der Hauptstraße abzweigt, in der Nähe des Bahnhofs. Der Mond schien, und es war nicht weit von da bis zum Gut."

„Er geht jeden Tag mindestens fünf Kilometer zu Fuß, und er besucht auch das Fitnessstudio. Das ist ihm sehr wichtig." Zum ersten Mal meldete sich Saroj zu Wort. Die beiden Männer sahen sie an.

War das ein Lob für ihren Mann? Neid auf einen Körper, der dermaßen durchtrainiert war, dass er sich leisten konnte, nebenbei eine junge Blüte zu brechen? Oder wollte sie damit bestätigen, dass er fit genug war, ein paar Kilometer zu laufen?

„Auf dem Weg habe ich mein eigenes Auto gesehen. Es stand unter den Bäumen. Ich habe es nur deshalb gesehen, weil gerade ein Zug vorbeikam und das Licht der Scheinwerfer darauf fiel. Ich weiß nicht, ob die Dorfleute so früh schlafen gehen oder sich in ihren Häusern verkriechen. Oder ob es wegen Holi war. Jedenfalls war alles totenstill. Da stehen mehrere Bäume, die bieten ein gutes Versteck. Ich war beinahe am Tor angelangt, da sehe ich zwei Männer herauskommen, zwei Kerle in Dhotis. Also wahrscheinlich aus dem Dorf. Ich habe mich nicht schlecht gewundert. Als ich am Tor war, stand Praduman an der Veranda. Von Chetilal keine Spur, aber ich hatte ihm schließlich selbst freigegeben. Dann habe ich von drinnen das Gezeter gehört. Das war diese Basanti, sie schrie: Ich bin keine Hure! Darauf wurde mir klar, was los war. Der Mistkerl hatte eine saubere Methode gefunden, Geld zu machen. Ich habe ihn angesprochen, hab gesagt: Ich sage dir, du sollst mir diese Frau vom Hals schaffen, und du machst das Gutshaus zum Puff? Sie wurde dann noch lauter: Denkst du, jeder kann hier ... – was soll ich sagen. Einen Ton hatte die am Leib, dass ein anständiger Mensch rote Ohren bekam. Die Verbindung mit ihr war ein großer Fehler. Jetzt wusste ich endlich, was da gespielt wurde. Erst hatte Praduman sich geholt, was er wollte, dann diese beiden. Wer weiß, wie oft das schon stattgefunden hatte. Und von wem das Balg war, das sie im Bauch hatte."

Udayraj bemerkte, dass Adhirath zum Sprechen ansetzte, und hob die Hand. „Ja, kann auch sein, dass es von mir war. Trotzdem. Sollten sie tun, was sie wollten. Aber nicht in meinem Haus, hab ich Praduman gesagt. Ich hatte solch eine Wut, sie war mir dermaßen zuwider, sie und alles, was sie tat, dass ich nicht mal auf den Gedanken kam, den Autoschlüssel einzukassieren. Ich habe ihr einen Fußtritt versetzt, dieser Basanti. Sie ist hingefallen, dort im Garten. Zu Praduman habe ich gesagt, ich will, dass das Bett frisch gemacht wird, Laken und alles gewechselt. Dann bin ich zurückgegangen, zu Fuß bis zum Wagen, dem Wagen des Onkels. Ich hätte meinen eigenen Wagen nehmen können, aber ich hatte vergessen, den Schlüssel an mich zu nehmen. Im Haus bin ich dann direkt nach oben gegangen. Morgens hat mich mein Vater geweckt. Ich hatte Kopfschmerzen. Dachte, ich geh in den Klub. Dort haben Sie mich dann ja angetroffen."

„Der Mord wurde also von Praduman allein begangen? Für Geld, das er von Ihnen bekommen hat?"

„Denken Sie, was Sie wollen."

„Die Waffe, mit der die Frau erstochen wurde, dieses scharfe Messer. Wo kam das her?"

„Ach Mensch! Das war halt ein Messer vom Hof, lang und spitz. Praduman, der konnte damit hervorragend umgehen. Hat es benutzt, um Kaninchen zu zerlegen. Einmal hat sich sogar ein Nilgai-Kalb auf das Gut verlaufen. Wahrscheinlich hatte das Tor offen gestanden. Es lief verzweifelt hin und her, und Nachattar und Praduman haben es mit einem Seil gefangen, mit einer Art Lasso, und an einen Baum gebunden. Praduman hat ihm dann die Kehle durchgeschnitten. Er ist wirklich ein geschickter Kerl. Und ehrlich, was für ein Genuss, dieses Fleisch! Alle Mitarbeiter vom Gut haben davon gegessen, ich glaube, auch ein paar Leute aus dem Dorf. Es war eine Menge Fleisch. Praduman sagt, die Nilgais sind keine Rinder, sondern eine Antilopenart. Und doch, auch wenn es gar keine richtige Kuh war, im Nachhinein war ich dagegen. Hab es bereut. Ich habe eine Zeremonie abhalten lassen, die Satyanarayan-Geschichte rezitieren lassen. Wenn ich dem Priester eine Kuh aus Gold überreicht hätte, hätte das aber Verdacht erregt. Habe ihm stattdessen eine Goldmünze gegeben, auf der einen Seite war Lakshmi, auf der anderen eine Kuh eingeprägt. Das muss vor zwei, nein, vor drei Jahren gewesen sein."

„Wo haben Sie die Kleider gewechselt?" fragte Adhirath.

„Was für Kleider?"

„Sie hatten doch noch die Sachen von Holi an, als Sie weggefahren sind. An denen muss doch Blut gewesen sein. Haben Sie sich auf dem Gutshof umgezogen, mit den Sachen, die dort waren? War die gelbe Kurta dort?"

Udayraj lachte. „Beweisen Sie es mir doch!" Saroj zuckte zusammen.

„Am Tag nach Holi werden immer jede Menge Kleider gewaschen, manche werden auch weggeworfen", sagte Udayraj.

„Sie werden sicher bestätigen, dass Sie den Knopf dort irgendwann früher verloren haben?"

„Beweisen Sie, dass Sie ihn dort gefunden haben."

„Eine letzte Frage." Adhirath beugte sich über den Stuhl. „Warum haben Sie uns all das nicht gleich im Klub gesagt? Da haben Sie doch ausgesagt, Sie seien die ganze Nacht zu Hause gewesen?"

Udayraj zögerte. Er sah Saroj an, dann Adhirath, leerte sein Glas und sagte dann: „Ich leite ein Unternehmen. Da gibt es eine Menge Rechtsangelegenheiten zu klären. Die Anwälte haben mir immer eingeschärft, ich soll nie etwas sagen, ohne mich mit ihnen zu beraten."

„Sie haben also mit einem Anwalt gesprochen!" sagte Adhirath.

„Mein Anwalt hat mir geraten, die Wahrheit zu sagen. Wenn ich nichts Unrechtes getan habe, habe ich auch nichts zu befürchten. Klar, gegenüber Saroj war das nicht anständig von mir, das stimmt. Ich habe ihr Unrecht getan, und das lastet auf mir. Jetzt, wo ich mit Ihnen gesprochen habe und Saroj war dabei, ist mir leichter ums Herz. Ansonsten wüsste ich nicht, wie ich es hätte sagen sollen."

Ein schwaches Lächeln zeigte sich auf dem Gesicht des Juniorchefs. In seinen Augen schien eine Herausforderung zu liegen. Als Adhirath sich erhob, um zu gehen, begleitete ihn Udayraj nach draußen.

Adhirath hatte gerade das Motorrad gestartet, als sein Handy klingelte. Es war Dalchand. Von seiner Familie hatte sich hingegen noch niemand gemeldet oder sich erkundigt, wo er sich befand. Hoffnungslosigkeit befiel ihn. Bei all den Kämpfen, die er führte, war sein größter Kummer, dass keiner ihn brauchte. Am liebsten hätte er das Telefon ausgestellt. Aber er dachte, der arme Dalchand, wenn der anruft, ist es bestimmt was Wichtiges. Er ließ es klingeln, bis es aufhörte, rief dann selbst an.

„Ich war unterwegs, auf dem Motorrad", sagte er, „als ich angehalten habe, hat es aufgehört zu klingeln. Was gibt's?"

„Ich war dran, Sir, mit der Befragung. Herr Kashyap hat sie durchgeführt", sagte Dalchand. „Das wollte ich Ihnen sagen."

Was denn noch sagen, der Mistkerl, machte der sich lustig über ihn oder was. Ein kräftiger Fluch lag ihm auf der Zunge.

„In Ordnung."

„Ich hab dem gesagt, ich sollte mit Ihnen auf Streife, aber dann kam der Termin beim Gericht dazwischen. Also bin ich nicht mitgegangen. Mehr konnte ich nicht tun, Sir. Ich hab von mir aus gesagt, wenn man auf Streife ist, die Leute, die lügen sich was zusammen, die sagen, da war nichts, was denn, es ist, als hätten die geschworen, auf keinen Fall die Wahrheit zu sagen. Und die Polizei, denen sagen sie schon gar nichts. Also Sie sind sicher auf Streife gewesen, in der Pipal-Gasse, das hab ich ausgesagt, Sir. Hab ich von mir aus gesagt, ohne dass der gefragt hat."

Adhirath hatte die Nase voll. Die ganze Zeit hatte er ihn verflucht. Aber was hätte Dalchand denn tun sollen? Der hatte selbst den Kopf in der Schlinge. Wenn sie den einlochten, wäre es für mindestens zehn Jahre. Und im Knast saßen jede Menge Polizistenfeinde ein, da konnte ihm leicht mal einer das Messer an die Kehle halten. Im Gefängnis passierten viele Morde. Jede Menge Insassen, und einer gewiefter als der andere.

„Dalchand, hör mir zu. Auf die eigenen Leute ist immer noch am ehesten Verlass. Du hast schon viel gemacht, sehr viel. Das vergesse ich nicht, ehrlich, ich werde das nie vergessen. Ich hab das nicht erwartet." Adhirath hatte einen Kloß im Hals, als er das sagte.

11

Wie gesiebt durch die vergitterte Tür drangen würzige Essensgerüche nach draußen. Es hatte eine Zeit gegeben, als Adhirath beim Einatmen solcher Düfte sogleich schloss, zu Hause seien Verwandte oder Arbeitskollegen seines Vaters, es gebe wohl etwas zu feiern. Flaschen von alkoholischen Getränken würden geöffnet, Fleisch-Kartoffel-Eintopf würde gekocht, und es gebe heiße Fladenbrote direkt vom Herd auf den Teller. Die Erinnerung an diese Zeiten war noch da, aber sein Herz sagte ihm, drinnen würden nur alle mit verquollenen Gesichtern dasitzen. Vielleicht kam seine Schwester vorbei, aber wenn schon, was brachte das. Morgen war die Anhörung, das hatte sie sicher mitbekommen. Angerufen hatte sie schon. Wenn sie kam, dann danach, wenn alles gelaufen war. Um die derzeitige gespannte Atmosphäre noch gespannter zu machen, brauchte man sie nicht auch noch.

Im Wohnzimmer hatte Varun einen Teller vor sich und war dabei, Hackfleischbällchen mit Ketchup zu essen. Daulatram zerteilte die Fleischklößchen und pustete darauf, bevor er sie ihm auf den Teller legte.

„Sag der Schwiegertochter, die Fleischklößchen sind zu heiß für ihren Sohn, sie soll sie kühler machen“, witzelte Daulatram.

„Alles klar, ich spül sie vorm Servieren ab sofort immer in kaltem Wasser“, kam von Schakuntala die Antwort.

„Oma, nein, der Opa macht doch nur Spaß!“ schaltete sich Varun ein.

Adhirath war verblüfft. So eine gelöste Stimmung zu Hause? Puschpa nahm mit der Schaumkelle Fleischbällchen aus dem Topf, Schakuntala formte das Hack in der Schüssel zu weiteren Bällchen. Warum war es nicht immer so bei ihm zu Hause?

„Was gibt's, sieht aus, als hättest du die Beförderung bekommen?“ fragte Adhirath.

„Wasch dir Hände und Gesicht, ich serviere dir gleich dein Essen, direkt vom Feuer“, sagte Puschpa. „Die Liste steht, aber sicher ist es natürlich noch nicht.“

„Immerhin, bald muss es ja raus sein.“

„Das hier ist für dich“, sagte Schakuntala.

Puschpa war mittags früher nach Hause gekommen, hatte sich im Wohnzimmer zu ihrem Schwiegervater gesetzt und gesagt: „Papa, du weißt, was für einen schweren Tag Adhirath morgen vor sich hat. Wäre schön, wenn es heute mal nicht so viel Stress gäbe. Wenn du mir Hackfleisch besorgst, könnte ich Fleischklößchen machen, die mag er so gern. Ich wollte es schon heute Morgen zu Mama sagen, aber es ging nicht.“ Damit hatte sie ihm 200 Rupien hingelegt.

„Was soll ich mit den paar Kröten“, sagte Daulatram, während er sich das Hemd überzog. „Ich habe selber Geld. Ich werde ein volles Kilo kaufen. Und hör mal, mach dich ein bisschen frisch und sieh zu, dass du ein fröhliches Gesicht machst. Was ich tue, tue ich nur für deinen Sohn.“

Sobald er aus dem Haus war, hatte sich Puschpa an ihre Schwiegermutter gewandt: „Ich an deiner Stelle würde bei der Helpline anrufen. Das ist da, wo ich arbeite.“

Schakuntala schwieg.

„Komm, machst du mir einen Tee?“, hatte Puschpa versucht einzulenken, darauf hatte Schakuntala sich umgedreht und gegiftet: „Ach nee, gibst du mir jetzt Befehle? Mach dir doch selbst welchen!“

„Ja. Meiner eigenen Mutter habe ich genau solche Befehle gegeben. Die Arme hat nicht mehr erlebt, wie ihre Tochter in eine höhere Kaste hineingeheiratet hat. Und das auch noch ohne Mitgift. Nicht mal unser Polizeipräsident würde das hinkriegen. Aber einen tollen Preis habe ich mir da eingehandelt – dass ich eine Schwiegermutter bekomme, die mir wie eine Mutter ist, das war mir jedenfalls nicht beschieden!“

Schakuntala sah sie erstaunt an. Puschpa lachte auf einmal. „Lass uns heute einfach mal Theater spielen, verehrte Mutter! Es muss sein, für deinen Sohn. Waffenstillstand!“

Als Adhirath sich zu Varun setzte, bot ihm sein Vater ein Glas Rum an. Sein Sohn schob ihm ein halbes Hackbällchen in den Mund.

„Hast du auch deine Hausaufgaben gemacht?“ fragte Adhirath.

Varun sah zu seinem Großvater. „Die macht er noch. Und wenn nicht, hat er heute eben frei“, verkündete Daulatram und hob sein Glas. Darauf hatte er schon die ganze Zeit gewartet. Zum Glück war sein Sohn heute mal pünktlich nach Hause gekommen.

Nach dem Essen fragte er: „Was hat der Anwalt gesagt?“

Adhirath sagte es ihm.

„Und dafür nimmt der 25.000 Rupien?“ Daulatram hatte begonnen, leicht zu lallen.

Adhirath stand auf und ging nach oben. Varun war unten über der Geschichte, die seine Großmutter ihm erzählte, eingeschlafen. Aber Adhirath trug ihn nicht nach oben, wie er es sonst tat. Diese Nacht musste er mit Puschpa verbringen, ohne Rücksicht auf andere. Er wusste, nach dem morgigen Tag würde sich wieder der Vorhang über diese beglückende Szene senken, der Staub der Realität würde sich darauf sammeln, das Schauspiel wäre zu Ende.

Spät in der Nacht fiel ihm ein, was Udayraj zu ihm gesagt hatte, als er ihn hinausgeleitet hatte. Saroj war nicht mitgekommen.

„Sie kommen doch sicher an alle möglichen Callgirls heran, also ...“ Adhirath war immer noch im Befragungsmodus gewesen.

„Das stimmt. Frauen gibt es genug, aber mich hatte nun mal diese Hure mit ihrem dreckigen Mundwerk angemacht. Und zwar richtig.“

„Gut. Was hat sie denn so Besonderes gemacht, was andere nicht konnten?“ Adhirath dachte an Sarojs Schlichtheit und ihre Selbstbeherrschung.

Udayraj lachte aus vollem Hals. „Was soll ich sagen, was es war? Manchmal fing sie an, ohne irgendetwas am Leib im Zimmer herumzutanzen. Und wie sie tanzte! Ekstatisch. Ich sage Ihnen, es gibt keine einzige Männerfantasie, die sie nicht befriedigen konnte. Wie ein Yogi konnte die sich verbiegen, die Hände hier, die Füße da, unglaublich geschmeidig … wenn ich eine Frau heiraten würde, die so ist, würde ich sie am nächsten Tag bei ihren Eltern abliefern, weil, wer weiß, wo die das gelernt hat. Praduman war vermutlich beleidigt. Wieso hätte sie auch mit ihm schlafen wollen, nachdem sie mit mir im Bett gewesen war? Aber eine Hure war sie!“

„Puschpi, kannst du tanzen?“ fragte Adhirath.

„Komm, wie oft waren wir auf Hochzeiten, und wie oft habe ich da getanzt! Wieso?“

Adhirath legte seinen Arm um ihren nackten Leib. „Hab gedacht, du könntest jetzt hier tanzen. Nur so. Für mich.“

„Du spinnst ja“, sagte Puschpa, während sie ihn an sich zog.

■

Schon vor dem Gebäude waren seine Schritte zögerlich geworden. Es war ja nicht so, dass er zum ersten Mal an diesem Ort war. Zwar ging er hier nicht ständig ein und aus, aber er war doch mehrere Male in dem Gebäude gewesen. In Uniform. Damals hatten die Leute ihm zugelächelt, wenn sie ihn sahen, man tauschte Begrüßungen aus, zuversichtlich war er nach oben gegangen, und Tee hatte man ihm auch angeboten. Das Gebäude war dasselbe. Derselbe Metalldetektor. Dieselben Beamten. Aber heute hatte er keine Uniform an. Heute waren seine Bewegungen unsicher. Für ihn sah heute alles anders aus. Schweigend passierte er den Metalldetektor. Als er oben das Zimmer des stellvertretenden Polizeichefs erreichte, kam ihm jeder Raum unbekannt vor. Hier würde es niemand geben, der zu ihm hielt. Hier gab es nur Wände, und auf den Stühlen hinter den Wänden saß nicht einer, der ihm nahestand, der ihn anhören und verstehen würde, einer, der ihm einen Weg aufzeigen würde, wie er aus diesem Schlamassel wieder herauskam, der ihn an die Hand nahm und mit ihm ging. Diese fremden Wände hatten Ohren, nicht um sein Stöhnen zu hören, sondern nur, um sich mit allem zu füllen, was gegen ihn sprach, und am Ende würden sie dadurch explodieren und seine Existenz zerstören. Was in seiner Akte stand, in diesen wenigen Blättern, kam ihm jetzt sehr schwerwiegend vor. Diese Papiere hatten die Macht, sein Leben umzukrempeln. Die Zukunft seines Sohnes zu ändern. Zu entscheiden, was ihm morgen auf den Teller gelegt würde. Sie hatten die Macht, alles zunichte zu machen, was er bisher getan hatte, was er verdient hatte. Und noch mächtiger als diese Papiere waren einige wenige Worte, die darauf geschrieben wurden.

Als er bei dem aus einer Person bestehenden Untersuchungsausschuss, dem stellvertretenden Polizeichef Dilip Singh Kashyap, eintraf, war sein Gefühl der Entfremdung so weit fortgeschritten, dass es ihm vorkam, als gehörte er nicht mehr zu seinem eigenen Körper. Ein Fremder schien sich darin eingenistet zu haben, dem es vollkommen gleich war, was ihm widerfuhr.

„Sag ihm auf keinen Fall die Wahrheit", hatte Nitesch ihn gewarnt.

„Leugne einfach alles ab", hatte Puschpa ihm geraten.

„Überlassen Sie es ihm, es zu beweisen", hatte für 25.000 Rupien der Anwalt empfohlen.

Sag ihm nur das, was du sagen musst. Dich abzusichern, ist deine erste Pflicht, sagte ihm sein Gefühl.

„An dem bewussten Tag hatten Sie frei?"

„Nein, Sir. Zuerst ja. Ich hatte die ganze Woche freigenommen. Bin aber früher wieder zum Dienst angetreten."

„Warum?" fragte der stellvertretende Polizeichef. Der Untersuchungsausschuss. Eine Person. Kurze Fragen. Präzise. Auf den Punkt. Ohne Möglichkeit, darüber hinaus etwas zu sagen.

„Ich dachte, die übrigen Urlaubstage spare ich mir für später auf."

„Ist das Ihre Schrift?" Er hatte ihm das Tagebuch vorgelegt.

„Sieht so aus, Sir."

„Ist es Ihre oder nicht?"

Wem sollte er die Schuld zuschieben? Auf seiner Ebene gab es nur den Revierleiter. Der war seit dem Morgen im Gericht gewesen. Alle anderen waren ihm untergeordnet. Subalterne. Leute, die ihm unterstellt waren. Wen sollte er opfern, indem er seine Autorschaft anzweifelte?

Adhirath schwieg.

„Ist es Ihre Handschrift oder nicht?"

„Ja, Sir. Es ist meine."

Das war's, es war entschieden. Wozu weitere Fragen? Was sollte das bringen? Er hatte sich selbst die Grube gegraben. Und war hineingefallen. Was gab es da weiter zu fragen? Man musste die Grube zuschütten, Erde auf ihn werfen.

Er musste lachen.

„Warum haben Sie in der Anwesenheitsliste Ihren Namen zwischen zwei andere geklemmt?“

Adhirath blickt dem Polizeichef ins Gesicht. Kein Anzeichen von Mitleid, ein hartes Gesicht ohne Gefühlsregung.

„Ich hatte vergessen, mich einzutragen, habe es später nachgeholt.“

„Ihr Urlaubsgesuch. Sie haben es aus der Akte entfernt?“

Adhirath schnappte nach Luft. Sie hatte einen bitteren Geschmack.

„Sir, die Wahrheit ist, dass ...“

Die Hand des Polizeichefs hob sich, um ihm Einhalt zu gebieten.

„Ich weiß, was die Tatsachen sind. Ich will nur sehen, wie es zu dem gekommen ist, was hier in diesen Papieren steht. Auch ich habe Leute über mir. Auch über mich kann es eine Beschwerde geben. Darum reden wir über diese Unterschriften. Haben Sie das Urlaubsgesuch aus der Akte entfernt?“

„Ja.“

„Warum?“

„Ich wollte es durch ein anderes Urlaubsgesuch ersetzen, für nur drei oder vier Tage. Diejenigen, die mir den Urlaub genehmigt hatten, würden bestimmt meine Zwangslage verstehen.“

„Gut, das genügt. Eine andere Frage.“

„Sir, wie kann das genügen? In meiner Zwangslage steckt die Zwangslage der ganzen Abteilung. Die Abteilung muss doch meine Zwangslage verstehen.“

„In diesem Tagebuch steht, dass Sie in der Pipal-Gasse auf Streife waren. Wachtmeister Dalchand war bei Ihnen. Haben Sie das geschrieben?“

„Ja, ich habe das geschrieben.“ Adhirath erinnerte sich an den Tag. Wie er Puschpa verlassen und auf das Revier gegangen war. Wie sehr hatte ihm geschadet, dass die Polizeistation so nah bei seiner Wohnung war. Kein einziger Mitarbeiter war auf dem Revier gewesen, und ohne nachzudenken, hatte er Maßnahmen ergriffen, um Dalchand zu retten. Viel später erst war ihm klar geworden, dass sich hier jeder selbst der Nächste war. Wieso sollten diejenigen, die Dalchand der Gerichtsbarkeit ausgeliefert hatten, ihn verschonen? Alle waren darauf bedacht, ihre eigene Uniform zu retten. Im Nu erschienen Meldungen in den Nachrichten, der Wachtmeister, der mutmaßlich der Täter war, würde entlassen. Und entlassen wurde er auch. Denjenigen dagegen, die dem Täter ein Schießeisen zugespielt und es ihm anschließend wieder abgenommen und verschwinden lassen hatten, passierte nichts. Was für ein Job! Wenn du dem Gesetz gegenüber Verantwortung übernimmst, ist kein Mensch auf deiner Seite. Wenn du einen erledigst, der das Leben der Menschen zugrunde richtet, ist das Gesetz nicht auf deiner Seite. Die Augen wurden ihm feucht.

Der stellvertretende Polizeichef fixierte ihn. Seine Augen, die Augen des Untersuchungsausschusses! Die Pupillen leicht zusammengezogen. Er sah ihm in diese Augen, Augen, die voller Abscheu gegen ihn waren. Das Gefühl, das diese Augen in ihm wachriefen, kroch ihm über den Rücken wie ein widerwärtiger Wurm.

Mit einem Mal wurde sein Rücken gerade, und er schüttelte den Wurm ab. Er war frei. Was er getan hatte, hatte er aus eigenem Antrieb, aus seinem eigenen freien Willen getan. Er würde diesen Speichelleckern der Indizien keinen gekrümmten Rücken zeigen. Eine Wahrheit, die nur papierene Beweise verlangte, auf die pfiff er. Mit all seinen Dokumenten und Papieren hatte dieses System ein Lügengebäude errichtet und es als Wahrheit hingestellt. Die Wahrheit war, dass er gesehen hatte, wie Beweise erfunden und wie sie vernichtet wurden.

„Sir, die Wahrheit ist, dass ich mich bemüht habe, einen mir unterstellten Wachtmeister zu schützen. Die Wahrheit ist, dass ich weder Intrigen gesponnen noch einen Plan gehabt habe. Ich habe einfach nur versucht, einem Untergebenen beizustehen. Die Wahrheit ist, dass das, was Dalchand getan hat, auch nicht von ihm ausging. Er hat es zwar zugegeben, aber wir wissen beide, dass nicht jedes Geständnis auch Zustimmung bedeutet. Wenn Sie meinen, dass ich schuldig bin, dann bestrafen Sie mich. Ich weiß, in der Pipal-Gasse hat keiner den Streifenwagen gesehen. Sie haben natürlich Zeugen bei der Hand, die aussagen werden, dass es keine Streife dort gab. Dalchand hat wahrscheinlich ausgesagt, dass er nicht mit mir auf Streife war. Ich weiß, dass Leute gesehen haben, wie Dalchand geschossen hat. Sie haben Zeugen, ich weiß es. Die Wahrheit ist, dass die Leute auch gesehen haben, wie der Sechs-Nuller Morde beging, aber dafür haben wir keinen einzigen Zeugen gefunden. Ich habe diesem Untersuchungsausschuss nichts weiter mitzuteilen. Ich gehe jetzt. Danke."

Adhirath erhob sich und verließ den Raum. In seinem Gang lag Zuversicht und Selbstvertrauen.

12

Beim Abendessen rief er Nitesch an. „Wir müssen uns treffen, Kumpel!“

„Hey, ich bin gleich in Prit Vihar. Komm, wir treffen uns hier. Wir gehen ins Sagar Ratna“, sagte Nitesch. Ins Sagar Ratna! Wer hatte denn so viel Geld in der Tasche! Das heißt, er hatte es, das Geld nämlich, das Nitesch ihm geliehen hatte. Sowieso würde der ihn wohl kaum bezahlen lassen. Am besten ging er weg, bevor Puschpa nach Hause kam.

Mit dem Bus fuhr er bis Laxmi Nagar und ging bis zur nächsten Haltestelle zu Fuß. Der Anschlussbus hätte noch einmal fünf Rupien gekostet. In den letzten zwei Wochen hatte ihm das Geld ein bisschen zu locker gesessen.

Zu Nitesch sagte er, dass die Anhörung ihm keinerlei Hoffnung auf Gerechtigkeit gegeben hatte.

„Was soll das heißen? Hast du nicht geleugnet?“

„Ich habe die Wahrheit gesagt. Dalchand muss es ausbaden, also werde ich es auch ausbaden.“

„Das wird doch ...“

„Ja, sag es nur.“

„Ach lass doch, Mann.“

„Sag schon! Das ist echt eine schlechte Angewohnheit von dir.“ Adhirath war aufgebracht. „Entweder fang gar nicht erst an, was zu sagen, oder sprich auch zu Ende. Neulich hast du auch nicht ausgesprochen, was mein Vater über Puschpa gesagt hat. Und jetzt das. Ich bin dein Freund! Und als Freund schwöre ich dir, heute geh ich nicht weg, ehe du mir beides gesagt hast.“

„Ich wollte sagen, wenn du bestraft wirst, wird das in deren Augen gerecht sein. Und was wir unter Gerechtigkeit verstehen, ist es für die nicht.“

„Tatsache ist, dass ich Beweise gefälscht habe. Bestraft werden muss ich also. Wenn ich vorher die Meinung des Anwalts eingeholt hätte, hätten die mir kein Haar krümmen können. So wie der, wie heißt er noch, Udayraj!“

„Der macht was?“

„Der hat als Erstes seinen Anwalt aufgesucht und sich eine Verteidigungsstrategie zurechtgelegt. Du weißt, dass er der Mörder ist. Er und Praduman, die beiden zusammen haben das arme Ding umgebracht.“

„Wie denn? Was gibt es für Beweise?“ Nitesch war verwirrt.

„Dieser Knopf, du weißt schon, als Udayraj sie gewürgt hat, da ist der dort hingefallen.“

„He, Kumpel, du machst aber auch Andeutungen“, sagte Nitesch. „Der mag da ja hingefallen sein, aber du kannst doch nicht beweisen, dass er an genau dem Tag da hingefallen ist.“

„Wer weiß, vielleicht trug sie ihn am Hals“, gab Adhirath einen Schuss ins Blaue ab. Er wusste aber auch, dass er nichts Handfestes zu bieten hatte.

„... und als sie vergewaltigt wurde, ist er nicht im Zimmer hinuntergefallen, sondern erst draußen. Mensch, das kauft dir doch keiner ab.“

„Schau, wenn sie ihn abgenommen hat, hat sie ihn immer sorgfältig in ihre Kleider gewickelt ... so kann es doch gewesen sein.“

„... und nach der Vergewaltigung ...“

„Die Vergewaltigung war später. Zuerst hat sie mit Praduman geschlafen. Dabei hat sie den Ring sicher abgenommen. Er sagt zwar, er hat sie zum Sex gezwungen, aber das hat sie wohl hingenommen.“

„Komm schon, als sie sich nach der Vergewaltigung wieder angezogen hat, hat sie die Geistesgegenwart gehabt, sich den wieder um den Hals zu hängen? Muss ja ein superordentliches Mädchen gewesen sein! Lässt lieber ihr Leben als einen Knopf!“

„Es war alles, was sie im Leben erworben hatte“, sagte Adhirath, leicht verärgert.

„Was eine Hure verdient, tut sie eh im Dreck.“ Nitesch lachte. „Wieso hast du Mitleid mit der?“

„Weil wir alle nichts als Huren sind!“ Adhirath biss die Zähne zusammen. „Lassen wir nicht täglich Sachen aus der Asservatenkammer verschwinden, schreiben falsche Wahrheiten ins Tagebuch, verkaufen unser Gewissen? Sie hat wenigstens nur ihren Körper verkauft."

Nitesch war wie vom Donner gerührt. Erst nach einer Weile sprach er wieder. „Du stehst furchtbar unter Druck, Mann. Lass deinen Zorn raus! Ist schon in Ordnung für mich. Udayraj mag der Killer sein, okay, aber wir brauchen halt Beweise."

„Such danach! Ist dein Job! Ich hab danach gesucht. Aber was einer bei mir ausgesagt hat, willst du nicht gelten lassen. Nimm mich doch als Zeugen! Udayraj sagt, er hätte Praduman damit beauftragt, die Sache zu regeln. Hat ihm 400.000 Rupien gegeben. Sie war schwanger, war drauf und dran, die Mutter seines Kindes zu werden. Glaubst du, die wäre für 400.000 einfach verschwunden? Vor Gericht gezerrt hätte sie ihn. Hätte einen Anteil seines Besitzes an sich gerissen. Du hast das Gutshaus durchsuchen lassen, aber habt ihr gemerkt, dass Praduman sich all die Tage dort verborgen gehalten hat? Wieso habt ihr ihn nicht erwischt? Hast du die Tatwaffe gefunden? Nein, oder? Verflucht gerissene Burschen sind das!"

„Hör mal, reg dich nicht auf, Mensch! Solche Fälle haben wir doch jeden Tag. Und ja, du hast doch selbst gesagt, seine Frau hat angegeben, der Knopf fehlte schon vor Holi ... Und vor Holi gab es keinen Mord, richtig? Diesen Praduman haben wir mindestens. Wir haben drei Zeugen gefunden. Die haben ihn in der Nacht gesehen, als er unterwegs zum Landgut das Auto abgestellt hat."

„Ah ja! Und wann war das?"

„Gestern. Gestern früh kam ein Anruf. Ein Mann war dran. Er sagte, sie hätten große Angst, womöglich würde der sie ja auch noch umbringen. Ich bin in das Dorf gefahren, nach Jhandapur. Von da sind die drei Jungs. Schaumschläger-Typen, liederliches Pack, die Sorte. Die 400.000, die du erwähnt hast, haben wir bei Praduman nicht gefunden. Wir haben sein Haus durchsucht. Er war flüchtig, wir haben ihn aufgegriffen. Es stimmt, dieser Geldsack hatte eine Affäre mit ihr. Aber wieso sollte er sie umbringen lassen? Solche Frauen kaufen solche wie der sich doch massenweise. Er war uns jedenfalls sehr behilflich dabei, Praduman zu ergreifen. Wir hatten sein Handy orten lassen, er war irgendwo beim Landgut, aber auf dem Gut haben wir ihn nicht gefunden. Udayraj hat dann dazu verholfen, dass wir ihn schnappen konnten. Er hat ihn angerufen und ihm gesagt, er hätte eine Fluchtmöglichkeit für ihn organisiert."

„Oh Mann. Ist ja toll!"

„Er hat ihn an die Bushaltestelle bestellt. An Kashmiri Gate. Ist selbst mit dem Taxi hingefahren. Hat gesagt: Komm, ist okay, du hast sie umgebracht, aber ich bin bereit, dir zu helfen."

Adhirath lachte auf.

„Kumpel, du siehst nur einen Teil. Es stimmt nicht, dass wir bei der Durchsuchung des Gutshauses nichts gefunden haben. Wir haben Kleider von dem Mädchen gefunden. Auch welche von Praduman. Das beweist, dass sie dort gewohnt haben, die beiden, dass sie sich da ein schönes Leben gemacht haben. Los, gehen wir, es wird spät." Nitesch gab dem Kellner ein Zeichen.

Der Geschäftsführer kam an ihren Tisch. „Sir, lassen wir die Rechnung für die paar Kleinigkeiten. Wir haben zu danken, dass Sie uns die Gelegenheit gegeben haben, Ihnen zu Diensten zu sein."

„Wenn wir Gefälligkeiten von Ihnen annehmen, dann richtig, nicht bei Kleinigkeiten. Die Rechnung bitte", sagte Nitesch und ging zur Theke, um zu bezahlen.

„Hör zu, wenn ein Mord geschehen ist, dann will die Öffentlichkeit einen Mörder sehen. Wer auch immer das ist. Wann würde die Öffentlichkeit sich wohl um die Beweise scheren? Die wissen doch nicht mal, was das ist, Beweise. Es ist ja auch richtig, Praduman hat sie getötet. Wir haben nicht den Falschen festgenommen, das musst du auch zugeben."

Ja, das musste Adhirath zugeben.

Der Vollmond der Holi-Nacht war inzwischen zu einer sehr schmalen Sichel geschrumpft. Im Geschäftsviertel leuchteten die elektrischen Glühbirnen. Die Straße war mit Autos überschwemmt. Nitesch hielt am Straßenrand und öffnete die Tür des Jeeps. „Wir sehen uns morgen oder übermorgen."

„Warte", sagte Adhirath. „Eins musst du mir doch noch sagen. Das über Puschpa."

„Hab ich vergessen, Yaar." Nitesch wollte die Autotür schließen.

Adhirath machte die hintere Tür auf und setzte sich wieder in den Jeep. Sobald die Türen geschlossen waren, drang der Lärm von draußen nur noch gedämpft herein. Nitesch gab dem Wachtmeister auf dem Fahrersitz ein Zeichen, der verließ den Wagen.

Nitesch wandte sich nach hinten um und sagte: „Du stellst dich an, wegen nichts." Adhirath sah ihn unverwandt an. Nitesch wurde es unbehaglich zumute.

„Also gut. Lass dir erzählen, was ich Tolles gemacht habe. Ich habe Udayraj dazu gebracht, Praduman anzurufen und zu sagen, dass sie beide bei der Polizei unter Verdacht stehen. Er hat zu Praduman gesagt, er dächte selbst daran, zu seinem Bruder zu gehen, in die Berge. Dort würde er sich etwas ausdenken, niemand würde Verdacht hegen, dass er fliehen wollte. Er würde von dort nach Nepal rübergehen. Zu Praduman hat er gesagt, er sollte zur Bushaltestelle kommen, er würde den Wagen dorthin bringen. Dort haben wir ihn festgenommen. Mitsamt seinem ganzen Gepäck. Größere Geldmengen waren nicht drin. Wenn ein Tatverdächtiger abhauen will, nimmt er doch sein Geld mit!"

„Jetzt sag mir, was mit Puschpa war."

„In Ordnung. Dein Vater hat gesagt, bei diesen Leuten könnte man nie sicher sein. Die haben mit x Leuten zu tun. So hat er es nicht gesagt. Er hat gesagt, die machen es nicht nur mit einem. Man weiß nicht, ob sie die Tochter von einem einzigen Vater ist oder nicht."

Adhirath stieg aus.

13

Puschpa hatte schon ganz früh am Morgen damit begonnen, die Wohnung zu reinigen. Sie tat das nur manchmal, an den Tagen, an denen sie frei hatte. Sie machte es gründlich, nahm die Hosen und Hemden ab, die an Haken an den Türen aufgehängt waren, wischte den Staub von den Türen, zerstörte Insektennester, die sich in den Ecken gebildet hatten, rückte Stühle und Hocker zur Seite. An solchen Tagen war das ganze Zimmer immer in Staubwolken gehüllt. Sie schaute unter das Bett und zog eine Kiste darunter hervor. „Wieso gibst du sie ihm nicht zurück?“ fragte sie, während sie darüberwischte. „Solltest du jedenfalls. Unter welchem Vorwand du die auch hergebracht hast, du bist es nicht, der ein Recht darauf hat.“

„Sieh mal, was für schöne Sachen diese Frau hatte!“ Adhirath hatte die Kiste geöffnet.

Darüber, dass sie immer Uniform trug, schien Puschpa beinahe vergessen zu haben, dass es auch andere Farben als Khaki gab. Wann hätte sie auch Gelegenheit, sie zu tragen? Sollte sie, wenn sie frei hatte, zum Putzen vielleicht schicke gebügelte Kleider anziehen? Dafür waren die alten Lumpen gut genug. Aber als sie die schillernden Farben des langen Rockes sah, begannen ihre Augen zu leuchten. Wie sehr hätte sie sich gewünscht, in einem eleganten langen Rock Hochzeit zu feiern, aber der Widerstand beider Familien hatte vereitelt, dass auch nur einer ihrer Wünsche erfüllt wurde.

Ob es Rot auf Blau war oder Blau auf Rot, jedenfalls war es eine einzigartige Mischung aus beidem. Mit einer breiten Goldborte am unteren Ende. Auf dem schwarzen Band, das den Rock an der Taille zusammenhielt, waren Sprenkel von Gold. Solch ein Band versteckte man nicht, indem man es in den Unterrock stopfte, das ließ man spielerisch um die Taille hängen. Um ihm Schwere zu verleihen, waren daran

Fransengehänge aus kleinen Perlen wie Glöckchen befestigt. Puschpa nahm eins der Goldgehänge in die Hand und strich mit den Fingern darüber, bewegte die Perlchen. In dem stauberfüllten Zimmer glänzte ein Lichtstrahl auf.

„Was ist das?“ Puschpa sah genauer hin. Trotz all dem Gold rundum fiel ihr etwas auf, was vielleicht nur der begehrliche Blick einer Frau erhaschen konnte. Oberhalb des Gehänges war sorgfältig ein Faden befestigt, und daran gebunden war ein Gegenstand, der nicht ursprünglich zum Schmuck des Rockes gehörte. Eine flache runde Münze auf einer Seite, eine kleinere Münze auf der anderen Seite, und dazwischen eingefügt ein kleiner, schmaler Stift. Das Ganze war mit dem Faden umwickelt und am Ende des Gehänges befestigt worden. In die größere Münze war etwas Durchsichtiges eingelassen, was den Sonnenstrahl einfing und ihn tanzen ließ. Was für ein genialer Ort, um einen Diamanten zu verstecken!

Adhirath folgte Puschpas Blick, und dann sah er ebenso gebannt auf das Objekt wie sie.

Der vierte Knopf! Das hatte er doch gesagt, Udayraj? Vier Knöpfe waren es gewesen. Wie hatte er nur vergessen können zu fragen, wie viele davon noch da waren? Auch wenn einer davon vor langer Zeit verloren gegangen sein mochte, wie war dieser hier in die Kleiderkiste des Mädchens gelangt? Oder war dieser derjenige, der zuerst verloren gegangen war, und der zweite war der, der auf dem Landgut am Fenster zu Boden gefallen war? Er sah Puschpa an.

„Ist das ein Diamant? Der andere, den du hergebracht hast, sah genauso aus“, sagte Puschpa.

„Der, den ich zuerst hergebracht habe, war von diesem Udayraj. Dieser hier gehört dem Mädchen.“ Unbeabsichtigt war es ihm herausgerutscht.

Puschpa streichelte den Knopf. Solch ein Diamant! All ihre Schulden würden damit beglichen, ihr leeres Bankkonto wieder gefüllt. Sie zog an dem Faden, der um den Knopf gewickelt war, aber er riss nicht. Mit der Schere schnitt sie ihn ab und legte den Knopf in ein Handtäschchen, das sich in der Kiste befand.

„Bring das heute noch weg“, sagte sie, nahm den Besen und ging wieder an die Arbeit. „Man sollte der Versuchung keinen Raum geben.“

„Kannst du keinen Rock gebrauchen?“ fragte Adhirath.

Puschpa schaute auf und sah ihrem Mann in die Augen. Etwas wie eine Bitte um Entschuldigung lag darin. Sie lachte.

„Ich lasse mir einen machen“, sagte sie. „Kleider von Toten ziehe ich nicht mehr an.“

„Das wollte ich ...“

„... nicht sagen, weiß ich doch. Wenn ich es nicht wüsste, wäre ich längst hier ausgezogen.“ Sie ließ den Besen los und setzte sich auf den Fußboden. Adhirath setzte sich neben sie. Er zeigte ihr die Kleider, die in der Kiste weiter unten lagen. Puschpa warf sie zurück.

„Was soll es bringen, wenn ich solche Sachen anziehe? Du hast sowieso nur Spaß daran, sie mir auszuziehen, stimmt’s?“ Plötzlich stand sie auf und floh aus dem Zimmer.

Schon drauf und dran, ihr nachzulaufen, hielt Adhirath inne. Oben war das Dach, unten seine Eltern. Was sollte es, sie zu verfolgen? Wollte er sie schlagen, konnte er das tun, kein Mensch würde etwas sagen, und sein Vater würde ihm dafür wohl noch Beifall zollen. Aber ihr nachlaufen, um sie in die Arme zu schließen, dass ging nicht, auch nicht, wenn es die eigene Ehefrau war, der man nachlief. Tolle Kultur, dachte er, die Liebe stets unter Bewachung. Wie sehr sich die Leute vor der Liebe fürchteten!

Zwei Stunden später traf er sich mit Saroj. Aus irgendeinem Grund glaubte er, dass sie auf derselben Seite stand wie er. Sie trat gerade aus dem Haus und wollte ins Auto einsteigen. Sie stockte. Sie müsse zum Onkel fahren, erklärte sie. „Gibt es etwas Besonderes?“

„Ich muss noch einmal nachfragen“, sagte Adhirath leise. „Sie haben ausgesagt, dass der Knopf verloren gegangen war, deshalb hatte Ihr Mann an Holi zu wenig Knöpfe an der Kurta. Wieviele Knöpfe waren noch an der Kurta, als Ihr Mann die an Holi angezogen hat?“

„Drei.“ Sarojs Ton war vollkommen natürlich.

„Und wieviel Knöpfe sind jetzt noch da?“

„Da muss ich nachsehen“, sagte Saroj. „Ich habe seit damals seine

Sachen nicht in der Hand gehabt. Er hat den Schlüssel zu seinem Schrank immer bei sich."

„War das früher nicht so?"

„Nein. Er hat das vor ein paar Monaten eingeführt. Aber es ist kein Problem, sicher gibt er mir den Schlüssel, wenn ich ihn darum bitte."

„Wie lange wird das dauern?"

„Bis heute Abend habe ich es auf alle Fälle. Ich muss jetzt weg, und er ist auch nicht da. Wenn er pünktlich nach Hause kommt, gebe ich Ihnen gleich Bescheid", versicherte Saroj. „Ist das wichtig?"

Adhirath seufzte. Was war schon wichtig. Machte es noch einen Unterschied? Wie sollte er beweisen, dass sich dieser Knopf in ihrer Kleiderkiste befunden hatte? Dieses Mädchen, wie hieß sie doch? Rakhi, genau. Als er vor ihren Augen die Kiste ausgeräumt hatte, war der Knopf jedenfalls nicht aufgetaucht.

„Nein, war nur eine Frage", sagte Adhirath.

■

„Endlich kommst du mal wieder vorbei, mein Lieber!" begrüßte ihn Bharat. „Hier ist eine Menge geschehen, während du nicht da warst."

„Gehen wir mal nach dem Landgut sehen?"

„Und die Kiste hier? Willst du die auf dem Motorrad lassen?"

„Wieso, wird einer die mitnehmen?"

Bharat schüttelte den Kopf. So viele Diebstähle gab es hier nicht. Bharat hob die Kiste vom Sozius und brachte sie in sein Zimmer, dann nahm er selbst hinter Adhirath Platz. Während Adhirath die Maschine in Richtung Gutshof wendete, fragte er: „Wie steht es, wird es verkauft?"

„Sieht nicht danach aus. Einmal war die Lady dort. Hat Chetilals Gehalt erhöht. Sie hat Nachattar herbestellt und gesagt, er soll immer mal wieder vorbeischauen und sehen, wie die Arbeit läuft. Sie würde ihn dafür bezahlen."

Adhirath war das neu. Als die beiden den Hof erreichten, kam Chetilal angelaufen. Hinten war ein Traktor bei der Arbeit zu sehen. Die Maulbeersaison war vorbei. In der Stadt war es heiß geworden, aber hier ging noch ein Lüftchen.

„Ich würde zu gerne mal den Halsbandfrankolin sehen", sagte Adhirath.

Die beiden setzten sich auf die Bank am Teich mit den blauen Lotus. Was heißt Bank, es war ein großer Stein auf einer aus Ziegeln gebauten Plattform. Unbehauen, roh, auf einer Seite breiter als auf der anderen.

„Praduman ist verhaftet worden", sagte Adhirath. „Scheint, seine Kleider und das Messer sind noch nicht aufgetaucht."

„Ich habe zu der Dame gesagt, sie soll sich einen Hund halten. Wenn einer kommt, dass der bellt", sagte Bharat.

„Der hat das nicht allein gemacht", sagte Adhirath. „Aber die Reichen kommen immer davon."

„Den Reichen passiert nie etwas. So ist es doch, oder?"

Adhirath wiegte den Kopf.

Bharat war dennoch guter Dinge. „Alle Beweise haben doch wir zusammengetragen, die Polizei hat die erst später gehabt. Die drei Halbstarken sind als Zeugen aufgetreten", sagte Bharat. „Diese Jhandapur-Leute blasen sich auf wie sonst was. Gestern erst ist einer mit einem neuen Handy angekommen. So ein Angeberding. Da unter den Vier Säulen haben die drei gesessen und getrunken, an dem Tag, als sie Praduman festgenommen haben."

„Wieso blasen sich die aus Jhandapur auf?"

„Wo ist der Mord geschehen? In Chandola. Und wer hat dazu beigetragen, dass der Mörder verhaftet wurde? Leute aus Jhandapur. Ist ja schon ein Grund, sich was drauf einzubilden."

„Ich war eben auf der Polizeistation", sagte Adhirath. „Nitesch war nicht da, deshalb konnte ich mit Praduman reden, der ist dort eingesperrt. Er sagt, in seinen Sachen hätten sich 377.000 Rupien befunden. 27.000 davon waren von ihm selbst. Aber in dem Polizeibericht steht nichts von dem Geld. 50.000 hat er den Jhandapuris gegeben. Er hat gesagt, möglicherweise hat Udayraj denen noch mehr Geld gegeben, damit sie als Zeugen aussagen."

„Na sowas! Ist das denn zu glauben!"

Chetilal brachte ihnen Tee.

Adhirath berichtete seinem Freund von dem diamantenbesetzten Knopf. „Der erste war nicht gestohlen worden, wie Udayraj behauptet hat. Wäre er gestohlen worden, hätten wir ihn in Basantis Kiste gefunden. Er wurde an dem Tag abgerissen, Udayraj hatte ihn an seiner Kurta. Als Basanti mit ihm um ihr Leben kämpfte, blieb er vermutlich an dem Faden hängen, der um ihr Handgelenk gebunden war, und fiel zu Boden. Deshalb hing gleich daneben der Faden, als wir ihn gefunden haben."

„Der zweite Knopf ist also auch aufgetaucht?" Bharat sah Adhirath scharf an. Die beiden hatten schon zwei Runden um den Teich gedreht. Cheti lief dem kleinen Traktor nach und sagte irgendetwas zu dem Fahrer, vielleicht, dass er nicht gründlich genug gearbeitet hatte, eine Menge Gras stand noch da.

„Ich muss noch was erledigen", sagte Adhirath, als sie am Tor waren.

„Ja?"

„Ich muss nach Amirpur. Ich muss Basantis ... Suryabalas Mutter sehen. Ich habe ihr versprochen, ihr zu sagen, wer den Mord begangen hat. Kommst du mit? Muss ihr auch die Sachen geben."

„Gehen wir", sagte Bharat.

In Amirpur übergaben sie Ramvati die Kiste. Sie sagte nichts, lehnte auch nicht ab, sie zu nehmen, wie Rakhi es getan hatte. Weder sagte sie, sie wolle nichts von dem schmutzigen Verdienst ihrer missratenen Tochter, noch weinte sie, nachdem sie die bezaubernd schönen Kleider in der Kiste gesehen hatte. Adhirath bemerkte, dass die beiden Schwiegertöchter aus dem hinteren Zimmer herauslugten. Möglicherweise war innen auch nicht mehr als ein Hof hinter der Tür, aber von dort wurden wiederholt Blicke auf die Kiste geworfen. Er war sich sicher, noch bevor er das Motorrad gestartet hätte, würde die Verteilung der Beute beginnen. Er könnte ja wegfahren und eine Viertelstunde später zurückkehren, um sich anzusehen, wie die Schwiegertöchter sich um die Röcke und Hemden der Schwägerin zankten, in einer Familie, die schon ihren Ruf beschädigt sah, wenn sie auch nur das Haus betrat.

Ramvati bot ihnen nicht einmal eine Tasse Tee an. Schweigend hörte sie sich an, was sie zu sagen hatten. Nach kurzem Schweigen sagte

Adhirath: „Es tut mir leid, Mutter, mehr konnte ich nicht tun."

„Ein Wachtmeister war hier, er hat gesagt, sie hätten einen Mann namens Praduman verhaftet. Ich habe nicht damit gerechnet, dass du kommst. Es war meine Tochter. Ein schlechtes Mädchen war sie. Und genau so ist sie auch gestorben. Immerhin kommt einer dafür an den Galgen", sagte Ramvati.

Als sie aufbrachen, nahm er Ramvati so bei den Schultern, dass die Alte nicht anders konnte als ihn zum Abschied nach draußen zu begleiten.

Er nahm den Knopf aus der Tasche und legte ihn Ramvati in die Hand. „Es ist ein Diamant, Mutter, heb ihn gut auf und gib ihn niemand anders." Er warf einen Blick zum Inneren des Hauses. Ramvati betrachtete den Knopf und ließ ihn in ihre Bluse gleiten.

„Den muss er ihr gegeben haben. Aber wer gibt denn einem Mädchen einen Knopf?" wunderte sich Ramvati.

Adhirath sah zu Bharat hinüber, der bisher geschwiegen hatte.

„Er gehörte ihm. Vermutlich hat er ihn ihr gegeben, hat ihr wohl gesagt, er würde ihr später einen Ring davon machen lassen", sagte Bharat und ersparte damit Adhirath die Mühe, selbst zu antworten.

„Und danach hat er sie umgebracht?" Ramvatis Blick wurde unstet.

Adhirath ergriff die Hand der alten Frau. „Mutter, Praduman ist der Schuldige. Aber er war nicht der Einzige. Udayraj ist ebenso schuldig. Und es gab andere Leute, die sie gequält haben. Der Ortsvorsteher, der frühere Dorfratsvorsitzende, und wer weiß, wie viele noch. Die haben sie nicht ermordet, aber unschuldig waren die nicht. Nur, für das, was sie getan haben, werden sie nicht bestraft werden."

Ramvati wiegte leicht den Kopf und wischte sich die Augen.

„Dieser reiche Mann wird ungeschoren davonkommen. Es gibt nur ein Mittel, ihn zu stellen. Wenn in Delhi, am India Gate, viele Menschen zusammenkommen und Kerzen anzünden, dann wird dir vielleicht Gerechtigkeit zuteil."

Ramvati sah ihn verwundert an: „Du bist überlastet, Sohn."

„Nein, Mutter, das ist wirklich so. Aber wer zündet für arme Leute schon Kerzen am India Gate an."

14

Der Mai ist der Monat, in dem die Sonne die Oberhand hat. Puschpa erzählte, es gebe Gerüchte, dass ihr Name auf der Liste der Inspektoren stünde, aber es dauere noch, bis die Liste veröffentlicht würde.

„Ich muss Nitesch sein Geld zurückgeben“, sagte Adhirath.

„Wir geben es ihm zurück, wenn ich das Gehalt für diesen Monat bekomme“, sagte Puschpa. Am nächsten Tag gab sie Adhirath 5.000 Rupien.

„Ich habe gedacht, ich zahle meinem Vater zurück, was er mir geliehen hat.“

„Was redest du denn da?“ fragte Puschpa. „Hat er etwa was gesagt? Was ist denn los? Sowas hast du doch noch nie gesagt.“

„Wenn ich kann, wieso soll ich meinem Vater zur Last fallen?“

„Du hast doch irgendwas!“ Puschpa ließ nicht locker.

„Er hat gesagt, dass er von seiner Rente nicht gern was abzwackt. Passt es dir nicht, wenn ich ihm das Geld zurückgebe? Dann nimm, behalt doch dein Geld! Noch habe ich ja ein kleines Einkommen. Das reicht für beides.“

Puschpa biss die Zähne nicht zusammen, sie verband die beiden Zahnreihen zu einem festen Wall. Es war besser, die Zunge dahinter im Zaum zu halten. Wenn das geringe Einkommen der Männlichkeit Wunden zufügte, konnte nicht auch noch die Frau den Hammer schwingen. Daran zerbrachen Beziehungen. Adhirath wusste doch selbst, dass an Beschuldigungen Beziehungen kaputtgingen. Und darüber ging der Mensch selbst kaputt. Es waren ja die Beziehungen, die das Dasein eines Menschen ausmachten.

Praduman befand sich in richterlichem Gewahrsam. Im Gefängnis. Nitesch nahm widerstrebend sein Geld zurück. Auf dem Rückweg schaute Adhirath aus einer Laune heraus im Klub vorbei, dem Klub, in dem Udayraj Bloody Mary zu trinken pflegte. Einfach so. Im Klub schien heute größere Betriebsamkeit zu herrschen. Überall hingen Blumengirlanden. Heute fragte ihn an der Rezeption niemand, wessen Gast er war. Adhirath hatte kaum „Udayraj“ gesagt, als der Bedienstete schon die Hand hob.

„Haben Sie die Karte dabei, Sir?“

„Die Karte?“

„Kein Problem. Wir fragen nach. Viele Leute vergessen die Karte mitzubringen. Oder sie lassen sie im Auto liegen.“ Er griff nach dem Telefon und wählte eine Nummer. „Was soll ich sagen, Sir?“

In diesem Moment erschien ein Ehepaar und entnahm einem Umschlag eine Karte. Der Empfangschef verbeugte sich und bat sie weiterzugehen: „Erster Stock, Sir.“ Die Dame trug ein in buntes Papier gewickeltes Päckchen.

„Wenn Frau Saroj da ist, dann lassen Sie mich bitte zu ihr“, sagte Adhirath.

„Die Dame, natürlich. Welchen Namen darf ich melden, Sir?“

Fünf Minuten später war er im ersten Stock. Saroj traf ihn gleich an der Tür. Ob ihre Kurta schwarz mit weißen Streifen war oder weiß mit schwarzen Streifen, war schwer auszumachen, aber die enge Hose war schwarz. Weder aus Seide noch aus Baumwolle, sondern aus irgendeiner Mischung, auch nicht glänzend, aber von unwahrscheinlicher Feinheit und Eleganz. Sie trug keinen Dupatta. An die Ohren hatte sie sich Blüten aus dem weißsilbernen Material gesteckt, darunter hing eine Perle.

„Wie schön, Sie zu sehen. Und das noch am Geburtstag unseres Sohnes.“

„Sorry. Das wusste ich nicht. Ich habe auch kein Geschenk.“ Saroj lachte.

„Kommen Sie, ich bringe Sie erst einmal zu meinem lieben Mann.“

Hatte sie das „lieber Mann“ betont? War da ein satirischer Beiklang? Oder hatte sich in ihre beherrschte Art zu sprechen Puschpas Stimme eingemischt?

Auch heute hatte Udayraj eine Bloody Mary in der Hand. Aber Adhiraths Blick blieb an der Knopfleiste seiner dunkelblauen Kurta hängen.

Drei Goldknöpfe funkelten da, Goldknöpfe mit eingelegten Diamanten.

„Heute müssen Sie aber etwas trinken", sagte Udayraj, als er ihm die Hand reichte.

„Ihre Knöpfe sind unvergleichlich", sagte Adhirath.

„Einer kostet 500.000 Rupien." Udayraj zog die Brauen hoch.

„Ein einzelner Knopf! Jeder der Diamanten ist so viel wert?"

„Nur einer. Der oberste Knopf. Die anderen waren etwas billiger, die armen", sagte Udayraj.

Adhirath wandte sich um, um hinauszugehen, als Saroj zu ihm trat.

„Was ist aus Ihrem Job geworden?"

„Woher wissen Sie davon?"

„Für 500.000 Rupien bekommt man eine Menge Informationen", sagte Saroj. „Also, was war mit der Anhörung?"

„Madam, ich verliere möglicherweise meine Arbeit", sagte Adhirath.

Saroj ging aus dem Zimmer. „Geld hat Macht", sagte sie. „Mithilfe von Banknoten für die Jungs aus Jhandapur gab es auch Zeugen. Hätten Sie doch offen mit mir geredet ... ich wusste ja gar nichts von der Anhörung."

Adhirath schien sie traurig zu sein. Saroj nahm eine sehr kleine Geldbörse aus weißem Satin aus der Tasche ihrer Kurta. Sie öffnete sie und drückte ihm eine Karte in die Hand: „Ich habe damit angefangen, als Innenarchitektin zu arbeiten. Kommen Sie mich mal besuchen. Sie können auch zum Landgut kommen. Es steht nicht mehr zum Verkauf."

„Darf ich etwas fragen?" Adhirath blickte Saroj in die Augen.

Saroj hob fragend die Augenbrauen.

„Haben Sie keine Angst? Mit einem solchen Mann zusammenzuleben?"

„Ich lebe mit meinem Sohn zusammen. Wenn ich in sein Gesicht blicke, schwinden alle Ängste. Die Liebe lehrt uns, der Bedrohung die Stirn zu bieten."

Als Adhirath die Treppe hinuntergestiegen war, blickte er zurück nach oben. Saroj stand noch dort. Sie lächelte nicht.

Als er nach Hause kam, lag im Wohnzimmer ein khakifarbener Umschlag. Geöffnet. Er wusste, was darin war. Trotzdem nahm er das

Schreiben heraus und las es. Es enthielt die Kündigung. Gegen ihn würde ein Verfahren eingeleitet werden. Er steckte das Papier zurück in den Umschlag.

„Verdammt noch mal, hättest du doch etwas Jogurt bestellt“, tönte Daulatrams Stimme. Vielleicht kam er gerade aus der Toilette.

„Dann hol doch jetzt welches“, sagte Schakuntala.

„Hör dir das an! Jetzt ist doch bestimmt alles zu.“

Adhirath sah hoch. Puschpa stand auf der Schwelle zwischen den beiden Zimmern.

„Es ist geöffnet“, sagte Puschpa.

Weitere Übersetzungen von Almuth Degener, die im Draupadi Verlag erschienen sind.

Rahman Abbas
Die Stadt, das Meer, die Liebe
Roman
Aus dem Urdu übersetzt
ISBN 978-3-945191-29-3
326 Seiten, 19,80 Euro, 2018

Omar Shahid Hamid
Verrat
Roman
Aus dem Englischen übersetzt
ISBN 978-3-945191-66-8
330 Seiten, 19,80 Euro, 2021

Tulsi Ram
Murdahiya
Eine Dalit-Kindheit
Aus dem Hindi übersetzt
ISDN 978-3-945191-57-6
226 Seiten, 19,80 Euro, 2021

Jaiwanti Dimri
Für Surju
Roman
Aus dem Hindi übersetzt
ISBN 978-3-945191-79-8
118 Seiten,12,00 Euro, 2023